알퐁스 도데 단편선

알퐁스 도데 단편선

알퐁스 도데 | 김사행 옮김

문예출판사

**Contes choisis de Alphonse Daudet
: Letters de mon moulin • Contes du lundi**
Alphonse Daudet

차례

풍찻간 편지
코르니유 영감님의 비밀 • 9
별 • 18
아를의 여인 • 27
상기네르의 등대 • 34
세미앙트호의 최후 • 42
세관의 수부들 • 51
노인들 • 58
산문으로 쓴 환상시 • 70
빅시우의 손가방 • 79
시인 미스트랄 • 87
두 여인숙 • 98
고셰 신부의 불로장생주 • 105

월요일 이야기

마지막 수업 • 123

당구 • 130

콜마르 재판관의 환상 • 137

소년 간첩 • 144

어머니들 • 154

파리의 백성 • 162

전초 기지에서 • 167

나룻배 • 177

기수 • 184

쇼뱅의 죽음 • 192

8월 15일의 서훈자 • 198

패호르 라셰즈의 전투 • 207

마지막 책 • 212

거울 • 218

파는 집 • 223

교황의 죽음 • 230

작품 해설 • 237
알퐁스 도데 연보 • 243

풍찻간 편지

코르니유 영감님의 비밀

가끔 내게 와서 밤을 새우며 피리를 부는 프랑세 마마이라는 할아버지가 어느 날 저녁 포도주를 마시며 마을에서 일어났던 사건 한 토막을 이야기해주었습니다. 20년 전에 내가 지금 들어와 있는 풍찻간에서 일어난 사건이었습니다. 할아버지의 이야기는 아주 감명 깊었습니다. 나는 들은 그대로를 여러분에게 다시 이야기하려고 합니다.

독자 여러분은 잠시 당신 앞에 향기 가득한 포도주 병이 놓여 있으며, 피리 부는 할아버지가 이야기를 하는 것이라고 생각해주십시오.

여보십쇼. 이 지방도 언제나 지금처럼 노랫소리도 들리지 않는 쓸쓸한 곳은 아니었답니다. 전에는 제분업이 크게 번창하여, 사방 40킬로미터 안에 있는 농장 사람들은 밀을 빻으려면 이곳으로 가지고 왔지요……. 마을 주위에는 언덕마다 풍차가 서 있었습니다. 이쪽을 보아도 저쪽을 보아도, 소나무 숲 위에서 북풍을 받아 도는 풍차의 날개와 포대를 지고 길을 따라 오르내리는 조랑말들뿐이었습니다. 일주일 내내 언덕 위에서는 채찍 소리, 풍차 날개가 펄럭이는 소리, 풍찻간 조수가 "이랴, 쯧쯧!" 하는 소리가 유쾌하게 들려왔습니다……. 일요일이면 우리는 풍찻간으로 몰려갔습니다. 그러면 풍찻간 주인들은 포도주를 내었습니다. 술 달린 목도리를 두르고 황금 십자가를 단 안주인들은 여왕님처럼 아름다웠습니다. 나는 피리를 가지고 갔습니다. 밤이 이슥할 때까지 사람들은 윤무를 추었습니다. 아시다시피 이 지방은 풍차 때문에 부유하고 즐거웠지요.

불행하게도 파리 사람들이 타라스콩 가도에 증기 제분소를 건설할 생각을 했답니다. 새로운 것은 무엇이나 좋은 법! 사람들은 차츰 밀을 제분소로 보내게 되었습니다. 그리하여 가엾게도 풍찻간은 일감이 없어졌습니다. 한동안은 풍차들도 버텨보았습니다. 그러나 증기를 당해낼 수는 없었습니다. 풍찻간은 가엾게도 하나둘씩 문을 닫게 되었습니다……. 조랑말들의 모습이 다시는 보이지 않았습니다……. 아름다운 방앗간 주인 마님은 황금 십자가를 팔아야 했습니다……. 북풍이 아무리 세차게 불어도 풍차의 날개는 돌지 않았습니다……. 포도주 잔치도 없어졌고, 윤무도 없어졌습니다……. 그러자 하루는 면에서 나와 풍찻간을 모두 헐고, 그 자리에 포도나무와 올리브나무를 심었습니다.

그런데 이렇게들 쓰러져가는 가운데 한 풍차만은 제대로 남아, 제분소의 앞턱 언덕 위에서 힘차게 돌았습니다. 그것은 코르니유 영감님의 풍찻간이었습니다. 지금 우리가 밤을 새우고 있는 바로 이 풍찻간이죠.

코르니유 영감님은 60년 전부터 밀가루 속에서 살았으며, 자기 일에 열성적인 방앗간 할아버지였습니다. 제분소가 들어서자 미치는 것 같았습니다. 일주일 동안 그는 마을을 뛰어다녔습니다. 그는 마을 사람들을 모두 자기 주위에 모아놓고 제분소 사람들이 제분소의 밀가루로 프로방스를 독살하려 한다고 목이 터져라 외쳐댔습니다.

"저 강도놈들한테 가면 안 돼. 그들은 빵을 만드는 데 증기를 사용하는데, 그건 마귀의 손으로 하는 거야. 그런데 나는 자비로우신 하느님의 숨결로 일하지……."

이와같이 그는 풍차를 찬양하기 위한 미사여구를 말할 수 없이 많이 생각해내었습니다만, 그의 말에 귀를 기울이는 사람은 아무도 없었습니다.

그래서 성이 난 영감님은 풍찻간 문을 닫아걸고, 맹수처럼 혼자서 살았습니다. 그는 열다섯 살 먹은 손녀 비베트조차 곁에 두려고 하지 않았습니다.

그 애에게는 양친이 돌아가신 뒤 세상엔 오직 할아버지 한 분밖에 없었습니다. 가엾은 소녀는 자기 힘으로 살아갈 수밖에 없어서 추수 일이나 양잠이나 올리브 따는 일을 해주며, 농장의 이 집 저 집에서 품을 팔아야 했습니다. 그렇긴 해도 할아버지는 손녀애를 끔찍이 귀여워하는 것 같았습니다. 그는 가끔씩 찌는 듯한 햇볕 속에 16킬로미터나 걸어서 손녀가 일하는 농가로 그 애를 보러 가기도

했습니다. 손녀 곁에 가면 할아버지는 눈물을 흘리며 몇 시간 동안 을 그 애만 바라보았습니다.

마을 사람들은 방앗간 영감이 구두쇠라 비베트를 집에서 내보냈다고 생각했습니다. 그래서 손녀를 이 집 저 집 농가로 돌아다니게 하여, 농군들의 학대와 어린 고용인들이 겪는 온갖 고통을 당하게 한다고 그를 비난했습니다. 또한 이제까지는 사람들에게 존경을 받았으며 코르니유 영감님이란 명성을 듣던 분이 거지처럼 구멍 뚫린 모자를 쓰고 다 떨어진 허리띠를 띠고, 맨발로 길을 걸어가는 것을 보고 누구나 아주 딱하게 여겼습니다. 우리 늙은이들은 주일날 그가 미사에 나오는 것을 볼 때면, 정말 얼굴이 화끈해졌습니다. 코르니유 영감도 그것을 너무 잘 알아서 감히 동네 유지들의 자리에 와서 앉으려고 하지 않았습니다. 그는 언제나 가난한 사람들 속에 섞여 교회 안쪽 성수반 곁에 있었습니다.

코르니유 영감님의 생활에는 뭔가 석연치 않은 점이 있었습니다. 벌써 오래전부터 마을에서는 아무도 그에게 밀을 가지고 가지 않았는데도 그의 풍차는 전과 다름없이 계속해서 돌아갔습니다……. 저녁이면 커다란 밀가루 포대를 잔뜩 실은 나귀를 몰고 오는 영감님을 길에서 만날 수 있었습니다.

"안녕하세요, 영감님!"

농부들은 그에게 큰 소리로 인사를 했습니다.

"여전하십니까, 방앗간은?"

"여전하고말고. 고맙게도 일감이 떨어지지 않는다네."

영감님은 쾌활하게 대답했습니다.

그래서 그렇게 많은 일감이 어디서 생기느냐고 물으면, 그는 입술에 손가락을 대고 엄숙하게 말했습니다.
"쉿! 수출을 위한 일을 한다네……."
그러고는 결국 그 이상은 말하지 않았습니다.
그의 풍찻간을 들여다본다는 것은 생각조차 할 수 없었습니다. 손녀 비베트까지도 들어가지 못했습니다…….
그 앞을 지나다 보면 문은 언제나 잠겨 있었으나 커다란 날개는 쉬지 않고 돌았고, 늙은 나귀가 마당의 잔디를 뜯어먹고 있었으며, 말라빠진 큰 고양이 한 마리가 창가에서 햇볕을 쬐며 사나운 눈초리로 바라보았습니다.
이런 모든 것이 수상쩍은 냄새를 풍겼으며, 세상을 아주 떠들썩하게 만들었습니다. 사람들은 제각기 자기 나름으로 코르니유 영감님의 비밀을 설명했습니다. 일반적인 여론은 그의 풍찻간 안에는 밀가루 포대보다는 돈 포대가 훨씬 많으리라는 것이었습니다.

*

결국 모든 사실이 드러나고야 말았습니다.
어느 날 내 피리 소리에 맞춰 젊은이들이 춤을 추는데, 그때 나는 큰아들 녀석과 귀여운 비베트가 서로 사랑하는 사이라는 것을 알았습니다. 나는 결코 불쾌하지 않았습니다. 요컨대 코르니유란 이름은 우리 집으로서는 영광이었고, 비베트라는 예쁘고 작은 새가 집

안을 뛰어다니는 모습을 보게 된다면 기쁜 일이었으니까요. 다만 둘이 함께 있는 기회가 자주 있었으므로 무슨 일이라도 일어나지 않을까 염려되어, 나는 당장 일을 결정짓고 싶었습니다. 그래서 이 일로 영감님과 몇 마디 말이라도 해보려고 풍찻간까지 올라갔습니다……. 아! 저 마귀 같은 영감! 그가 어떤 태도로 나를 대했는지 아시겠어요? 문을 열게 한다는 것은 도저히 불가능했습니다. 저는 열쇠 구멍으로 내가 찾아온 이유를 대충 설명했습니다. 내가 이야기를 하는 동안 고약한 말라깽이 고양이가 머리 위에서 괴물처럼 색색거렸습니다.

할아버지는 내게 미처 말을 끝낼 시간도 주지 않고 몹시 불쾌하게, 돌아가 피리나 불라며 그렇게 급히 아들 녀석을 결혼시키고 싶으면 제분소에 가서 색시를 고르라고 소리쳤습니다. 이런 불쾌한 말을 들었을 때 얼마나 화가 치밀었겠나 생각해보세요. 그러나 나는 용하게 참아내었습니다. 나는 미치광이 같은 영감을 방앗간에 놔두고, 애들에게 돌아와 내가 실패했다고 알려주었습니다……. 가엾게도 양같이 순한 두 아이는 내 말을 믿지 못했습니다. 그 애들은 나에게 둘이서 함께 방앗간으로 올라가 할아버지에게 말하겠다고 간청했습니다. 나는 거절할 수가 없었습니다. 그러자 우리 애들은 훌쩍 떠나버렸습니다.

그들이 저 언덕 위에 다다랐을 때는 코르니유 영감님이 막 집에서 나간 뒤였습니다. 문은 이중으로 잠겨 있었습니다. 그러나 영감님은 나가면서 사다리를 밖에다 두고 갔습니다. 그래서 창문으로 들어가 저 유명한 풍찻간 속에 무엇이 있나 좀 보아야겠다는 생각이 갑자기 아이들 머릿속에 떠올랐습니다.

　이상한 일이지! 방앗간은 텅 비어 있었습니다. 포대도, 밀 한 알도 없었습니다. 벽에도 거미줄에도 밀가루는 전혀 묻어 있지 않았습니다……. 밀을 빻을 때 풍찻간 안에서 풍기는 훈훈한 향기도 없었습니다……. 축대는 먼지로 덮였고 바싹 여윈, 커다란 고양이가 그 위에서 졸았습니다.

　아래층 방도 마찬가지로 처참하고 황량했습니다. 보잘것없는 침대, 누더기 몇 개, 계단 위에 놓인 빵 한 덩이, 그리고 방 한구석에 놓인 터진 포대 서너 개에서는 석고와 백토가 흘러나와 있었습니다.

　이것이 코르니유 영감님의 비밀이었습니다. 풍차의 위신을 지키려고, 밀가루를 빻는다고 믿게 하려고 그가 저녁마다 길거리로 싣고 다닌 것은 저 백토였던 겁니다……. 가련한 풍차! 가련한 코르니유! 이미 오래전에 제분소는 그들의 마지막 고객까지 빼앗아갔습니다. 날개는 여전히 돌았지만 빈 방아만 돌았던 겁니다.

　아이들은 눈물을 흘리며 돌아와서 그들이 본 것을 나에게 이야기했습니다. 그들의 이야기를 듣자 가슴이 터질 것만 같았습니다. 나는 잠시도 지체하지 않고 이웃집들을 찾아다니며 사정을 대충 이야기했습니다. 그러자 즉시 집집마다 남은 밀을 전부 코르니유의 풍찻간으로 가져가야겠다고 의견 일치를 보았습니다. 말이 나자 곧 실행되었습니다. 마을이 총출동했습니다. 우리는 밀, 진짜 밀을 실은 나귀의 행렬을 몰고 언덕 위에 당도했습니다.

　풍찻간은 활짝 열려 있었습니다……. 문 앞에는 코르니유 영감님이 백토 포대를 깔고 앉아 두 손으로 머리를 감싸쥐고 울고 있었습니다. 그는 집에 돌아와 자기가 없는 사이에 누가 집 안에 들어와서 그의 슬픈 비밀을 알아내었다는 것을 깨달았습니다.

"한심한 노릇이지! 이젠 죽어버리는 수밖에 없구나……. 풍차가 치욕을 당했으니."

그는 이렇게 말하고는, 온갖 이름으로 풍차를 부르며 정말 사람에게 하는 것처럼 말을 걸면서 가슴이 터질 듯이 흐느껴 울었습니다.

그때, 나귀들이 마당에 당도했습니다. 우리는 모두 방앗간 경기가 좋았을 때처럼 큰 소리로 외쳤습니다.

"어이! 방아를 부탁하오……. 어이! 코르니유 영감님!"

밀 포대가 문 앞에 쌓이고, 윤기 있는 누런 밀이 땅 위로 쏟아져 사방에 흩어졌습니다.

코르니유 영감님은 눈이 휘둥그레졌습니다. 그는 주름살이 진 손바닥 안에 밀을 쥐고 울음 반 웃음 반으로 말했습니다.

"밀이구나……. 어찌 된 일인가! 이렇게 훌륭한 밀이……. 어디 잘 좀 보세."

그러고는 우리들을 향해 돌아서며 말했습니다.

"아! 나는 자네들이 돌아올 줄 알았네……. 제분소 놈들은 모두 도둑놈들이지."

우리는 영감님을 데리고 마을로 의기충천해서 돌아오고자 했습니다.

"아닐세, 아냐. 우선 풍차에 먹을 것을 주어야지. 생각들 좀 해보게! 참 오랫동안 아무것도 입에 넣어보지 못했다네."

우리는 눈에 눈물이 괴어서 가엾은 영감이 포대를 연다, 방아를 살핀다 하며 야단스럽게 우왕좌왕하는 모습을 바라보았습니다. 그러는 사이 밀이 빻아져서 고운 밀가루가 천장으로 피어 올랐습니다.

옳은 일을 한 것입니다. 그날부터 우리는 방앗간 영감님의 일거리가 절대로 떨어지지 않게 했습니다. 그러던 어느 날 아침, 코르니유 영감님이 세상을 떠났습니다. 우리의 마지막 풍차 날개가 이번에는 영원히 멈춰버리고 말았습니다. 코르니유가 죽자, 그 뒤를 이을 사람이 없었습니다. 어쩌겠습니까……. 이 세상의 모든 것엔 끝이 있는 것을. 론강의 나룻배나, 최고 재판소나, 커다란 꽃무늬 재킷의 시대가 가버린 것처럼 풍차의 시대도 지나갔다는 것을 납득하지 않을 수 없었습니다.

별

프로방스 지방, 어느 목동의 이야기

뤼브롱산에서 양들을 지키고 있을 무렵, 나는 초원 속에서 혼자 사냥개 라브리와 양들을 데리고 몇 주일 내내 사람의 그림자 하나 구경 못 한 채 지냈습니다. 가끔 몽드뤼르의 수도자들이 약초를 찾아 이곳을 지나가기도 하고, 피에몽 주변 숯장사의 새카만 얼굴이 눈에 띄기도 했지만, 이들은 사람들과 접촉이 없는 소박한 생활을 해왔기 때문에 별로 말이 없었고, 이야기하는 흥미조차 잊고 있었습니다. 그리고 이들은 저 아래 마을이나 읍에서 일어나는 일들은 전혀 아는 것이 없었습니다. 그래서 보름마다 보름치 식량을 가지고 산길을 올라오는 농장 노새의 방울 소리가 들릴 때, 어린 머슴 아이의 쾌활한 얼굴이나 늙은 노라드 아주머니의 붉은 두건이 차츰 언덕 위로 나타날 때면 정말 한없이 기뻤습니다. 저 아래 마을 소식, 영세받은 일, 시집가고 장가간 일들에 대한 이야기를 들을 수 있었기 때문입니다. 그러나 무엇보다도 나를 기쁘게 한 것은 우리 주인집 딸 스테파네트 아가씨의 소식이었습니다. 인근에서 아가씨보다 더 예쁜 아가씨는 없었습니다. 나는 별로 관심이 없는 체하면서 아가씨가 잔칫집에 자주 초대받으며 야회(夜會)*에도 많이 나가는지, 여전히 새로운 남자 친구들이 아가씨를 찾아오는지 알아보았습니다. 불쌍한 산의 목동인 나에게 그런 일들이 무슨 소용이 되겠냐고 묻는 사람이 있다면 이렇게 대답하겠습니다. 내 나이 스무 살이었고, 스테파네트는 내가 태어나서 본 여성 중 가장 아름다웠노라고.

그런데 어느 일요일, 기다리던 보름치 식량이 아주 늦게서야 도착했습니다. 아침나절에는 대미사 때문이라고 생각했고, 점심때에는 심한 소나기가 지나갔으니 길이 나빠 노새가 출발하지 못하나 보다고 생각했습니다. 그런데 3시쯤이 되자 마침내 하늘이 씻은 듯이 개고 산은 물기와 햇빛으로 빛나는데, 나뭇잎에서 떨어지는 물방울 소리와 물이 불어 넘치는 시냇물 소리에 섞여 노새의 방울 소리가 들렸습니다. 그것은 부활절에 울리는 교회의 종소리만큼이나 맑고 경쾌했습니다. 그러나 노새를 이끌고 온 것은 머슴아이도 노라드 아주머니도 아니었습니다. 누구였을까요……? 우리 아가씨였습니다. 아가씨 자신이었습니다. 버들 바구니 사이에 몸을 똑바로 세우고 앉은 아가씨는 소나기 뒤의 시원한 산바람으로 뺨이 온통 장밋빛으로 물들었습니다.

---

* 밤에 여는 모임으로 특히 서양풍의 사교 모임을 말한다.

머슴아이는 앓아누웠고 노라드 아주머니는 말미를 얻어 자식들 집에 가 있었습니다. 예쁜 스테파네트가 노새에서 내리며 이런 일을 모두 알려주었습니다. 그리고 자기는 오는 도중 길을 잃어서 늦어졌다고 했습니다. 그러나 꽃 리본과 화려한 치마와 레이스로 차려입은 아가씨는 숲속에서 길을 찾아 헤매었다기보다는 오히려 먼 무도회에 들렀다 지체한 듯이 보였습니다. 오, 귀여운 아가씨! 아무리 쳐다보아도 싫증이 나지 않았습니다. 정말 이렇게 가까이에서 아가씨를 본 적은 아직까지 없었습니다. 겨울에 양 떼가 들판으로 내려오면, 나는 농장에 가서 저녁 식사를 했는데, 그때 언제나 화려한 옷차림을 한 아가씨가 하인들에게는 말을 건네지 않고 약간 으스대며 홀을 지나가는 모습을 본 적은 가끔 있었습니다만……. 그런데 지금 그 아가씨가 이렇게 내 앞에 있는 것입니다. 오직 나 하나를 위해서. 그래도 내가 정신을 잃지 않을 수 있겠습니까?

스테파네트는 바구니에서 식량을 다 끄집어내고는 신기하다는 듯이 주위를 둘러보기 시작했습니다. 아가씨는 금방 때가 묻을 것만 같은 나들이옷의 고운 치맛자락을 들어올리고는 양 우리 안으로 들어오더니, 내가 자는 곳이며, 양피를 깐 짚방석이며, 벽에 걸린 커다란 외투며 지팡이며 돌총을 보고 싶어 했습니다. 이런 것들이 모두 아가씨를 즐겁게 했습니다.

"그러니까 당신은 여기에서 사는군요? 가엾어라! 항상 혼자 있으니 얼마나 따분할까! 무얼 하며 지내세요? 무얼 생각하죠……?"

나는 "아가씨, 당신을" 하고 대답하고 싶었습니다. 그렇게 말했어도 거짓말은 아니었을 겁니다. 그러나 나는 너무나 당황해서 단 한마디의 말도 생각해낼 수가 없었습니다. 아가씨는 분명히 그것을 눈치챘을 겁니다. 그러기에 심술궂은 아가씨는 짓궂게도 나를 더욱 당황하게 만들고 좋아했던 것입니다.

"애인이 가끔 당신을 만나러 오지요? ……그건 틀림없이 황금빛 양이 아니면, 산꼭대기만을 뛰어다니는 선녀 에스테렐일 거야……."

그런데 이런 말을 하는 아가씨야말로 머리를 뒤로 젖히고 예쁘게 웃는 모습이나 유령처럼 왔다가 급히 가버리는 것이 마치 선녀 에스테렐 같았습니다.

"잘 있어요."

"아가씨, 안녕."

아가씨는 빈 바구니를 가지고 떠났습니다.

아가씨가 비탈길을 따라 사라져갔을 때, 노새 발굽에 채어 구르는 조약돌 하나하나가 내 가슴 위에 떨어지는 것 같았습니다. 나는 돌들이 굴러가는 소리를 언제까지고 언제까지고 듣고 있었습니다. 그리하여 해질 무렵까지 잠에 취한 듯 꿈에서 깰까 봐 몸도 움직이지 못했습니다. 저녁이 되어 골짜기가 푸른빛을 띠기 시작하고, 양들이 소리내어 울면서 서로 밀치며 우리로 돌아올 무렵이었습니다. 비탈길에서 나를 부르는 소리가 들리더니 우리 아가씨의 모습이 눈앞에 나타났습니다.

얼마 전의 명랑한 모습은 찾아볼 수 없고, 옷은 물에 젖은 채 추위와 무서움에 떨었습니다. 아가씨가 산 아래 이르렀을 때, 소낙비로 불어난 소르그 냇물을 무리하게 건너려고 하다 잘못하여 물에 빠진 모양입니다. 딱하게도 밤이 된 지금 농장으로 돌아간다는 것은 생각조차 할 수 없었습니다. 왜냐하면 아가씨 혼자서 지름길을 찾아 나선다는 것은 도저히 있을 수 없는 일이었고, 내가 양 떼를 두고 떠날 수도 없었습니다. 산에서 밤을 보낸다면 무엇보다도 집안 식구들이 걱정할 거라는 생각에 아가씨는 몹시 괴로워했습니다. 나는 정성을 다해 아가씨의 마음을 안심시키려고 했습니다.

"아가씨, 7월 밤은 짧으니…… 잠깐만 고생하면 된답니다."

그러고는 아가씨가 소르그 냇물에 흠뻑 젖은 옷과 발을 말리도록 급히 불을 피웠습니다. 우유와 양젖 치즈도 아가씨 앞에 가져다 놓았습니다. 그러나 가엾게도 아가씨는 불을 쬐려 하지도 않고, 음식을 먹으려 하지도 않았습니다. 아가씨의 눈에 굵은 눈물 방울이 맺히는 것을 보자 나도 울고 싶었습니다.

그러는 동안에 완전히 밤이 되었습니다. 뿌연 햇살과 희미한 석양빛이 산꼭대기에 남았을 뿐이었습니다. 나는 아가씨가 우리 안에 들어가 쉬도록 했습니다. 깨끗한 짚 위에 고운 새 모피를 깔아놓고, 아가씨에게 잘 자라고 이른 다음 밖으로 나와 문 앞에 앉았습니다. 사랑의 불길에 혈관이 타오르는 듯했는데도 티끌만큼의 나쁜 생각도 머릿속에 떠오르지 않았다는 것을 하느님은 믿어주실 겁니다. 우리 안 한구석에서 잠든 아가씨의 모습을 신기하게 바라보는 양들 곁에서, 다른 어느 양보다도 더 소중하고 순결한 양인 듯 주인집 따님이 나의 보호에 마음놓고 잠들었다는 자랑스런 생각밖에 없었습니다. 하늘이 그처럼 아득하고 별들이 그처럼 빛나 보인 적은 없었습니다……. 갑자기 양 우리의 빗장문이 열리더니 스테파네트 아가씨가 나타났습니다. 아가씨는 잠을 이룰 수가 없었던 모양입니다.

양들이 움직이며 짚을 바스락거리는가 하면, 꿈을 꾸며 울어댔으니까요. 아가씨는 불 곁으로 나오는 편이 더 좋겠다고 생각했습니다. 아가씨가 다가오자 나는 내 염소 모피로 그 어깨를 덮어주고 불을 더욱 활활 타게 했습니다. 그리고 우리들은 말없이 나란히 앉아 있었습니다. 야외에서 밤을 보낸 적이 있다면, 우리가 잠드는 시각에 또 하나의 신비스런 세계가 고독과 정적 속에서 눈을 뜬다는 사실을 아실 겁니다. 그때, 샘물은 더욱 맑게 노래하며, 연못에서는 작은 불꽃들이 빛나게 됩니다. 모든 산의 정령들이 자유롭게 오가며, 대기 속에서는 잘 분간할 수조차 없는 소리와 가볍게 스쳐가는 듯한 소리가 들립니다. 그러한 소리들은 마치 나뭇가지가 자라고 풀잎이 돋아나는 소리인 듯 들립니다. 낮이 생물들의 세상이라면 밤은 사물들의 세상입니다. 그러나 그러한 밤과 친숙하지 못한 사람들은 밤을 무서워합니다. 그래서 우리 아가씨는 몸을 후들후들 떨며 아주 작은 소리만 나도 내게 몸을 바싹 붙였습니다. 한번은 길고 구슬픈 소리가 저 아래 번득이는 연못에서 우리가 앉은 쪽으로 메아리쳐 왔습니다. 바로 그 순간 아름다운 별똥별 하나가 우리 머리 위에서 소리 나는 쪽으로 떨어졌습니다. 마치 방금 들은 저 구슬픈 소리가 빛을 이끌고 가는 것만 같았습니다.

"뭐죠?"

스테파네트 아가씨가 낮은 목소리로 물었습니다.

"천국으로 들어가는 영혼이랍니다."

나는 대답하며 십자가를 그었습니다.

아가씨도 십자가를 그었습니다. 그러고는 잠시 깊은 생각에 잠겨 하늘을 쳐다보더니 물었습니다.

"목동들은 마법사라면서요? 참말인가요?"

"그럴 리가 있나요. 여기에서 살면 별들과 더 가까우니 들에 있는 사람들보다 별에서 일어나는 일을 더 잘 아는 거죠."

아가씨는 여전히 하늘을 쳐다보고 있었습니다. 손으로 턱을 괴고 염소가죽을 두른 아가씨의 모습은 마치 하늘 나라의 귀여운 목동과도 같았습니다.

"참 많기도 해라! 어쩌면 저렇게 아름다울까! 이렇게 많은 별들은 처음 봐요! 저 별들의 이름을 알아요?"

"알고말고요……. 자, 보세요! 바로 우리 머리 위에 있는 것이 '성 야곱의 길(은하수)'이죠. 저것은 프랑스에서 스페인으로 곧장 뻗었어요. 용감한 샤를마뉴 대왕이 사라센과 싸울 때 갈리스의 성 야곱이 길을 가르쳐주기 위해 그려놓았다는 거예요. 더 멀리 있는 저것이 '영혼의 수레(큰곰자리)'예요. 네 개의 바퀴가 반짝이죠. 그 앞에 있는 세 개의 별이 '세 마리의 야수', 그 세 번째 맞은편에 있는 아주 작은 별이 '마차꾼'이라는 거예요. 그 주위에 비오듯 흩어진 별들이 보이죠? 저것은 하느님이 집에 두고 싶어 하지 않는 영혼들이랍니다……. 그보다 조금 아래 있는 것이 '쇠스랑' 또는 '세 명의 왕(오리온)'이랍니다. 저 별들은 우리네 목동들에게 시계의 역할을 해준답니다. 보기만 해도 지금 자정이 지났다는 걸 알 수 있지요. 그보다 조금 아래 언제나 남쪽에서 빛나는 별이 '장 드 밀랑', '별들의 횃불(천랑성)'이죠. 저 별에 대해서 목동들이 하는 이야기가 있죠. 어느 날 밤 '장 드 밀랑'이 '세 명의 왕'과 '닭장(북두칠성)'과 함께 친구 별의 결혼식에 초대받았더랍니다. '닭장'은 성질이 아주 급해 제일 먼저 길을 떠나 윗길로 갔다는군요. 저것 보세요. 저 위에 아주 하늘 한복판에 있지요. '세 명의 왕'은 아랫길로 질러가서 '닭장'을 따라갔답니다. 그러나 느림보인 '장 드 밀랑'은 늦게까지 자다가 아주 뒤에 처지고 말았지요. 그래서 화가 난 그는 두 친구를 멈춰서게 하려고 지팡이를 던졌답니다. 그래서 '세 명의 왕'을 '장 드 밀랑'의 지팡이라고도 부르지요……. 그러나 모든 별 중 가장 아름다운 것은 우리의 별인 '목동의 별'이랍니다. 새벽에 우리가 양 떼를 몰고 나갈 때, 또 저녁이 되어 양 떼를 몰고 들어올 때, 저 별은 우리 앞에서 빛나지요. 우리는 이 별을 '마글론'이라고도 부른답니다. 예쁜 '마글론'은 '프로방스의 베드로(토성)'의 뒤를 쫓아가서 7년에 한 번씩 그와 결혼을 한답니다."

"뭐라구요! 별들도 결혼을 하나요?"

"그럼요."

그리고 별들의 결혼에 대해서 설명하려고 하다가, 나는 신선하고 보드라운 뭔가가 어깨 위에 가볍게 얹히는 것을 느꼈습니다. 리본과 레이스, 물결치는 머리카락이 곱게 부딪히며 내게 기대어온 것은 잠이 들어 무거워진 아가씨의 머리였습니다.

아가씨는 날이 밝아 하늘의 별들이 희미하게 사라질 때까지 꼼짝하지 않았습니다. 가슴이 약간 두근거렸지만, 아름다운 생각만을 보내준 청명한 밤의 신성한 보호를 받으며 나는 잠든 아가씨의 모습을 바라보았습니다. 우리 주위에는 별들이 계속해서 많은 양 떼처럼 말없이 조용히 움직여 갔습니다. 나는 몇 번이나 별들 가운데서 가장 곱고 가장 빛나는 별이 길을 잃고 내려와 내 어깨 위에서 잠들었다고 생각해보았습니다.

아를의 여인

방앗간에서 내려와 마을로 가려면 길가에, 팽나무를 심은 넓은 뜰 안쪽에 서 있는 농가 앞을 지나게 됩니다. 이 집은 진짜 프로방스 지방의 지주 저택으로, 붉은 기와 지붕 꼭대기에는 바람개비가 달렸으며, 갈색을 띤 넓은 정면에는 일정치 않게 창이 났습니다. 그리고 건초를 걷어올리는 활차와 불쑥 뻗어나온 건초 몇 단이 눈에 띕니다.

저 집이 어째서 내게 충격을 주었을까? 저 닫힌 대문이 어째서 내 마음을 억눌렀을까? 나는 그 이유를 말할 수가 없었습니다. 그러면서도 그 집을 보면 몸이 오싹해졌습니다. 집 주위가 너무나 고요했습니다. 집 앞을 지나가도 개들조차 짖지 않았습니다. 집 안에는 인기척 하나 없었습니다. 정말 노새의 방울 소리조차 들리지 않았습니다. 창문에 친 흰 커튼과 지붕에서 솟아오르는 연기만 없었다면,

사람이 살지 않는 집으로 여겼을 겁니다.

어제 정오에 나는 마을에서 집으로 돌아왔는데, 햇빛을 피하려고 그 농가의 담을 따라 팽나무 그늘 속을 걸었습니다. 농가 앞 길에서는 일꾼들이 말없이 마차에 건초를 싣고 마무리를 하는 중이었습니다. 대문이 열려 있었습니다. 지나가면서 흘끗 들여다보았더니 뜰 안 저쪽에 몸집이 큰 노인 한 분이 커다란 돌 테이블 위에 팔을 괴고 두 손은 머리를 감싸쥐고 있었습니다. 그는 머리털이 하얗게 세었으며 아주 짧은 윗저고리와 다 해진 바지를 입었습니다……. 나는 멈춰섰습니다. 한 사람이 낮은 목소리로 나에게 말했습니다.

"쉿! 주인어른이랍니다. 아드님의 불행이 있은 후 저렇게 되셨지요."

그때 검은 상복을 입은 부인과 작은 사내아이가 우리 곁을 지나 집 안으로 들어갔습니다. 그들은 금박을 두른 두꺼운 기도서를 들었습니다.

"……미사에서 돌아오는 주인마님과 작은아드님이죠. 아드님이 자살한 뒤로는 매일 미사에 나가신답니다. 아! 선생님, 얼마나 가슴 아픈 일입니까! 아버지는 죽은 아들의 옷을 입고 있는데, 아무리 벗기려 해도 벗길 수가 없답니다. 이랴! 쯧쯧!"

마차가 흔들리더니 움직이기 시작했습니다. 나는 이야기를 더 자세히 듣고 싶어서 마차꾼에게 곁에 앉게 해달라고 청했습니다. 그리하여 나는 마차 위 건초 더미 사이에서, 저 슬픈 이야기를 전부 듣게 되었습니다.

*

그의 이름은 장이었습니다. 그는 색시처럼 온순했으며, 건장하고 얼굴이 밝은 스무 살의 훌륭한 농부였습니다. 그는 아주 미남이어서 여자들의 시선을 끌었으나, 그의 머릿속에는 오직 한 여자밖에 없었습니다. 아를의 투기장에서 한 번 만난, 벨벳과 레이스로 몸을 감싼 귀여운 아를 여자였습니다. 집에서는 우선 이들의 관계를 좋아하지 않았습니다. 여자는 바람둥이로 알려져 있었으며, 여자의 부모는 이 지방 사람들이 아니었습니다. 그러나 장은 그 여자에게 필사적이었습니다.

"저 여자를 못 얻으면 죽어버리겠어."

그는 말했습니다.

어쩔 수 없는 일이었습니다. 부모들은 추수가 끝나면 둘을 결혼시키기로 정했습니다.

그런데 어느 일요일 저녁, 농가의 마당에서 가족들이 막 저녁 식사를 끝냈을 때였습니다. 그 저녁 식사는 결혼 축하연이나 다름 없었습니다. 신부는 참석하지 않았으나 가족들은 시종 신부를 위해 축배를 들었습니다. 그때 한 사내가 문 앞에 나타났습니다. 그는 떨리는 목소리로 에스테브 주인 영감님에게만 할 말이 있다고 했습니다. 에스테브는 자리에서 일어나서 밖으로 나갔습니다.

"영감님, 당신은 2년 동안이나 제 정부였던 화냥년과 아드님을 결혼시키려 하고 계십니다. 이건 사실입니다. 자, 여기 증거로 편지가 있습니다. 그년의 부모도 다 압니다. 제게 그년을 주겠다고 약속

했답니다. 그런데 당신 아드님이 그녀에게 구혼을 한 뒤로는 그녀이나 그녀 부모나 저를 싫어했지요. 그래도 과거가 있는데 다른 사람의 아내가 될 거라고는 생각 못했습니다."

"알겠소!"

편지를 보고 나서 에스테브 영감님은 말했습니다.

"들어와서 포도주나 한잔 드시오."

"고맙습니다. 하지만 너무나 가슴이 아파 술 마실 생각이 없습니다."

그리고 사내는 가버렸습니다.

주인은 아무런 일도 없었다는 듯이 다시 들어와 식탁에 앉았습니다. 연회는 즐겁게 끝났습니다…….

그날 밤 에스테브 영감님은 아들을 데리고 들로 나갔습니다. 두 사람은 오랫동안 돌아오지 않았습니다. 어머니는 두 사람이 돌아올 때까지 기다렸습니다.

"여보, 키스해주구려! 가엾은 녀석이야……."

지주 영감님은 아들을 어머니에게 데리고 오더니 말했습니다.

*

장은 아를 여자 이야기는 더는 하지 않았습니다. 그러나 그는 여전히 그 여자를 사랑했습니다. 다른 사람의 수중에 있는 여자라는 것을 알게 된 후로는 더욱 그러했습니다. 너무나 자존심이 강해서 아무 말도 하지 않았을 따름입니다. 가엾게도 그러한 성격이 그를 자살하게 만들고 말았습니다……. 그는 한구석에 틀어박혀 하루 종일 혼자서 꼼짝 않고 보내는 때도 있었습니다. 어느 때는 미친 듯이 밭으로 가서 날품팔이 열 사람치의 일을 혼자서 해치웠습니다. 저녁이 되면 아를로 뻗은 길을 따라 아를시의 뾰족한 종탑이 서쪽 하늘에 보일 때까지 걸어갔다가 되돌아왔습니다. 결코 그 이상 더 멀리는 가지 않았습니다.

이렇게 그는 언제나 혼자 슬픔에 싸여 있었고 집안 사람들은 그 모습을 보고도 어떻게 해야 할지 몰랐습니다. 가족들은 불상사가 일어나지 않을까 걱정했습니다. 한번은 식탁에서 어머니가 눈물이 괸 눈으로 그를 바라보며 말했습니다.

"그래, 들어봐라. 네가 끝내 그 여자를 원한다면 결혼시켜주마."

아버지는 창피스러워 얼굴을 붉히고 고개를 숙였습니다.

장은 싫다는 내색을 하고는 밖으로 나갔습니다.

그날부터 그는 생활 태도를 바꾸었습니다. 부모님을 안심시키려고 언제나 명랑한 표정을 지었습니다. 무도회나 술집에 그가 모습을 다시 드러냈습니다.

"저 애의 마음이 아문 모양이군."

아버지는 말했으나 어머니만은 여전히 염려하며 전보다도 더 아들의 거동을 살펴보았습니다. 장은 양잠실 바로 옆방에서 동생과 함께 잤습니다. 가엾은 어머니는 그 옆방에 침대를 갖다 놓으라고 했습니다. 밤중에 누에를 보살펴야 할지도 모른다면서…….

지주들의 수호신인 성 엘루아의 축제일이 되었습니다.

농가의 커다란 기쁨이었습니다. 누구나 포도주를 마음껏 마실 수 있었습니다. 꽃불이 터지고 마당에 모닥불이 타오르고, 팽나무에 가득히 오색 등불이 걸렸습니다. 성 엘루아 만세! 사람들은 쓰러질 때까지 춤을 추었습니다. 동생은 새 옷을 태워먹었습니다. 장도 기쁜 표정이었습니다. 그는 어머니와 춤을 추려고 했습니다. 어머니는 기뻐서 눈물을 흘렸습니다.

자정이 되자 사람들은 자러 갔습니다. 누구나 졸렸으니까요. 장만은 자지 못했습니다. 아우는 나중에 형이 밤새 흐느껴 울었다고 말했습니다. 아! 그는 심히 괴로웠을 겁니다.

이튿날 새벽, 어머니는 누가 자기 방을 지나 달려가는 소리를 들었습니다. 어떤 예감이 들었습니다.

"장이냐?"

장은 대답이 없었습니다. 그는 벌써 층계를 올라갔습니다.

어머니는 급히 자리에서 일어났습니다.

"장, 어딜 가니?"

장은 다락방으로 올라갔습니다. 어머니는 그를 따라 올라갔습니다.

"애야, 무슨 짓이냐!"

장은 문을 닫고 빗장을 질렀습니다.

"얘, 장. 왜 그러니? 말 좀 해라."

주름진 손을 떨면서 어머니는 더듬더듬 문고리를 찾았습니다……. 창문이 열리더니 포석을 깐 마당 위에 사람이 떨어지는 소리가 나고는 잠잠했습니다.

가엾은 아들은 이렇게 생각한 겁니다.

'아무래도 그 여자를 잊을 수가 없다. 죽어버리자.'

아! 우리 인간의 마음이란 얼마나 가련한가! 하지만 아무리 상대방을 경멸하려 해도 사랑하는 마음을 끝내 꺾을 수가 없다면 어찌 가혹한 일이 아니겠습니까?

이튿날 아침, 마을 사람들은 에스테브의 집 쪽에서 누가 그렇게 울었느냐고 서로 물어보았습니다.

그것은 뜰 안, 이슬과 피로 물든 돌 테이블 앞에서, 죽은 아들을 끌어안고 풀어헤친 가슴이 미어지도록 흐느껴 운 어머니의 울음소리였습니다.

상기네르의 등대

간밤에는 잠을 잘 수가 없었습니다. 북풍이 사납게 소란을 피우는 소리에 나는 아침까지 뜬눈으로 지샜습니다. 부서진 풍찻간 날개는 돛대처럼 북풍을 받아 소리를 내며 무겁게 흔들렸으며, 집 전체가 삐걱거리는 소리를 냈습니다. 기왓장이 깨져 지붕에서 날아갔고, 멀리 언덕을 뒤덮은 빽빽한 소나무 숲은 어둠 속에서 몸을 뒤흔들며 윙윙댔습니다. 마치 바다 한복판에 있는 듯한 느낌이 들었습니다······.

3년 전 코르시카섬 연안, 아자치오만 어구에 있는 상기네르의 등대에서 지내던 때의 잠 못 이루던 밤들이 생생하게 내 머리에 떠올랐습니다.

그곳 역시 내가 몽상과 고독에 잠기기 위해 찾아낸 아름다운 은둔처였습니다. 상상해보십시오. 붉은빛을 띤 섬, 황량한 풍경을. 한쪽 끝에는 등대, 다른 쪽엔 제노바 시대의 고탑. 내가 그곳에 머물 때는 독수리가 한 마리 탑 속에서 살았습니다. 저 아래 바닷가에는 온통 잡초에 뒤덮인 허물어진 격리소가 하나. 골짜기와 밀림과 거대한 암석, 몇 마리의 산양, 갈기를 바람에 날리며 뛰어다니는 작은 코르시카 말들. 그리고 섬 꼭대기에 높이 솟아 그 주위로 바닷새들이 빙빙 도는 등대지기의 집. 등대지기의 집에는 등대지기들이 자유롭게 거닐 수 있는 흰 석조 노대, 아치형 푸른 대문, 주철로 만든 작은 탑, 그리고 탑 위에는 대낮에도 빛을 발하며 햇빛을 받아 불타는 것 같은 거대한 다각형 램프가 있었습니다. 이것이 지난밤, 소나무 숲이 윙윙거리는 소리를 들으며 다시 눈앞에 그려본 상기네르의 섬 모습이었습니다. 내가 풍찻간을 입수하기 전에 대기와 고독이 그리울 때면 종종 가서 틀어박히던 곳이 바로 저 아름다운 섬이었습니다.

나는 그곳에서 무엇을 했던가?

이곳 생활과 다름이 없었습니다. 오히려 더 한가했습니다. 바람이 그다지 심하게 불지 않을 때는 수면과 가지런히 놓인 두 바위 틈에 앉아 갈매기와 티티새와 제비 들 속에서 하루를 보냈습니다. 그곳에서 바다를 바라보면 온몸이 나른하게 감미로움 속에 잠겼습니다. 당신도 아실 겁니다. 저 영혼의 황홀한 도취를. 생각에 잠긴 것도 아니요, 몽상에 잠긴 것도 아닌 상태. 자기 자신의 존재에서 완전히 해방되어 하늘 높이 날아오르는 듯한 기분. 물속으로 뛰어드는 갈매기, 햇빛 속에서 파도와 파도 사이를 떠도는 물거품, 멀어져가는 우편선의 흰 연기, 붉은 돛을 단 산호섬, 진주 같은 물방울, 떠도는 안개나 이외의 온갖 삼라만상이 나 자신이 됩니다. 아, 나는 나의 섬에서 얼마나 많은 시간을 도취와 망아(忘我)의 행복한 순간 속에서 보내었던가! 바람이 심한 날은 바닷가에 있을 수 없어서 격리소의 뜰에서 꼼짝 않고 지냈습니다. 로즈메리와 들쑥 향기가 가득히 풍기는 작고 쓸쓸한 뜰이었습니다. 나는 그곳 낡은 담에 기대어 쭈그리고 앉아, 옛날 무덤들처럼 사방이 트인, 돌로 만든 오두막집들 속을 햇빛과 함께 떠도는 정적과 우수의 아련한 향기에 포근히 잠겨보았습니다. 이따금 문을 두드리는 소리가 나고 풀숲에서 무엇이 가볍게 뜁니다. 그것은 바람을 피하여 뜰 안의 풀을 뜯어 먹으러 온 염소였습니다. 나를 보자 염소는 놀라서 멈칫 섰습니다. 생기 있어 보이는, 뿔이 긴 염소는 어린이같이 순진한 눈매로 쳐다보면서 내 앞에 꼼짝 않고 서 있었습니다.

5시쯤이면 등대지기들은 확성기로 저녁을 먹으라고 나를 불렀습니다. 그러면 나는 바다 위에 가파르게 경사진 숲속의 오솔길을 따라 올라갔습니다. 올라갈수록 더 넓어지는 듯한 물과 빛의 끝없는 수평선을 발을 옮길 적마다 되돌아보며 나는 천천히 등대로 돌아오곤 했습니다.

그곳은 아주 상쾌했습니다. 지금도 눈에 선합니다. 바닥에는 커다란 포석을 깔고 참나무로 벽을 댄 아담한 식당, 한복판에는 김이 무럭무럭 나는 생선국, 흰 테라스 위에 활짝 열린 문, 그 문으로 들어오는 석양빛……. 등대지기들은 식탁에 앉아 나를 기다렸습니다. 모두 세 사람이었습니다. 마르세유 사람이 하나, 코르시카 사람이 둘이었습니다. 세 사람이 다 키가 작고, 수염이 많이 났으며, 살갗이 트고 얼굴은 검게 탔으며, 똑같은 염소털 풀론*을 입었습니다. 태도와 기질은 전혀 대조적이었습니다.

이 사람들의 생활 태도를 보면 두 지방 사람의 차이를 당장 알 수 있습니다. 마르세유 사람은 부지런하고 활동적이었습니다. 그는 아침부터 저녁까지 섬 안을 뛰어다니며, 정원을 가꾼다, 낚시질을 한다, 구아유의 알을 주워 모은다, 숲속에 숨어 있다가 지나가는 염소를 붙잡아 젖을 짠다 하며 쉴새 없이 바쁘게 돌아다녔습니다. 그래서 부야베쓰 생선국이나 아이올리 소스 요리가 떨어지는 때가 없었습니다.

코르시카 사람들은 근무 이외 일에는 절대로 손대는 일이 없었습니다. 그들은 자기 자신을 관리로 생각했습니다. 매일 부엌에서 끝도 없는 스코파 놀이를 하며 소일했습니다. 스코파 놀이를 멈출 때라고는 점잖게 파이프에 불을 붙일 때나 커다란 녹연초 잎을 손바닥 위에 놓고 가위로 잘게 썰 때뿐이었습니다.

그러나 이들 세 사람은 모두 단순하고 소박하며, 선량한 사람들이었습니다. 요컨대 그들은 주인으로서 극진한 친절을 베풀어주었습니다. 그들에게는 내가 아주 이상한 사람으로 보였을 터인데도.

생각해보십시오. 그렇지 않겠습니까! 기쁨을 찾아 등대로 와서 틀어박히다니……. 등대지기에게는 하루하루가 지루하기만 하고, 차례가 되어 육지로 가는 것만이 기쁨인데……. 날씨가 좋은 계절

---

* 두건 달린 수부용 외투

에는 커다란 기쁨이 달마다 찾아옵니다. 30일의 등대 생활에 10일간의 육지 생활, 이것이 규칙이었습니다. 그러나 겨울철과 기후가 나쁠 때는 규칙을 그대로 지킬 수가 없습니다. 바람이 일고 파도가 거세지며 상기네르의 섬들이 물거품으로 하얗게 되면, 근무 중인 등대지기들은 2, 3개월을 계속해서, 어떤 때는 무서운 사태 속에서 갇혀 있어야 합니다.

어느 날, 저녁 식사를 하며 바르톨리 영감이 나에게 이런 이야기를 들려주었습니다.

"5년 전에 일어난 일이지요. 우리가 식사를 하는 바로 이 식탁에서였습니다. 오늘과 같은 겨울밤이었어요. 그날 등대에는 나와 체코라는 동료, 두 사람뿐이었습니다……. 다른 친구들은 휴가다, 병이다 하여 육지에 가 있었지요……. 우리는 말없이 식사를 끝내가는 참이었어요……. 그런데 갑자기 동료가 숟가락을 멈추더니 잠시 나를 얼빠진 눈으로 바라보다가 팔을 앞으로 뻗은 채 털썩 식탁 위에 쓰러졌습니다. 나는 달려가서 그를 흔들며 이름을 불렀어요.

어이, 체……. 이봐, 체…….

대답이 없었어요. 그는 죽었던 겁니다. 아시겠지요. 내가 얼마나 놀랐는지. 나는 한 시간 이상이나 시체 앞에서 넋을 잃고 떨었답니다. 그러자 문득 '등대불은……' 하는 생각이 떠올랐습니다. 나는 즉시 등화실로 올라가서 불을 켰습니다. 이미 밤이었습니다. 참으로 끔찍한 밤이었어요. 파도 소리도 바람 소리도 벌써 심상치 않았습니다. 내내 누가 계단에서 나를 부르는 것만 같았지요. 그래서 나는 열이 나고, 얼마나 목이 탔는지! 그러나 내려갈 수가 없었습니다……. 시체가 너무도 무서웠습니다. 하지만 새벽이 되자 용기가 좀 났습니다. 나는 친구를 침대로 운반해놓고 천을 덮어주고는 잠시 기도를 드린 뒤 급히 구조 신호를 보냈습니다. 불행히도 바다는 풍랑이 너무 심했습니다. 아무리 불러도 와주는 사람은 없었습니다. 그래서 나 홀로 가엾은 체코와 함께 등대에 남아 있어야 했고, 참 막막했습니다. 나는 배가 올 때까지 그를 곁에 두어둘 수 있었으면 했어요. 그러나 3일이 지나니 그럴 수가 없었습니다. 어떻게 할까 밖으로 내갈까? 땅에다 묻을까? 섬에는 까마귀가 수없이 많고 바위가 너무나 단단했습니다. 고인을 까마귀 밥이 되게 버려둘 수는 없었습니다. 차마 못할 짓이었죠. 그래서 그를 격리소 방 안에 옮겨두자는 생각이 났습니다. 그 따분한 일을 하는 데 오후가 꼬박 걸렸습니다. 말할 것도 없이 용기가 필요한 일이었죠. 참, 지금도 바람이 심하게 부는 오후에 그쪽으로 내려가려면 어깨에 시체를 메고 있는 듯한 생각이 든답니다…….”

가엾은 바르톨리 영감! 그는 그런 생각만으로도 이마에 땀을 흘렸습니다.

우리의 식사는 이렇게 긴 이야기 가운데서 진행되었습니다. 등대, 바다, 난파선 이야기, 코르시카섬의 산적 이야기 등. 그러자 해가 저물기 시작했습니다. 첫 번째 당번인 등대지기가 작은 램프에 불을 켜고 파이프와 물통, 상기네르에 있는 유일한 책인, 두껍고 붉은 테를 두른 《플루타크 영웅전》을 들고 안쪽으로 사라졌습니다. 잠시 후 쇠사슬과 활차와 커다란 시계추 소리가 온 등대 안에 울렸습니다.

그동안 나는 밖으로 나가 테라스에 앉아 있었습니다. 벌써 아주 기운 태양은 수평선 전체를 이끌며 점점 빠른 속도로 수면을 향해 떨어졌습니다. 바람이 선선해지며 섬은 보랏빛으로 물들었습니다. 가까이에서 커다란 새가 무겁게 하늘을 날았습니다. 제노바식 탑으로 돌아오는 독수리였습니다. 조금씩 바다에서 안개가 피어 올랐습니다. 이윽고 섬 주변의 흰 물거품밖에 아무것도 보이지 않았습니다. 갑자기 머리 위에서 부드럽고 커다란 광선이 뻗어 나왔습니다. 등대에 불이 켜진 것입니다. 밝은 광선이 섬 전체를 어둠 속에 남겨 둔 채, 바다 한복판으로 뻗어갔습니다. 나를 간신히 스치며 지나가는 커다란 빛의 물결 아래서 나는 밤의 어둠 속에 싸였습니다. 그러나 바람은 더욱 쌀쌀해졌습니다. 집 안으로 들어가야만 했습니다. 나는 손으로 더듬으며 커다란 문을 닫고 쇠 빗장을 찌르고는 다시 손으로 더듬으며 좁은 주철 계단을 올라갔습니다. 발밑에서 층계가 흔들리며 삐걱거렸습니다. 등대 위에 이르자 그곳이야말로 광명에 차 있었습니다.

심지가 여섯 줄 있는 거대한 카르셀 램프를 상상해보십시오. 그 주위를 서서히 도는 등대실의 벽은 거대한 수정 렌즈가 박혀 있거나, 불이 꺼지지 않게 바람을 막아주는 커다란 고정 유리판을 향해 열려 있기도 했습니다……. 방으로 들어가자 나는 눈을 뜰 수가 없었습니다. 구리와 주석, 백색 금속 반사경, 커다란 푸른 원광을 그리며 도는 오목한 수정 유리 벽, 이 모든 반사광과 심지가 타는 소리에 나는 잠시 눈앞이 캄캄했습니다.

그러는 동안 차츰차츰 눈이 익숙해져서 나는 등불 바로 밑으로 가서 잠을 쫓기 위해 커다란 소리로 《플루타크 영웅전》을 읽는 등대지기 곁에 앉았습니다.

밖은 암흑과 심연. 유리 벽을 둘러싼 작은 발코니에서는 바람이 미친 듯이 소리치며 날뛰었습니다. 등대가 삐걱거리고 바다가 울부짖었습니다. 섬 끝, 암초에 와서 부딪히는 파도가 포성처럼 소리쳤습니다. 이따금 보이지 않는 손가락이 유리창을 두드렸습니다. 그것은 불빛을 보고 끌려와서 머리를 유리에 부딪히는 밤새들이었습니다. 따뜻하고 밝은 등대실 안에는 심지가 타는 소리, 방울방울 떨어지는 기름 소리, 사슬이 풀리는 소리, 데메트리우스 드 팔레르의 생애를 낭독하는 단조로운 음성뿐이었습니다.

자정이 되자 등대지기는 자리에서 일어나 등불의 심지를 다시 한 번 살펴보았습니다. 그러고 나서 우리는 등대실에서 내려왔습니다. 층계에서 눈을 비비며 올라오는 두 번째 당번을 만났습니다. 우리는 그에게 물통과 《플루타크 영웅전》을 넘겨주었습니다. 등대지기는 자러 가기 전에 쇠사슬, 커다란 추, 주석 용기, 밧줄이 가득한 구석방에 잠깐 들어가더니, 작은 램프의 희미한 불빛 속에서 언제나 펼쳐두는 커다란 등대 일지에 이렇게 기록했습니다.

"자정. 파도 극심. 폭풍. 먼 바다에 배가 보임."

세미앙트호의 최후

 지난밤의 북풍이 우리를 코르시카 해안 쪽으로 떠밀어주었으니, 그곳 어부들이 종종 밤을 새워가며 이야기하는 무시무시한 바다 이야기를 하나 들려드리겠습니다. 나는 우연히 아주 기이한 이야기를 알게 되었습니다.
 ······지금으로부터 2, 3년 전이었습니다.
 나는 7, 8명의 세관 수부들과 함께 사르디니아 근처를 항해했습니다. 처음으로 배를 타본 나에게는 참으로 괴로운 항해였습니다. 3월 내내 하루도 날씨 좋은 날이 없었습니다. 동풍이 악착스럽게 우리 배를 뒤따랐습니다. 바다의 노여움이 풀리지를 않았습니다.
 어느 날 저녁 우리 배는 폭풍에 쫓겨 보니파치오 해협 어구에 모여 있는 작은 섬들 사이로 피했습니다······. 섬들의 경치는 보잘것없었습니다. 새들로 뒤덮인 맨숭맨숭한 바위들, 향쑥이 무성한 수

풀과 유향나무 숲, 여기저기 진흙 속에서 썩고 있는 나무토막들뿐이었습니다. 그러나 파도가 제 집처럼 드나들며 갑판도 반쪽밖에 없는 낡은 배의 선실보다는 저 음산한 바위들이 밤을 보내기에는 훨씬 나았습니다. 우리는 다행으로 여겼습니다.

섬에 상륙하자마자 수부들은 생선국을 끓이려고 불을 지폈습니다. 그러는 사이 선장은 나를 부르더니 섬 끝 안개 속에 묻힌 희고 야트막한 돌담을 가리켰습니다.

"묘지에 가보시겠소?"

"묘지라구요? 리오네티 선장님! 도대체 여기가 어딥니까?"

"라베치 군도랍니다. 10년 전에 세미앙트호가 파선해, 선원 600명이 묻혔지요. 가엾은 친구들! 찾아오는 사람도 없었답니다. 우리가 이왕 여기 왔으니 찾아보는 게 도리가 아니겠소……."

"암, 그렇지요."

세미앙트호의 묘지는 얼마나 황량했던가! 아직도 눈에 선합니다. 야트막하고 볼품 없는 담, 녹이 슬어 잘 열리지도 않는 철문, 정적에 싸인 예배당, 잡초 속에 묻힌 몇백 개의 검은 십자가. 국화꽃 화환이나 기념비 하나도 없었습니다. 아! 아무도 돌봐주는 이 없는 가엾은 주검들, 우연히 묻히게 된 그들의 무덤 속은 얼마나 차가웠을까!

우리는 잠시 동안 그곳에서 무릎을 꿇고 있었답니다. 선장은 큰 목소리로 기도를 했습니다. 묘지를 지키는 것은 우리의 머리 위를 빙빙 도는 커다란 갈매기들뿐이었습니다. 그들의 목쉰 울음소리가 흐느끼는 파도 소리에 섞여 들려왔습니다.

 기도가 끝나자 우리는 배를 매어둔 섬 끝으로 쓸쓸히 되돌아왔습니다. 우리가 없는 동안 수부들은 쓸데없이 시간만 보낸 것은 아니었습니다. 바위 뒤에서 커다란 불꽃이 타올랐고 냄비에서는 김이 무럭무럭 났습니다. 그들은 둥글게 둘러앉아서 발을 말리고 있었습니다. 이윽고 저마다 잔뜩 젖은 검은 빵 두 조각이 담긴 붉은 질그릇을 무릎 위에 놓고 앉았습니다. 식사는 조용히 진행되었습니다. 다들 몸이 젖은 데다 시장했으며, 더구나 묘지가 곁에 있었으니까요······. 그러나 그릇이 비자 수부들은 파이프를 태워 물고 이야기를 꺼내기 시작했습니다. 물론 세미앙트호에 관한 이야기였습니다.

 "그런데 어떻게 하다가 그런 사건이 일어났나요?"

 나는 두 손으로 머리를 감싸고 생각에 잠겨 불꽃을 바라보는 선장에게 물어보았습니다.

 "어떻게 하다가 그런 사건이 일어났냐구요?"

 사람좋은 리오네티는 크게 한숨을 쉬며 대답했습니다.

 "아아! 그걸 아는 사람은 아무도 없습니다. 우리가 아는 거라곤 세미앙트호가 크리미아로 가는 군대를 싣고 그 전날 저녁, 일기가 나쁜데도 툴롱을 떠났다는 사실뿐이지요. 밤이 되어도 날씨는 여전히 험악했습니다. 바람이 불고, 비가 퍼붓고, 파도가 높고, 이제까지 볼 수 없던 험악한 바다였습니다. 아침이 되니 바람은 좀 가라앉았지만 바다는 여전히 그 상태였죠. 게다가 빌어먹을 안개가 지독히 끼어 지척에 있는 신호조차 분간할 수가 없었습니다. 안개가 얼마나 위험한지는 상상도 못할 정도랍니다······. 그러나 안개 때문에 사고 나는 일은 없죠. 아마도 세미앙트호는 아침나절에 키를 잃었던 모양입니다. 안개란 오래 계속되는 것은 아니니 키가 부서져 나가지만 않았다면 결코 이런 곳에 와서 쓰러지고 말 선장은 아니었죠. 그는 우리가 다 아는 무서운 뱃사람이었습니다. 3년 동안 코르시카에 있는 정박소를 지휘했어요. 그러니 다른 것은 몰라도 코르시카 해안은 나만큼 잘 알았답니다."

"세미앙트호가 조난당한 것은 언제였을까요?"

"정오였겠죠. 그렇죠, 아주 정오에……. 하지만 빌어먹을 안개 때문에 대낮이라도 캄캄한 밤이나 다름없었겠죠……. 해안의 한 세관원이 나한테 이런 이야기를 들려주더군요. 그날 11시 30분쯤에 세관원이 덧문을 붙이려고 집 밖으로 나왔다가 바람에 모자를 날려버렸더랍니다. 그래서 파도에 휩쓸려갈 위험을 무릅쓰면서까지 해변을 따라 엉금엉금 기며, 모자를 쫓아갔다는군요. 아시다시피 세관원들은 부유하지 못하지요. 그러니 모자 하나라도 그들한테는 대단하죠. 그런데 그가 잠깐 고개를 들었을 때, 바로 곁에서 돛도 없는 커다란 배가 안개 속에서 바람에 밀려 라베치 군도 쪽으로 쏜살같이 사라지는 게 보인 모양입니다. 배가 어떻게나 빨리 달아나던지 자세히 볼 여유조차 없었더랍니다. 그러나 여러모로 생각해봐도 그것은 세미앙트호가 틀림없었어요. 반시간 후 섬의 양치기가 바위에 부딪히는 소리를 들었다니까요……. 아, 바로 그 양치기가 저기 와 있군요. 직접 양치기의 말을 들어보세요. 안녕하신가, 팔롱보! …… 이리 와서 몸 좀 녹이게나. 어려워할 건 없어."

두건을 쓴 사내가 조심스럽게 우리 곁으로 다가왔습니다. 나는 그가 조금 전부터 불가에서 서성대는 모습을 보았으나 섬에 양치기가 있다는 것을 몰랐기 때문에 선원 중 한 사람이라고 생각하고 있었답니다.

  그는 문둥병 환자인 데다 거의 백치에 가까운 늙은이였으며, 무슨 괴혈병에라도 걸렸는지 입술이 크고 두꺼워져서 보기에도 징그러웠습니다. 그에게 말을 알아듣도록 설명하기까지는 여간 힘이 들지 않았습니다. 그러자 손가락으로 병든 입술을 치켜올리면서, 노인은 사실 그날 정오 무렵에 자기 오두막집에서 바위에 무엇이 부딪혀 부서지는 무서운 소리를 들었노라고 우리에게 이야기를 했습니다. 섬이 온통 물에 덮여서 그는 밖으로 나갈 수가 없었다고 했죠. 이튿날 겨우 문을 열고 밖으로 나와 보니 해변에는 파도에 밀려와 흩어진 배의 잔해와 시체가 가득하더랍니다. 그는 놀라서 사람들을 데리러 보니파치오로 가려고 자기 배가 있는 곳으로 달려갔답니다.

  이야기하기에 지친 양치기는 자리에 앉았습니다. 선장이 다시 말을 이었습니다.

  "네, 우리한테 와서 알려준 것은 저 불쌍한 노인이었죠. 두려움에 거의 미친 사람 같았어요. 그 사건으로 머리가 돌았답니다. 사실 무리가 아니지요. 판자 조각과 찢어진 돛 폭에 섞여 600구의 시체가 모래밭 위에 산더미처럼 쌓여 있다고 상상해보세요……. 비참한 세미앙트……! 파도가 어떻게나 잘 부숴놓았던지 팔롱보는 오두막집 울타리를 만들 재목조차 찾기 힘들었다니까요……. 사람들은 거의 전부 얼굴이 망가지고 팔다리가 무참하게 떨어져나가 서로 무더기로 얽힌 모습은 차마 볼 수 없을 정도였어요. 우리는 정장을 한 선장과 스톨을 목에 걸친 신부를 찾아냈습니다. 한쪽 구석 바위 틈에 작은 소년 수부가 눈을 뜬 채 있었죠. 살아 있는 것처럼 보였습니다. 그러나 살아남은 사람은 결코 한 사람도 없었어요."

선장은 여기에서 이야기를 중단하더니 소리쳤습니다.

"나르디, 정신차려!"

불이 꺼져가고 있었습니다. 나르디는 불등걸에 니스 칠을 한 두세 개의 판자 조각을 던졌습니다. 불이 다시 피어 올랐습니다. 리오네티는 이야기를 계속했습니다.

"그 사건 중에서 제일 비참한 이야기는 이렇습니다. 재난이 있기 3주일 전에, 세미앙트호처럼 크리미아로 가던 작은 군함 한 척이 바로 같은 지점에서 같은 방법으로 파선을 당했지요. 다만 그때는 우리가 달려가서 승무원과 배에 탄 20명의 병참병을 구할 수가 있었지요. 가엾게도 병참병들은 바다에는 익숙지 못했겠죠. 우리는 그들을 보니파치오로 데리고 가서 우리와 함께 수부들의 숙소에서 이틀 동안을 묵게 했어요. 옷이 마르고 원기를 회복하자 그들은 안녕히 계십시오! 행운을 빕니다! 하며 툴롱으로 돌아갔지요. 얼마 후 그들은 거기에서 다시 크리미아로 가는 배를 탔답니다. 무슨 배였는지 아시겠어요? 바로 세미앙트호였습니다……. 우리는 그들 20명이 모두 시체들 속에 누운 것을 보았어요. 지금 우리가 앉아 있는 이 장소에서 나는 내 손으로 예쁘장하게 생긴 하사 한 사람을 들어 옮겼습니다. 수염이 멋있게 난 금발의 파리 청년이었어요. 우리 집에 재운 청년이었는데, 재미있는 이야기로 우리를 웃기곤 했죠.

그를 보자 가슴이 터지는 듯했어요······. 아아! 산타마드르!"
리오네티의 이야기는 여기에서 끝났습니다. 그는 감개무량한 듯 파이프의 재를 털더니, 나에게 잘 자라고 하면서 외투를 둘러썼습니다······. 수부들은 얼마 동안 낮은 목소리로 이야기를 계속했습니다. 그러더니 하나둘 파이프의 불이 꺼지면서 잠잠해졌습니다. 양치기 노인도 가버렸습니다. 그리하여 나는 잠든 선원들 틈에서 혼자 공상에 잠겼습니다.

방금 들은 비참한 이야기의 인상이 사라지기 전에, 나는 갈매기들만이 목격한 처참한 조난선의 최후를 머릿속에서 다시 이야기로 꾸며보려고 했습니다. 정장을 차려 입은 선장, 신부의 스톨, 20명의 병참병, 이런 몇 가지 감동적인 사건들이 이야기를 변화 있게 꾸며 나가는 데 도움을 주었습니다. 밤에 툴롱에서 출발하는 전함의 모습이 눈앞에 보이는 것 같았습니다······.
전함은 항구에서 떠났습니다. 바다는 험악하고, 바람은 사납게 붑니다. 그러나 용감한 수부를 선장으로 모시는지라 배에 탄 사람들은 모두 마음놓고 있습니다······.
아침이 되자, 바다에서 안개가 피어 오릅니다. 승무원들의 마음이 불안해지기 시작합니다. 승무원들은 모두 상갑판에 있습니다. 선장은 뒷갑판에 있는 자기 자리를 떠나지 않습니다. 병사들이 자리 잡은 삼등실은 어둡고 숨이 막힐 것 같습니다. 병사들 몇 사람이 배낭에 기대어 앓고 있습니다. 배가 무섭게 흔들려 도저히 서 있을 수가 없습니다. 사람들은 몇 명씩 몰려 의자를 움켜잡고 맨바닥에 앉아서 이야기를 합니다. 큰 소리로 말하지 않으면 들리지가 않습니다. 그중에는 덜덜 떨기 시작한 사람들도 있습니다……. 저것 좀 들어보세요! 이 근방에서는 난파당하는 수가 가끔 있다는군요. 이건 병참병들이 하는 이야기입니다. 그들의 이야기는 사람들의 마음을 불안하게 합니다. 특히 하사는 파리 사람이라 계속해서 허풍을 떨며 농담으로 사람들의 간담을 서늘하게 합니다.

"파선! ……그거 아주 재미있는 일이야. 차디찬 물속에 잠시 들어갔다 나오는 거지. 그다음엔 보니파치오로 가서 리오네티 선장 집에 들러 티티새 요리를 먹게 될 거야."

병사들이 웃음을 터뜨리는데…….

갑작스러운 충격……. 웬일인가? 무슨 일이 일어났나……?

"키가 달아났다!"

물에 흠뻑 젖은 수부가 갑판 위를 뛰어가며 소리칩니다.

"잘 가거라!"

열에 들뜬 하사가 소리칩니다. 그러나 아무도 웃는 사람이 없습니다.

갑판 위에서는 대소동이 벌어집니다. 안개 때문에 서로 알아볼 수도 없습니다. 수부들은 겁에 질려 손으로 더듬으며 우왕좌왕합니다……. 키가 없으니 조종은 불가능합니다……. 세미앙트호는 물결을 따라 바람처럼 질주합니다……. 세관원이 세미앙트호를 본 것은 바로 이때입니다. 시간은 11시 30분, 선수 쪽에서 포성 같은 소리가 들립니다. 암초다! 암초다! 마지막입니다. 이제는 볼장 다 보았습니다. 배는 곧장 해안을 향해 달립니다. 선장은 선실로 내려갑니다. 잠시 후 그는 다시 자기 자리로 돌아옵니다. 정장을 했습니다. 그는 최후를 장식하고 싶었던 겁니다. 삼등 선실에서는 병사들이 아무 말도 없이 초조하게 서로 얼굴만 바라봅니다. 환자들은 일어나려고 애를 씁니다. 키 작은 하사도 이제는 웃지 않습니다. 그때, 문이 열리며 신부가 스톨을 목에 걸고 문턱에 나타납니다.

"여러분, 기도를 드립시다."

모두 그의 말에 복종합니다. 신부는 우렁찬 목소리로 최후의 기도를 시작합니다.

갑작스런 끔찍한 충돌, 아우성, 외마디, 고함 소리, 끝없는 울부짖음, 내뻗는 팔, 서로 움켜잡는 손, 죽음의 환상이 번개처럼 스쳐가는 공포에 찬 눈.

아, 참혹한 광경이여!

이와같이 나는 그 잔해에 둘러싸여, 10년 전에 조난당한 배의 넋을 불러일으키며, 하룻밤을 공상으로 보냈습니다. 멀리 해협 안쪽에서는 폭풍우가 미친 듯이 날뛰었습니다.

거센 바람에 모닥불은 꺼질 것만 같았습니다. 나는 우리 배가 바위 아래서 요동하는 소리를 들었습니다. 배를 매어놓은 밧줄이 윙윙 울렸습니다.

세관의 수부들

내가 라베치 군도까지 음울한 항해를 하며 타고 갔던 포르토 페키오 항의 '에밀리호'는 세관의 낡은 배였습니다. 반만 갑판이 있었고, 거기에는 바람과 파도와 비를 피하기 위한, 테이블 하나와 침대 두 개가 겨우 들어가고 역청을 칠한 작은 선실이 하나 있을 뿐이었습니다. 그래서 비바람이라도 치면 선원들 꼴이란 볼 만했습니다. 빗물이 얼굴에 흘러내리고 흠뻑 젖은 작업복에서는 건조실의 빨래에서처럼 김이 무럭무럭 났습니다. 한겨울에도 그 가엾은 사람들은 온종일, 밤에조차 그렇게 물에 젖은 의자에 웅크리고 앉아 불결한 습기 속에서 덜덜 떨었습니다. 배 위에서 불을 피울 수도 없었고 그렇다고 대부분의 경우 배를 해안에 대기도 곤란했기 때문입니다……. 그런데도 그들 중에는 불평하는 사람이 한 사람도 없었습니다. 날씨가 아주 고약한 때에도 그들의 모습은 한결같이 평온하고 명랑해 보였습니다. 하지만 세관 선원들의 생활이란 얼마나 비참했던가!

거의 모두 결혼한 사람들이어서, 처자를 육지에 남겨둔 채 집을 떠나 몇 달 동안을 위험한 해안을 따라 바람 속에서 지내야 했습니다. 먹을 거라고는 곰팡이가 핀 빵과 날파밖에 없었습니다. 왜냐하면 술과 고기는 비싼 데다가 그들은 1년에 500프랑밖에 벌지 못했습니다. 1년에 단 500프랑밖에! 당신은 이렇게 생각할 겁니다. 저 수부의 오막살이 집은 얼마나 불결할까, 애들은 맨발로 돌아다니겠지……! 그러나 그것은 문제가 되지 않았습니다. 그 사람들은 모두 만족스러운 것 같았습니다. 배 뒤쪽 선실 앞에 빗물이 가득 담긴 선원들의 커다란 물통이 하나 있었습니다. 지금도 생각납니다. 그 가엾은 사람들은 물을 다 마시고 나서는 흡족한 듯 "아!" 하며 컵을 흔들곤 했습니다. 그 천진스러운 표정은 우습기도 하고 눈물겹기도 했습니다.

그중에서도 제일 명랑하고 낙천적인 사람은 팔롱보라는, 검게 타고 뚱뚱하고 키 작은 보니파치오 사람이었습니다. 그는 날씨가 아무리 험악해도 노래를 불렀습니다. 파도가 거세지고, 내려앉은 하늘이 어두워지며 먹구름으로 덮일 때, 그리하여 선원들이 모두 하늘을 우러러보며 돛을 잡고 당장 들이닥칠 것 같은 바람을 지켜보고 섰을 때면 배 위의 깊은 침묵과 불안 속에서 팔롱보의 조용한 음성이 들려오기 시작했습니다.

아니죠, 서방님,

리제트는 얌…… 얌전하고,
마…… 마을에 남아 있답니다.

그리고 사납게 소리내며 부는 바람에 돛대가 아무리 윙윙거려도, 배가 흔들리고 갑판 위로 파도가 넘쳐 들어와도 수부의 노랫소리는 파도 위에 올라앉은 갈매기처럼 높아졌다 낮아졌다 하며 한결같이 계속되었습니다. 때로 바람 소리가 너무 커서, 노랫말이 들리지 않는 때도 있었으나 밀려와 부딪히는 파도 소리와 뱃전에서 흘러나가는 물소리에 섞여 짧은 후렴의 가사는 계속해서 되풀이되었습니다.

리제트는 얌…… 얌전하고
마…… 마을에 남아 있답니다.

그런데 바람이 불고 비가 몹시 퍼붓던 어느 날 그의 노랫소리가 들리지 않았습니다. 하도 이상해서 나는 선실에서 머리를 내밀며 말했습니다.
"어이, 팔롱보. 그래 노래는 집어치웠나?"
팔롱보는 대답이 없었습니다. 의자 밑에 누운 채 꼼짝하지 않았습니다. 나는 그의 곁으로 다가갔습니다. 그는 이를 딱딱 마주치고 있었습니다. 전신이 고열로 떨렸습니다.
"풍투라에 걸렸답니다."
동료들이 슬픈 목소리로 나에게 말했습니다.
그들이 풍투라라고 부르는 것은 옆구리가 쑤시는 일종의 늑막염이었습니다. 납빛으로 변한 드넓은 하늘, 물이 넘쳐흐르는 배, 비에 젖어 물개의 가죽처럼 번들거리는 낡은 고무 망토 속에서 뒹구는 가엾은 열병 환자. 나는 이보다 더 서글픈 광경을 본 적이 없었습니다. 이윽고 추위와 바람과 요동하는 물결은 그의 병을 더욱 악화시켰습니다. 그는 헛소리를 했습니다. 배를 해안으로 대지 않을 수 없었습니다.

오랫동안 애쓴 끝에 우리는 저녁때가 되어 황폐하고 한적한, 작은 항구 안으로 들어갔습니다. 빙빙 돌며 나는 구아유 몇 마리만이 활기를 띠고 있을 뿐이었습니다. 해변 주위는 깎아세운 듯한 높은 바위와 사철 짙푸른 나무들과 빽빽하게 들어선 나무 숲이 둘러쌌습니다. 그 아래 바닷가에 회색 덧문이 달리고 하얗게 칠한 작은 집이 하나 있었습니다. 세관의 초소였습니다. 저 황량한 지역 한복판에 마치 계모처럼 번호를 붙이고 선 공공 건물은 어딘지 모르게 불길한 인상을 주었습니다. 그곳에 불쌍한 팔롱보를 내려놓았습니다. 환자에게는 얼마나 처량한 휴식소였을까! 세관원은 부인과 애들을 데리고 난로 옆에서 식사를 하고 있었습니다. 모두 여위고 노란 데다, 커다란 눈 주위는 열 때문에 시커맸습니다. 아직도 젊어 보이는 어머니는 젖먹이를 팔에 안고 우리에게 이야기를 하면서도 몸을 떨었습니다.

세관원은 낮은 목소리로 나에게 말했습니다.

"이곳은 끔찍한 초소랍니다. 2년에 한 번씩 교대를 하지 않으면 안 되지요. 습지의 열병 때문에 견딜 수가 없어요……."

그런데 의사를 부르는 일이 문제였습니다. 사르텐에 가기 전에는, 그러니까 이곳에서 20~30킬로미터 이내에는 의사가 없었습니다. 어떻게 하나? 수부들은 갈 수가 없었습니다. 어린애를 보내기에는 너무 멀었습니다. 그때 부인이 밖으로 몸을 내밀고 소리쳤습니다.

"세코……! 세코……!"

그러자 키가 크고 날씬하게 생긴 젊은이가 들어왔습니다. 갈색 털모자를 쓰고 염소털 외투를 입었습니다. 전형적인 밀렵자나 산적 같아 보였습니다. 나는 배에서 내릴 때 이미 그가 빨간 담뱃대를 입에 물고 총을 다리 사이에 끼운 채 문 앞에 앉아 있는 모습을 보았습니다. 그런데 그는 무슨 이유에서인지 우리가 다가오는 것을 보자 달아났습니다. 아마도 우리가 경관을 데려왔다고 생각한 모양입니다. 그가 들어오자 부인은 얼굴을 약간 붉혔습니다.

"제 사촌 동생이랍니다. 저 애라면 숲속에서 길을 잃을 염려는 없어요."

그러고서 부인은 환자를 가리키며 그에게 아주 낮은 목소리로 말했습니다. 사내는 말없이 고개를 끄덕이더니 밖으로 나가, 휘파람으로 개를 불렀습니다. 그는 총을 어깨에 메고 바위에서 바위로 성큼성큼 뛰면서 길을 떠났습니다.

그러는 동안 아이들은 세관원이 있는 것이 두려웠는지 밤과 흰 치즈만으로 차린 저녁 식사를 재빨리 끝마쳤습니다. 여기에도 역시 식탁 위에는 물밖에 없었습니다. 아! 가엾기도 해라! 한 잔의 포도주가 저 어린것들을 한없이 기쁘게 해주었을 텐데. 결국 어머니는 애들을 재우러 2층으로 올라가고 아버지는 큰 초롱에 불을 켜들고 해안을 감시하러 나갔습니다. 우리는 난롯가에 남아서 아직도 바다에서 파도에 흔들리는 듯이, 초라한 침대 위에서 몸부림치는 병자를 조용히 지켜보았습니다. 그의 고통을 조금이라도 덜어주려고 우리는 돌과 벽돌을 따뜻하게 하여 그의 옆구리에 얹어주었습니다. 한두 차례 내가 그의 침대 곁으로 다가갔더니, 불쌍한 친구는 나를 알아보고는 고맙다는 표시를 하려고 간신히 손을 내밀었습니다. 그 커다란 손은 마치 불에서 꺼낸 벽돌처럼 꺼칠꺼칠하고 뜨거웠습니다.

슬픈 밤이었습니다. 바깥은 해가 지더니 다시금 험악한 날씨가 되어버렸습니다. 철썩철썩 물결이 밀려오는 소리, 파도가 부서지는 소리, 물거품이 솟아오르는 소리, 그야말로 파도와 바위의 싸움이었습니다. 때때로 먼 바다에서 일어난 바람이 만 안으로 밀려들어와 집을 에워쌌습니다. 갑작스럽게 커져가는 불꽃을 보면 알 수가 있었습니다. 불꽃은 넓은 바다의 끝없는 수평선에 익숙해진 사람들에게서 볼 수 있는 고요한 표정을 하고 난로 주위에 모여 앉아 불을 바라다보는 수부들의 침울한 얼굴을 갑작스레 밝게 비추었습니다. 또한 이따금씩 팔롱보는 잘 들리지도 않는 목소리로 신음 소리를 내기도 했습니다. 그럴 때면 모두의 시선은 가엾은 친구가 가족과 멀리 떨어져서 구원도 없이 죽어가는 어두운 구석 쪽으로 쏠렸습니다.

가슴들이 부풀어오르며, 크게 한숨을 쉬었습니다.

이 한숨이야말로 참을성 있고 온순한 바다의 일꾼들이 자신들의 불운을 느끼고 내뱉는 유일한 탄식이었습니다.

그들은 반항도 몰랐고, 파업도 몰랐습니다.

다만 한숨을 쉴 뿐이었습니다. 하지만 내가 잘못 생각한 것이었습니다.

난로에 나무를 넣기 위해 내 앞을 지나가면서, 그들 중 한 사람이 비통한 목소리로 나에게 속삭였습니다.

"아시겠어요? 저이들에게는 가끔 아주 괴로운 일들이 따른답니다!"

노인들

"편진가요? 아장 아저씨!"
"예……. 파리에서 왔군요."
친절한 아장 아저씨는 편지가 파리에서 온 것이 여간 자랑스럽지 않은 모양이었습니다……. 그런데 나는 그렇지가 않았습니다. 어쩐지 아침 일찍 뜻하지 않게 내 책상 위로 날아든 파리 소식이 나의 하루를 완전히 앗아갈 것만 같다는 생각이 들었습니다. 나의 예감이 틀리지 않았습니다. 직접 당신 눈으로 편지를 보시는 것이 낫겠습니다.

자네가 내 일을 좀 보아주어야겠네. 하루만 자네 풍찻간을 닫아걸고, 곧 에이기예르에 가주어야겠네……. 에이기예르는 자네 있는 곳에서 12~13킬로미터 떨어진 큰 읍이니 소풍길에 불과하네.

그곳에 가서는 고아원을 찾게. 그 고아원 바로 다음 집일세. 회색 덧문이 달리고 집 뒤에 작은 정원이 있는, 지붕이 얕은 집이지. 문을 두드릴 것도 없이 들어가게. 대문이 항상 열려 있다네. 들어가거든 "안녕들 하십니까? 저는 모리스의 친굽니다" 하고 크게 소리치게. 그러면 키가 작은 두 노인이(노인이라도 이만저만 늙으신 분들이 아니지) 큰 안락의자에서 자네에게 손을 뻗을 거야. 자네는 나 대신 자네 할아버지나 할머니에게 하듯 진심으로 그들을 껴안아주게. 그러고는 그들에게 이야기를 들려주게……. 그분들은 나에 관한 이야기를 할 걸세. 내 이야기만을 그분들이 수없이 우스꽝스런 말로 되풀이하더라도 웃지 말고 들어주게. 웃어서는 안 돼, 알겠나? ……그분들은 내 조부모야. 두 분은 나 때문에 살아 계신 거라네. 그런데 나를 못 본 지 10년이 넘었지……. 10년이 좀 긴 세월인가? 하지만, 어쩌나! 파리에서 떠날 수가 없는걸. 그리고 그분들은 연세가 많으셔서 나를 보러 올 수가 없다네. 길에서 쓰러지시고 말 거야……. 방앗간 주인 양반, 자네가 거기에 있어준다면 다행일 거야. 가엾은 그분들이 자네를 품에 껴안고, 조금은 나를 껴안은 것 같은 기분을 느낄 테니까. 내가 그분들에게 여러 차례에 걸쳐 이야기했다네. 자네와 내 관계, 우리의 깊은 우정에 대해…….

빌어먹을 우정도 다 있지! 마침 그날 아침은 놀라울 정도로 날씨가 좋았습니다. 그러나 길을 나서기에는 바람이 너무 사납게 불고 햇빛이 너무 뜨거웠습니다. 정말 프로방스 지방다운 날씨였습니다. 이 난처한 편지를 받았을 때, 나는 이미 바위와 바위 사이에 은신처를 잡아둔 뒤였습니다. 도마뱀처럼 햇볕이나 쬐고, 소나무들이 노래하는 소리나 들으며 하루를 보내자고 생각했습니다……. 그렇지만 이젠 어쩔 도리가 없었습니다. 나는 투덜거리며 풍찻간의 문을 닫아걸고 열쇠는 고양이가 드나드는 구멍 밑에 넣어두었습니다. 지팡이와 파이프를 들고 나는 길을 떠났습니다.

에이기예르에 도착한 것은 2시쯤이었습니다. 모두 들로 나가버려서 읍내는 텅 비어 있었습니다. 먼지가 앉아 뽀얗게 흰 마당가의 느릅나무에서는 매미들이 크로 평야 한복판인 양 요란하게 노래했습니다. 햇빛을 받으며 읍사무소 광장 위에 서 있는 당나귀 한 마리와 교회당 우물 위를 나는 비둘기 떼뿐, 나에게 고아원을 가리켜 줄 사람이라곤 한 사람도 보이지 않았습니다. 다행히도 선녀와 같은 노파 한 분이 갑자기 눈앞에 나타났습니다. 노파는 대문 한쪽 구석에 웅크리고 앉아서 실을 잣고 있었습니다. 나는 노파에게 길을 물었습니다. 그 선녀의 마법이 아주 효험을 내기라도 한 것처럼, 다만 꾸릿대를 들었을 뿐이었는데, 신통하게도 고아원이 당장 눈앞에 자태를 나타냈습니다……. 검고 음산한 큰 건물이었습니다. 아치형 대문 위에는 둘레에 라틴어를 몇 자 새긴, 붉은 사암으로 만든 해묵은 십자가가 자랑스럽게 붙어 있었습니다. 그 건물 곁에 훨씬 더 작은 집 한 채가 눈에 띄었습니다. 회색 덧문이 달린 집 뒤에 정원……. 나는 즉시 이 집이라고 알아챘습니다. 문을 두드릴 것도 없이 안으로 들어갔습니다.

시원하고 고요하고 긴 복도, 장밋빛 담장, 그 안쪽에서 투명한 발 사이로 어른거리는 정원, 모든 판자 위에 그려진 퇴색한 꽃과 바이

올린 무늬를 나는 평생 잊지 못할 겁니다. 나는 작가 스텐이 살던 시대의 어느 노대법관 집에라도 온 것 같은 생각이 들었습니다. 복도 끝, 왼편 쪽에 절반쯤 열린 문으로, 큰 벽시계가 똑딱똑딱 하는 소리와 어린아이가 책 읽는 소리가 들려왔습니다. 어린이는 학생이었으며, 음절 하나하나를 또박또박 끊어 읽고 있었습니다.

"그때, 성자, 이레네가, 외치기를, 나는, 주(主)의, 밀이니, 저, 짐승들의, 이빨로, 가루가, 되리라."

나는 가만히 문으로 다가가서 안을 들여다보았습니다…….

조그만 방의 정적과 어둠 속에서 광대뼈가 붉고 손가락 끝까지 주름진 영감님 한 분이 안락의자 속에 깊숙이 묻혀, 입을 벌린 채, 두 손은 무릎 위에 놓고 잠들어 있었습니다. 그 발치에서 고아원의 복장인 푸른색 큰 외투를 입고 작은 모자를 쓴 소녀애가 자기보다도 더 큰 책을 들고 성자 이레네의 생애를 읽었습니다……. 책 읽는 소리의 신비감이 온 집 안에 퍼졌습니다. 노인은 안락의자에서, 파리들은 천장에서, 카나리아는 창문 위 새장에서 잠들었고, 벽시계도 똑딱똑딱 코를 골았습니다. 방 안에서 깨어 있는 거라고는 닫힌 덧문 틈으로 넓게 폭을 지으며 곧게 뻗어 들어온 흰 광선과, 그 속에서 생생하게 반짝이며 춤을 추는 작은 섬광들뿐이었습니다. 모든 것이 조는 속에, 소녀애는 엄숙한 태도로 낭독을 계속했습니다.

"곧, 두, 마리의, 사자가, 그에게, 달려들어, 그를, 삼켜버렸다."

내가 들어선 것은 바로 그때였습니다. 성자 이레네의 사자들이 방 안으로 뛰어들었어도 나보다 더 놀라게 하지는 못했을 것입니다. 실로 뜻하지 않은 일이었으리라! 소녀가 소리치고 커다란 책이 떨어지고, 카나리아와 파리들이 잠을 깨고, 시계가 치는 바람에 노인은 깜짝 놀라 벌떡 일어났습니다. 나도 좀 얼떨떨해져서 문턱에 멈춰 선 채 크게 소리쳤습니다.

"안녕하십니까! 저는 모리스의 친굽니다."

아! 그때 그 가련한 노인의 모습을 보여줄 수 있다면……. 그는 두 팔을 벌리고 내 앞으로 다가오더니 나를 끌어안고 손을 꼭 잡고서 미친 듯이 방 안을 뛰어다니면서 큰 소리로 말했습니다.

"이럴 수가 있나! 이럴 수가 있나!"

그의 얼굴 주름살이 온통 활짝 펴지며 얼굴이 붉어졌습니다.

"아! 자네가…… 아! 자네가……."

그러더니 집 안을 향해 소리쳤습니다.

"마메트!"

문이 열리며 복도에서 가벼운 발소리가 났습니다. 마메트였습니다. 긴 술이 달린 모자를 쓰고, 수녀복을 입었으며, 경의를 표하려고 고풍스럽게 수놓은 손수건을 손에 든 조그만 할머니는 비할 데 없이 아름다웠습니다. 또한 놀라운 것은 두 노인이 서로 비슷하다는 점이었습니다. 머리를 묶고 노란 리본만 달았더라면 할아버지를 마메트 할머니로 착각할 수도 있었을 겁니다. 다만 진짜 마메트는 이제까지 살아오며 많은 눈물을 흘린 탓인지 할아버지보다 주름살이 더 많았습니다. 할머니도 할아버지처럼 곁에 고아원 소녀애를 데리고 있었습니다. 절대로 곁을 떠나지 않는, 푸른 제복을 입은 작은 호위병이었습니다. 두 고아의 보호를 받는 저 노인들의 모습보다 더 눈물겨운 광경을 상상할 수가 있겠습니까.

방 안으로 들어오더니 마메트 할머니는 나에게 격식을 갖춰 인사를 하려고 했습니다. 그러나 할아버지가 "모리스 친구야……"라고 한마디 하자 할머니는 인사를 중도에서 그만두더니 별안간 몸을 떨며 눈물을 흘렸습니다. 할머니는 손수건을 떨어뜨리며, 얼굴이 아주 붉어졌습니다. 할아버지보다도 더 붉어졌습니다……. 가엾은 노인들! 핏줄에는 단 한 방울의 피밖에 없을 터인데, 조금만 감격해도 피가 얼굴로 솟구쳐올랐습니다.

"어서, 어서, 의자를."

할머니는 소녀에게 말했습니다.

"덧문을 열어라."

할아버지도 자기 소녀에게 말했습니다.

그러고는 내 손을 하나씩 잡고 창 있는 데까지 종종걸음으로 나를 끌고 갔습니다. 나를 더 잘 볼 수 있도록 창을 활짝 열어두었습니다. 소녀들이 안락의자들을 서로 가깝게 당겨놓자 나는 두 안락의자 사이에 놓인 접는 의자에 앉았습니다. 푸른 옷을 입은 소녀들은 우리 뒤로 가 섰습니다. 그러자 질문이 시작되었습니다.

"그 애는 잘 있다우? 그 애는 무얼 하고 있소? 그 애는 왜 못 온다우? 궁금하지는 않은가요……?"

몇 시간 동안을 그분들은 이런 말 저런 말 물었습니다.

나는 최선을 다해 답변했습니다. 친구에 관해 아는 것은 상세하게 이야기해주었고, 모르는 것도 대담하게 꾸며서 말해주었습니다. 그리고 창문들이 잘 닫혀 있었는지, 도배지가 무슨 색깔이었는지 눈여겨보지 않았다고 실토하지 않도록 특히 조심했습니다.

풍찻간 편지

"도배지요! 푸른 색깔이랍니다. 밝고 꽃무늬가 있는."
"그래요?"
할머니는 감동해서 남편을 돌아다보면서 말했습니다.
"참 착한 애죠!"
"암, 착한 애지!"
할아버지도 감격해서 말했습니다.

내가 이야기하는 동안 두 분은 줄곧 머리를 끄덕이기도 하고, 엷은 웃음을 짓기도 하고, 눈을 깜박이기도 하고, 알아들었다는 표정을 짓기도 했습니다. 할아버지는 또 내게 바싹 몸을 붙이며 이렇게 말하기도 했습니다.

"더 큰 소리로 말해주게. 저이는 귀가 좀 어둡다네……."
그러면 할머니가 또 말했습니다.
"좀 더 큰 소리로 말해주구려……. 저이는 귀가 어둡다오!"
그래서 나는 목소리를 높였습니다.

두 분은 감사하다는 듯이 웃음을 지었습니다. 내 눈 속에서 모리스의 모습을 찾아보려고 내게 몸을 기울이는 그분들의 윤기 없는 웃음 속에서, 나는 어렴풋이 베일 속에 싸여 잡을 길 없는 친구의 모습을 보는 것 같아서 마음이 뭉클했습니다. 마치 아득한 안개 속에서 웃음 짓는 친구의 모습이 보이는 것만 같았습니다.

갑자기 할아버지가 안락의자에서 일어났습니다.

"이런 정신을 봤나, 여보, 마메트……. 아직 점심 식사를 안 했을 텐데!"

마메트 할머니는 깜짝 놀라 팔을 쳐들었습니다.

"점심 식사를 안 했어요……, 원 저런!"

나는 모리스에 관한 말이라 생각하고, 착한 손자는 12시를 넘어 식사하는 법이 절대 없노라고 대답하려 했습니다. 그러나 그게 아니고, 나를 두고 하는 말이었습니다. 내가 아직 식사를 안 했노라고 말했을 때 일어난 소동은 볼 만했습니다.

"얘들아, 빨리 상을 차려라! 방 한가운데다 식탁을 놓고 주일날 쓰는 테이블보와 꽃무늬 접시를 가져온. 그렇게 웃지만 말고, 자, 어서……."

소녀들이 서두른 것은 사실이었습니다. 순식간에 식탁이 준비되었습니다.

"차린 것은 없지만 많이 드시오! 혼자 자시게 해서 어쩌나……. 우린 벌써 먹었다오."

마메트 할머니가 나를 식탁으로 안내하며 말했습니다.

가엾은 노인들! 언제나 누가 찾아오면 벌써 식사를 했다고 말하는 모양이었습니다.

마메트 할머니가 정성껏 마련한 점심 식사란 약간의 우유와 대추, 배, 그리고 과자와 비슷한 바케트뿐이었습니다. 그러나 이 음식들은 적어도 할머니와 카나리아의 일주일치 식량에 해당했습니다. 그런데 그걸 나 혼자서 다 먹어치운 겁니다. 그러니 식탁 주위에서 얼마나 분개했겠습니까? 푸른 옷을 입은 소녀들이 팔꿈치로 쿡쿡 찌르면서 쑥덕거리는가 하면, 저쪽 새장 속에서 카나리아들이 이렇게 말하는 것 같았습니다.

"어! 저 양반이 바케트를 다 먹어버리네!"

정말 나는 그 음식들을 다 먹어버렸습니다. 골동품 냄새와도 같은 냄새가 풍기는 밝고 조용한 방 안에서 주위를 살펴보는 데 정신이 팔려 미처 그런 줄도 몰랐습니다. 특히 두 개의 작은 침대에서는 눈을 뗄 수가 없었습니다. 두 개의 요람과 같은 저 침대들을 보고 나는 아침 일찍 술이 달린 커다란 커튼 아래 아직도 이불 속에 파묻혀 있을 노인들의 모습을 상상해보았습니다. 시계가 3시를 칩니다. 노인들이 잠에서 깨는 시간입니다.

"마메트, 자오?"

"아뇨?"

"모리스는 착한 애지?"

"아? 그럼요. 착한 애죠."

나는 나란히 놓인 두 개의 침대를 본 것만으로 이와 같은 일련의 이야기를 머릿속에 그려보았습니다.

그 사이 끔찍한 사건이 방 저쪽 옷장 앞에서 일어났습니다. 옷장 맨 윗선반에 놓아둔 앵두를 담근 브랜디 병을 내리려는 모양이었습니다. 모리스가 오기를 기다리며 10년이나 된 것인데, 나를 위해 개시를 하려는 것이었습니다. 마메트 할머니가 빌다시피 했는데도,

할아버지는 손수 브랜디 병을 내리겠다고 고집을 굽히지 않았습니다. 할아버지는 할머니가 무서워 벌벌 떠는데도 의자 위에 올라서서 선반 위에 닿으려고 애를 썼습니다. 이런 광경이 당신 눈앞에 선하게 떠오를 것입니다. 할아버지는 몸을 떨며 꼿꼿이 섭니다. 푸른 옷을 입은 소녀들이 의자에 바짝 달라붙습니다. 마메트 할머니는 할아버지 뒤에서 숨을 헐떡이며 팔을 뻗습니다. 그리고 열린 옷장 속 산더미처럼 쌓인 갈색 옷가지들에서 오렌지 향기가 가볍게 풍겨 옵니다……. 얼마나 아름다운 광경입니까.

마침내 오랫동안 애쓴 끝에 할아버지는 옷장에서 그 유서 깊은 병과 무늬가 새겨진 낡은 은잔을 끄집어냈습니다. 은잔은 모리스가 어렸을 때 사용하던 거였습니다. 할아버지는 모리스가 그렇게 좋아하던 앵두주를 잔에 가득 채워 나에게 주었습니다. 그러면서 침이 넘어가는 듯한 표정으로 내 귀에다 대고 말했습니다.

"자네는 행운아일세. 이걸 먹어보게 됐으니! 이건 우리 집사람이 만든 거라네. 맛이 괜찮을 거야."

이런! 할머니가 만드신 건데, 설탕 넣는 것을 잊으셨군. 하는 수 없죠! 늙으면 정신도 흐려지는 법이니. 마메트 할머니, 당신의 앵두주 맛은 지독했습니다……. 그러나 나는 눈썹 하나 찌푸리지 않고 끝까지 다 마셨습니다.

*

식사가 끝나자 나는 작별 인사를 하려고 자리에서 일어났습니다. 할아버지와 할머니는 좀 더 착한 손자 이야기를 하려고 나를 붙들고 싶었겠지만, 해도 이미 기울고 풍찻간까지는 먼 거리인지라 길을 떠나야만 했습니다.

할아버지도 나를 따라 일어섰습니다.

"여보, 옷 좀 줘. 광장까지 길을 안내해야지."

물론 마메트 할머니는 내심으로 나를 광장까지 안내하기에는 벌써 날씨가 차가워졌다고 생각했겠지만 전혀 그런 눈치를 보이지는 않았습니다. 다만 할아버지가 옷 소매에 팔을 끼우도록 도우면서 (진주 단추가 달린, 제법 괜찮은 스페인 담배 빛깔 옷이었습니다) 할머니는 조용히 말했습니다.

"너무 늦게 돌아오시지는 않겠죠?"

할아버지는 좀 심술궂은 말투였습니다.

"음, 글쎄, 알 수 있나?"

이렇게 말하면서 할아버지와 할머니는 마주 보고 웃었습니다. 그들이 웃는 것을 보고 소녀들도 따라 웃었습니다. 새장 속에서는 카나리아들이 카나리아답게 웃었습니다. 솔직히 말한다면 앵두주 향기로 그들 모두가 약간 취했던 거라고 생각합니다.

……밖으로 나가니 벌써 밤이었습니다.

푸른 옷을 입은 소녀가 할아버지를 데리고 돌아가려고 멀리서 우리 뒤를 따라왔습니다. 그러나 할아버지는 소녀를 보지 못했습니다. 할아버지는 내 팔을 붙잡고 젊은이처럼 걷는 것이 아주 자랑스러웠습니다. 마메트 할머니는 웃는 얼굴로 문턱에 서서 바라보고 있었습니다. 우리가 걸어가는 모습을 바라보며 기쁜 듯이 머리를 끄덕이는 할머니는 마치 이렇게 말하는 것 같았습니다.

"그래도 저 양반은 아직 걸을 수가 있군!"

산문으로 쓴 환상시

오늘 아침 문을 열었을 때, 풍찻간 주위는 온통 흰 서리로 덮여 있었습니다. 풀잎은 유리 조각처럼 반짝이고 바스락거렸으며, 언덕 전체가 추위로 떨었습니다. 하루 동안에 사랑하는 프로방스가 한대 지방으로 변해버렸습니다. 서리가 하얗게 빛났고, 맑게 갠 하늘 위엔 하인리히 하이네의 나라에서 온 황새들이 커다란 삼각형을 이루며 카마르그 쪽으로 "추워…… 추워……" 외치며 날아갔는데, 나는 흰 서리가 술처럼 덮인 소나무들과 수정 꽃이 핀 라벤더 숲속에서 다소 독일풍인 환상시 두 편을 썼습니다.

왕자의 죽음

어린 왕자가 병이 들어 죽게 되었습니다. 왕국의 모든 교회에서는 왕자의 회복을 빌며 낮이나 밤이나 성체를 내어놓고, 커다란 초에 불을 켜놓았습니다. 고색창연한 거리는 고요하고 쓸쓸했으며 교회의 종소리도 들리지 않았고, 마차들도 조용조용히 다녔습니다……. 궁궐 주위의 주민들은 궁금해서, 위엄 있는 태도로 궁정 안에서 이야기를 하는, 금줄 단 뚱뚱보 위병들을 창살 틈으로 바라보았습니다.

성안이 온통 들끓었습니다. 시종들과 청지기들이 종종걸음으로 대리석 층계를 오르내립니다. 현관에는 비단옷을 입은 신하들과 시동들이 가득했으며 그들은 이리 몰리고 저리 몰리며 새로운 소식을 알아내려고 수군거립니다. 넓은 계단 위에서 눈물에 뺨이 젖은 시녀들이 수를 놓은 고운 손수건으로 눈물을 닦으면서 서로 인사를 주고받습니다.

오렌지 온실 안에서 가운을 입은 의사들의 회합이 거듭됩니다. 그들의 기다란 검정 소매가 움직이고, 길게 늘인 가발이 점잖게 수그러지는 모습이 유리창 너머로 보입니다. 사부와 시종은 문 앞에서 서성대며 시의(侍醫)의 발표를 기다립니다. 요리사들이 그들 곁을 인사도 없이 지나갑니다. 시종은 이교도처럼 욕설을 퍼붓고, 사부는 호라스의 시를 읊습니다. 그러는 동안 저편 마구간 쪽에서는 구슬픈 말 울음소리가 길게 들려옵니다. 마부들이 잊고 밥을 주지 않아 텅 빈 구유 앞에서 슬프게 울부짖는 왕자의 밤색 말이 부르짖는 소리였습니다.

그런데 임금님은 어디 계신가? 임금님은 성 끝에 있는 방에 홀로 들어앉아 계십니다. 임금님들이란 남에게 눈물을 보이는 것을 좋아하지 않으십니다. 그러나 여왕님은 다릅니다. 여왕님은 어린 왕자의 머리맡에 앉아 고운 얼굴을 눈물로 적신 채 모든 사람들이 보는 앞에서 비단 장수처럼 큰 소리로 흐느껴 울고 계십니다.

레이스가 달린 침대에는 어린 왕자가, 깔아둔 요보다도 더 흰 얼굴로 눈을 감은 채 누워 있습니다. 잠든 듯했지만 자는 것은 아니었습니다. 어머니를 향해 몸을 돌리더니, 어머니가 우는 것을 보자 말했습니다.

"어마마마, 왜 우세요? 정말 제가 죽을 거라고 생각하세요?"

여왕님은 대답을 하려고 했지만 목이 메어 말이 나오질 않습니다.

"어마마마, 제발 울지 마세요. 제가 왕자라는 것을 잊으셨군요. 왕자가 이렇게 죽을 수 있나요?"

여왕님은 더욱더 흐느껴 웁니다. 그래서 왕자도 무서워집니다.

"그만두세요. 전 죽고 싶지 않아요. 절대로 죽음이 여기까지 오지 못하도록 막을 수 있을 거예요……. 당장 아주 힘센 근위병 40명을 불러서 침대 주위를 둘러싸게 해주세요……. 대포 100문을 창 밑에 배치하여 도화선에 불을 붙인 채, 밤이나 낮이나 지키게 해주세요. 그래도 죽음이 접근해올 때는 호통을 쳐줄 거야!"

왕자를 즐겁게 해주려고 여왕님은 손짓을 합니다. 당장 궁정 안으로 커다란 대포가 굴러오는 소리가 들리고 창을 든 장대한 근위병 40명이 몰려와 방 안에 둘러섭니다. 이들은 수염이 허옇게 된 노병들입니다. 왕자는 그들을 보자 손뼉을 칩니다. 왕자는 그들 중에서 자기가 아는 한 사람을 불렀습니다.

"로뎅! 로뎅!"

그가 침대 옆으로 한 걸음 나섭니다.

"로뎅, 난 당신이 참 좋아……. 당신의 긴 칼을 좀 보여줘. 죽음이 나를 잡으려고 하면 죽여버려야겠지?"

로뎅이 대답합니다.

"그렇습니다, 전하!"

노병의 거무죽죽한 뺨 위로 굵은 눈물이 두 줄 흘러내립니다.

이때, 궁중 사제가 왕자 곁으로 가까이 오더니 십자가를 보이며 낮은 목소리로 오랫동안 이야기를 합니다. 어린 왕자는 아주 놀란 얼굴로 이야기를 듣더니 갑자기 사제의 말을 가로막았습니다.

"사제님의 말씀은 잘 알겠습니다. 그렇다면 친구 베포 녀석에게 돈을 많이 주고 나 대신 죽게 할 수는 없을까요?"

사제는 낮은 목소리로 이야기를 계속합니다. 어린 왕자는 더욱더 놀란 얼굴을 합니다.

사제가 이야기를 다 끝내자, 어린 왕자는 한숨을 쉬면서 말했습니다.

"사제님의 말씀은 한마디 한마디 나를 아주 슬프게 합니다. 하지만 저 하늘 위 별들의 낙원에 가도 나는 역시 왕자일 터이니 안심이 돼요……. 하느님은 나의 친척이니 나를 신분에 맞도록 대우하는 걸 잊으시진 않겠죠."

그러고는 어머니 쪽으로 몸을 돌리며 왕자는 덧붙여 말합니다.

"제 가장 고운 옷들, 흰 담비가죽 저고리와 벨벳 무도화를 가져오라고 하세요! 왕자의 옷을 입고 천국에 들어가서 천사들에게 뽐내고 싶어요."

사제는 세 번째로 어린 왕자를 향해 몸을 숙이고 낮은 목소리로 오랫동안 이야기를 합니다. 왕자는 화를 내며 말을 가로막았습니다.

"그렇다면 왕자란 아무것도 아니군요!"

그러고는 더는 이야기를 들으려고도 하지 않고, 벽을 향해 돌아눕더니, 왕자는 흐느껴 울었습니다.

들판의 군수님

군수님은 순시 중입니다. 마부를 앞세우고 시종들을 뒤에 거느린 군수님의 마차는 위엄 있게 콩브 오 페(요정의 계곡)의 공진회를 향해 움직이고 있습니다. 이 축제일을 위해 군수님은 수놓은 화려한 옷을 입고, 작은 예모를 썼으며, 은줄 넣은 착 달라붙는 바지에 손잡이가 진주로 된 예도를 찼습니다. 군수님은 무릎 위에 놓은, 무늬를 넣은 커다란 가죽 가방을 근심스럽게 바라보았습니다.

군수님이 무릎 위의 무늬 넣은 가죽 가방을 근심스럽게 바라보는 것은 잠시 후 콩브 오 페의 주민들에게 할 훌륭한 연설문을 생각해야 해서입니다.

"내빈 및 친애하는 군민 여러분······."

그러나 비단실 같은 금빛 구레나룻을 아무리 비비틀며 수없이 "내빈 및 친애하는 군민 여러분"을 되풀이해도 다음 문구가 떠오르지 않았습니다.

다음 문구가 떠오르지 않는 것은 마차 안이 너무 더운 탓입니다! 아득히 뻗어간 콩브 오 페의 길은 정오의 태양 아래 먼지를 날렸습니다. 대기는 불타는 것 같고, 길가의 느릅나무들은 온통 뽀얀 먼지를 뒤집어썼으며, 수많은 매미가 나무에서 나무로 화답하며 울고 있습니다. 갑자기 군수님은 소스라쳤습니다. 저쪽 산기슭에서 손짓하는 듯한 푸른 참나무 숲을 본 것입니다.

푸른 참나무 숲은 손짓하며 이렇게 말하는 것 같았습니다.

"군수님, 이리 오세요. 당신의 연설문을 작성하기에는 내 나무들 밑이 훨씬 나을 겁니다."

군수님은 유혹에 지고 말았습니다. 그는 마차에서 뛰어내리더니, 수행원들에게 참나무 숲속에서 연설문을 작성해 가져올 테니 기다리라고 말했습니다.

푸른 참나무 숲속에는 새와 오랑캐꽃과 보드라운 풀잎 아래 흐르는 샘물이 있습니다……. 화려한 바지를 입고 무늬 넣은 가죽 가방을 든 군수님을 보자 새들은 겁을 먹고 노래를 멈췄으며, 샘물도 숨을 죽이고, 오랑캐꽃들은 잔디풀 속으로 숨었습니다……. 숲속의 작은 세계 안에 군수님의 모습이 나타난 적이 없었기 때문에, 온갖 사물들은 은빛 바지를 입고 걸어오는 저 훌륭한 귀인은 누굴까 하고 낮은 소리로 서로 물었습니다.

은빛 바지를 입은 저 훌륭한 귀인은 누굴까 하고 서로 물어보는 작은 소리들이 나무 그늘에서 들려옵니다……. 그러는 동안 군수님은 숲속의 고요와 시원함에 마음이 흡족하여 옷자락을 걷어올리고 모자를 풀 위에 벗어놓고는, 작은 참나무 밑 이끼 위에 앉았습니다. 그러고는 무늬 넣은 큰 가죽 가방을 무릎 위에 놓고 열더니, 그 속에서 커다란 관청용 종이 한 장을 꺼냈습니다.

"미술가야!"

휘파람새가 말했습니다.

"아냐, 은빛 바지를 입은 걸 보면 미술가는 아냐. 아마 왕자일 거야."

피리새가 말했습니다.

"미술가도 왕자도 아니야. 나는 알지. 저분은 군수야!"

군청의 정원에서 한 계절 내내 울었던 늙은 나이팅게일이 다른 새들의 말을 가로막더니 말했습니다.

"군수야! 군수!"

작은 숲이 온통 소곤댔습니다.

"머리가 굉장히 벗겨졌군!"

커다란 볏을 단 종달새가 말했습니다.

오랑캐꽃이 물어봅니다.

"나쁜 사람인가?"

늙은 나이팅게일이 대답합니다.

"천만에!"

이 말을 듣고 안심이 되어 새들은 다시 노래를 부르기 시작하고, 샘물은 다시 흐르기 시작했으며, 오랑캐꽃들은 다시 향기를 내뿜기 시작했습니다. 마치 군수님이 그곳에 있지도 않다는 듯이……. 군수님은 이러한 즐거운 소란 속에서 태연하게 공진회 시신의 가호를 마음속으로 기원하며 연필을 들더니 엄숙한 목소리로 연설문을 낭독하기 시작했습니다.

"내빈 및 친애하는 군민 여러분……."

"내빈 및 친애하는 군민 여러분……" 하고 군수님이 엄숙한 목소리로 말하자, 웃음소리가 터져나왔습니다. 그는 말을 멈추고 뒤를 돌아다보았지만, 보이는 것은 커다란 딱다구리 한 마리뿐이었습니다. 딱다구리는 그의 모자 위에 앉아서 그를 바라보며 웃고 있었습니다. 군수는 어깨를 으쓱 추켜올리고 나서 연설을 계속하려고 했습니다. 그러나 딱다구리가 다시 말을 가로막으며 멀리에서 소리쳤습니다.

"소용없어요!"

"뭐! 소용없다고?"

군수님은 얼굴이 새빨개지며 말했습니다. 그리고 팔을 휘둘러 뻔뻔스런 새를 쫓아버리고 더욱 목소리를 가다듬어 연설을 다시 시작했습니다.

"내빈 및 친애하는 군민 여러분…….."

"내빈 및 친애하는 군민 여러분……" 하고 군수님이 말하자 귀여운 오랑캐꽃들이 줄기 끝에서 군수님에게 얼굴을 치켜들며 살며시 말했습니다.

"군수님, 우리에게서 참 좋은 냄새가 나죠?"

그리고 이끼 밑에서는 샘물이 맑은 노래를 부르고, 머리 위 나뭇가지 속에서는 휘파람새들이 떼를 지어 몰려와 가장 고운 목소리로 울어댑니다. 작은 숲 전체가 결탁을 한 듯 군수님이 연설문을 작성하지 못하도록 방해했습니다.

작은 숲 전체가 결탁을 한 듯 연설문을 작성하지 못하도록 방해하니, 군수님은 향기에 취하고 노랫소리에 넋을 잃어, 밀려드는 새로운 매력에 저항하려고 애썼지만 허사였습니다. 그는 팔베개를 하고 풀 위에 누워 아름다운 옷의 단추를 풀며, 두세 번 더 중얼거렸습니다.

"내빈 및 친애하는 군민 여러분……. 내빈 및 친애하는 군……. 내빈 및 친애……."

그러고는 군민 여러분 같은 것은 될 대로 되라였습니다. 공진회의 시신도 얼굴을 감추는 수밖에 없었습니다.

공진회의 시신이여, 얼굴을 감추어라! ……한 시간 후, 군청 사람들이 궁금하여 숲속으로 들어왔을 때, 그들은 숲속의 광경을 보고 놀라 멈칫했습니다. 군수님은 마치 집시처럼 가슴을 풀어헤치고 풀 위에 엎드린 채였습니다. 그는 옷을 벗어던지고…… 오랑캐꽃을 씹으며 시를 짓고 있었습니다.

빅시우의 손가방

 파리를 떠나기 며칠 전, 10월의 어느 날 아침이었습니다. 아침 식사를 하는데, 한 노인이 나를 찾아왔습니다. 흙이 묻은 남루한 옷에, 다리가 휘고 등이 굽은 그는 털 뽑힌 학처럼 긴 다리를 덜덜 떨었습니다. 그것은 빅시우였습니다. 파리 시민 여러분이 잘 아는 빅시우, 15년 전부터 풍자서와 희화로 그처럼 여러분을 즐겁게 해주던 지독한 풍자가, 잔인하고 매혹적인 빅시우였습니다……. 아! 불행한 친구, 어쩌면 그다지도 비참하게 되었을까! 들어서면서 지은 찌푸린 얼굴이 아니었던들, 나는 결코 그를 알아보지 못했을 겁니다.
 그 유명한 익살꾼은 머리를 어깨 위로 떨어뜨리고 지팡이를 클라리넷처럼 입에 물고선 침울한 모습으로 방 한가운데까지 걸어오더니, 내 식탁 앞에 쓰러지듯이 주저앉으며 처량한 목소리로 말했습니다.

"불쌍한 장님을 동정하십쇼……."

어떻게나 흉내를 잘 내었던지 나는 웃음을 참을 수가 없었습니다. 그러나 그는 아주 정색을 하고 말했습니다.

"농담을 하는 줄 아시는군……. 제 눈을 좀 보세요."

그는 눈동자 없는 흰자뿐인 커다란 두 눈을 나에게 돌렸습니다.

"장님이 되었어요. 영원히 보지 못하는 장님이……. 황산으로 글씨를 쓴 탓이지요. 그놈의 일을 하다 눈을 데었지요. 그것도 속까지 바짝!"

그는 눈썹 한 오라기 남지 않게 타버린 눈꺼풀을 내게 보이면서 말했습니다.

나는 하도 어이가 없어서 아무런 말도 못 했습니다. 내가 말을 안 하니까 그는 궁금했던 모양입니다.

"일을 하고 계십니까?"

"아뇨, 식사를 하고 있습니다. 빅시우, 당신도 좀 드시겠어요?"

그는 대답을 안 했지만, 콧구멍이 벌름거리는 것이 몹시 먹고 싶은 표정이었습니다. 나는 그의 손을 잡아 내 곁에 앉혔습니다.

식사가 준비되는 동안 가엾은 친구는 빙긋빙긋 웃으며 식탁에서 풍겨오는 냄새를 맡았습니다.

"모두 근사한 것 같은데요. 성찬을 먹게 되는 거 아닙니까. 아침 식사를 안 한 지도 오래되었군요. 매일 아침 빵 한 덩이를 먹고는 관청으로 뛰어다닌답니다. 아시다시피 이제는 관청을 뛰어다니는 것이 거의 직업이 되었습니다. 담뱃가게를 하나 내보려구요. 어떡합니까! 먹고살아야죠. 이제는 그림도 못 그리죠. 글씨도 못 쓰죠……. 받아쓰게 한다구요? 하지만 무엇을요? 머릿속이 텅 빈걸요. 이제는 글 한 줄 못 씁니다. 파리의 표정을 보는 것, 파리의 표정을 만드는 것, 그것이 제 직업이었는데, 이제는 속수무책이군요……. 그래서 담뱃가게를 생각해낸 겁니다. 물론 번화가에 차린다는 것은 아니죠. 댄서의 어머니도 아니요, 장교의 미망인도 아니니 그런 특혜를 받을 자격이 있겠습니까. 그저 시골 어느 곳 아주 먼 보즈 구석에라도 조그만 가게를 하나 얻어보려는 거죠. 그때는 튼튼한 은제 파이프를 물고, 에르크만-샤트리앙의 작품에 나오는 한스라든가 제베데라고 이름을 바꾸려고 합니다. 그리고 현역 작가들의 작품으로 담배 봉투를 만들며, 글 못 쓰는 마음을 위로하렵니다.

　내가 바라는 것은 이것뿐입니다. 그리 대단한 건 아니죠……? 그런데 빌어먹을, 그게 이루어지지 않는군요. 하긴 나한테도 후원자가 있을 법한데……. 전에는 인기가 참 좋았죠. 장군들, 귀족들, 장관들이 만찬에 초대해주었죠. 이 사람들이 나를 초대해준 것은 모두 내가 무서웠거나 재미있었기 때문이었어요. 이제는 아무도 나를 무서워하는 사람이 없죠. 아! 이놈의 눈, 이 비참한 눈 때문이랍니다! 나를 초대하는 사람은 아무도 없어요. 식탁에 눈먼 꼴로 앉아 있기란 참으로 비참한 노릇입니다. 빵 좀 집어주세요……. 아! 도둑놈들, 이 불쌍한 늙은이가 담뱃가게 하나 내려는데 너무들 한단 말입니다. 나는 6개월 전부터 신청서를 들고 관청에서 관청으로 돌아다니고 있습니다. 아침에는 직원들이 난로에 불을 피우고 광장의 모래 위에서 장관 각하의 말을 한 바퀴 돌릴 때 찾아가서, 커다란 램프가 들어오고 식당에서 구수한 냄새가 풍겨나오기 시작할 때나 되어야 돌아옵니다……. 나는 대기실의 나무 상자 위에서 살다시피 합니다. 그래서 수위들은 나를 잘 알지요. 내무성에서는 나를 '사람 좋은 아저씨'라고 부른답니다. 나도 그들의 도움을 받아볼까 해서 재미있는 이야기를 들려주기도 하고, 압지 한쪽에 커다란 콧수염을 그려 그들을 웃기기도 합니다. 20년의 시끄러운 성공의 결과가 이렇습니다. 이게 예술가의 말로죠……. 그런데도 프랑스에는 이런 직업을 침을 흘려가며 부러워하는 풋내기들이 몇천 명이나 되며, 각 지방에서는 열차가 문학과 필명에 굶주린 바보들을 무더기로 실어 나르느라 열을 내고 있으니 한심한 일 아닙니까……! 아, 한심한 촌놈들! 이 빅시우의 비참한 꼴이 교훈이라도 될 수 있으면 좋으련만!"

이렇게 말하더니 그는 접시에 코를 박고 정신없이 먹기 시작했습니다. 말 한마디 없었습니다. 보기에 딱한 광경이었습니다. 번번이 빵과 포크를 못 찾는가 하면 술잔을 찾느라고 손을 더듬거렸습니다. 가엾은 친구! 아직도 익숙하지가 못했습니다.

*

잠시 후 그는 다시 입을 열었습니다.

"내게는 더욱 끔찍한 일이 있는데 뭔지 아시겠어요? 그건 신문을 볼 수 없다는 겁니다. 신문업에 종사해보지 않은 사람이라면 이해할 수가 없죠. 저녁때 집에 돌아올 때면 나는 가끔 신문을 한 장 삽니다. 새로운 뉴스와 축축한 신문지 냄새라도 맡기 위해서죠……. 마음이 흐뭇해집니다! 그러나 그것을 읽어줄 사람은 아무도 없습니다. 내 아내가 충분히 해줄 수도 있을 텐데, 싫다고 하거든요. 3면 기사 중에 점잖지 못한 사건들이 눈에 띄기 때문이라나요. 아! 과거에 정부 노릇이나 하다가도 일단 결혼만 하면 그들보다 더 정숙한 체하는 여자들도 없답니다. 빅시우 부인이 된 후로 그 여자는 독실한 신자, 그것도 극단적인 신자가 되어야겠다고 생각한 겁니다……. 그 여자는 살레트산의 성수를 떠다 내 눈을 씻어주려고 하지 않나! 성찬의 빵이다, 의연금이다, 고아원이다, 중국 어린이들을 위해 돈을 낸다……. 그 여자의 선행은 끝이 없었습니다. 우리는 할 만큼 했습니다……. 그러나 내게 신문을 읽어주는 것도 선행일 텐데, 그 여자는 싫다는군요. 딸년이 집에 있다면 그 애가 읽어줄 텐데, 내가 장님이 된 후 한 식구라도 덜려고 내가 그 애를 노트르담 데 사르에 넣어버렸지요.

그래도 그 애는 내 유일한 기쁨이랍니다. 그 애는 세상에 태어난 지 9년도 안 되는데, 벌써 병이란 병은 다 앓았답니다. 그래서 침울하고…… 추하고…… 어쩌면 괴물이 된 나보다도 더 추하게 생겼답니다. 하는 수 있습니까! 나는 풍자화밖에는 그릴 줄 몰랐으니……. 이런 집안 이야기를 다 하다니……. 당신에겐 관계도 없는 이야기가 아닙니까? 자, 술이나 좀 더 주시오. 일을 해야지요. 여기에서 나가면 문부성으로 가야 합니다. 그곳 수위들은 다루기가 힘들죠. 그들은 모두 전직 교사들이랍니다."

나는 브랜디를 그의 잔에 따라주었습니다. 그는 기분이 좋은 듯이 조금씩조금씩 마셨습니다. 별안간 무슨 생각을 했는지 그는 손에 잔을 들고 벌떡 일어나더니, 잠시 동안 눈먼 독사같이 머리를 흔들며, 막 이야기를 시작하려는 사회자처럼 상냥한 웃음을 지었습니다. 그러고는 마치 식사하러 모인 200명을 향해 연설이라도 하듯 카랑카랑한 음성으로 말했습니다.

"예술을 위하여! 문학을 위하여! 신문을 위하여!"

그는 축배를 들며, 10분 동안 즉흥 연설을 했습니다. 저 익살꾼의 머릿속에서 나온 연설 중 가장 어이없고 기발했습니다.

"186×년의 문단 가도"라고 표시가 붙은 연말 간행 잡지를 상상해보세요. 이른바 문학 집회, 문단 풍문, 논쟁, 비정상적인 인간들 사이에서 일어나는 가지가지 우스꽝스런 이야기들, 비속한 문인, 서로 목을 비틀고 창자를 움켜쥐고, 서로 약탈하며, 상업 분야보다도 더 이해타산을 따지는 데도 굶어죽는 자가 어디보다도 많은 비열한 지옥 속. 이 모든 비겁한 행위와 온갖 궁핍함을 상상해보세요. 그리고 청색 연미복을 입고 튈르리 궁전으로 구걸하러 간 통볼라의 T…… 남작 영감. 한 해 동안 죽은 문인들, 자기의 위업을 선전하는 장례식, 자기의 장례식도 마련해놓지 못한 가엾은 인간에게 바치는 한결같은 우인(友人) 대표의 추도사, "오호라! 비재라! 정다운 벗이여!" 자살한 문인들, 미치광이가 된 문인들, 이런 가지가지 일들을 한 천재 재롱꾼이 손짓발짓을 하며 상세히 이야기하는 것을 상상해보세요. 그러면 빅시우의 즉흥 연설이 어땠는지 짐작할 겁니다.

　건배가 끝나고 잔을 비우더니, 그는 내게 시간을 묻고 성난 것처럼 인사도 없이 가버렸습니다. 뒤뤼 장관의 수위들이 그날 아침 찾아간 그를 어떻게 대했는지 나는 알지 못합니다. 그러나 저 끔찍스런 장님이 떠난 후보다 더 우울하고 기분이 나빴던 적은 일찍이 없었습니다. 잉크만 봐도 구역질이 나고 펜만 봐도 몸서리가 쳐졌습니다. 나는 먼 곳으로 달려가 나무들을 보거나, 무엇이든 상쾌한 기분을 맛보고 싶었습니다……. 원, 빌어먹을 녀석, 그렇게 저주하며 침을 뱉어, 온통 더럽혀놓아야 시원할까! 아, 불쌍한 인간…….
　나는 화가 나서 방 안을 성큼성큼 거닐었습니다. 딸 이야기를 할 때의 불쾌한 냉소가 아직도 내 귀에 들리는 것만 같았습니다.
　갑자기 그가 앉았던 의자 곁에 뭔가가 굴러다니며 발치에 차였습니다. 허리를 굽히고 보니 그의 손가방이었습니다. 네 귀가 해진, 반들반들하고 두툼한 손가방이었습니다. 그는 이 가방을 잠시도 놓고 다니는 법이 없었으며 농담으로 독주머니라고 일컬었습니다. 이 가방은 우리 사이에서 지라르댕* 씨의 이름난 종이 가방만큼이나 유명했습니다. 그 속에는 무시무시한 것이 들어 있으리라는 소문이었습니다. 사실인가 확인해보기에는 절호의 기회였습니다. 낡은 손가방은 너무나 불룩하여 넘어지면서 열려 있었습니다. 속에 든 종이들이 온통 카펫 위로 굴러나왔습니다. 나는 그것을 하나씩 주워모

---

* 프랑스의 신문 창립자

아야 했습니다…….

꽃무늬 종이에 쓴 편지였습니다. 모두 "그리운 아버지"로 시작했으며, "마리아 회원, 셀린 빅시우"라는 서명이 있었습니다.

그리고 또한 어린애의 질병에 대한 오래된 처방전. 후두염, 광란, 성홍열, 홍역 등등……. (가엾은 딸애는 안 앓아본 병이 없었습니다!)

마지막으로 봉한 커다란 봉투가 나왔습니다. 봉투에서는 소녀애들의 모자에서 비어져나오듯, 아주 곱슬곱슬한 노란 머리칼이 두세 가닥 밖으로 나와 있었습니다. 봉투 위에는 떨리는 손으로 쓴 굵은 글씨, 장님의 필체로 이런 말이 적혀 있었습니다.

"셀린의 머리칼, 수도원에 들어간 5월 13일 자름."

빅시우의 손가방에 든 것은 이뿐이었습니다.

그런데 파리의 친구들이여, 당신들은 모두 이와 같습니다. 불만, 아이러니, 악마적인 냉소, 지독한 허풍, 그리고 마지막으로는……
"5월 13일에 자른 셀린의 머리칼."

시인 미스트랄

지난 일요일, 잠이 깨어 일어났을 때, 나는 포부르 몽마르트르 거리에 있다는 생각이 들었습니다. 회색 하늘에서는 비가 내렸고, 풍찻간은 쓸쓸했습니다. 이렇게 찬비가 내리는 날 집에 있기가 끔찍했는데, 프레데릭 미스트랄을 찾아가서 위안을 좀 얻자는 생각이 문득 머리에 떠올랐습니다. 그 위대한 시인은 내가 묵는 소나무 숲에서 12킬로미터 떨어진 조그만 마을 마얀에 살았습니다.

생각이 떠오르자 곧 길을 떠났습니다. 상록수로 만든 지팡이, 몽테뉴 한 권, 비옷만으로 나는 길을 떠났습니다. 들에는 한 사람도 없었습니다……. 신앙심 깊고 어진 프로방스 사람들인지라 주일날은 들에 나와 일하지 않고 쉬었습니다. 농가는 문이 닫히고 개들만이 집에 남아 있었습니다. 물이 줄줄 흐르는 포장 마차, 낙엽빛 망토를 뒤집어쓴 노파, 미사에 가는 농장 사람들을 한 마차 가득히 실은, 푸르고 흰 스파르타 천 안장 커버와 붉은 리본과 은방울로 축제날 차림을 한 노새들이 가끔 눈에 띄었으며, 안개 속 저편 운하 위에는 배가 한 척 떠 있고, 고기잡이꾼 한 사람이 투망을 던지고 있었습니다…….

그날은 길을 가며 책을 읽을 수는 없었습니다. 비가 줄기차게 퍼부었고, 북쪽에서 불어오는 바람은 물통으로 들이붓는 듯 얼굴에 빗물을 뿌렸습니다. 나는 바삐 길을 걸었습니다. 결국 세 시간을 걷고 나니 내 앞에 작은 삼목숲이 나타났습니다. 숲 한가운데 마얀 마을이 무서운 바람을 피하여 몸을 웅크리고 있었습니다.

마을의 길거리에는 고양이 한 마리 보이지 않았습니다. 마을 사람들은 모두 대미사에 참석한 모양이었습니다. 교회 앞을 지날 때 세르팡*이 울렸으며, 오색 창 너머로는 타오르는 촛불이 보였습니다.

시인의 집은 마을 끝에 있었습니다. 생트레미 거리 왼편으로 마지막 집, 앞쪽에 정원이 있는 작은 이층집이었습니다. 나는 살그머니 들어갔습니다. 아무도 없었습니다. 객실 문은 닫혔으나, 안에서는 누가 왔다 갔다 하며 큰 소리로 떠들었습니다. 아주 귀에 익은 목소리와 발소리였습니다. 나는 설레는 마음으로 석회를 칠한 복도에서 문의 손잡이를 잡은 채 잠시 동안 서 있었습니다. 가슴이 두근거렸습니다. 그가 있다.

그는 시를 짓고 있다……. 한 구절을 마칠 때까지 기다려야 할까? 그렇지! 하는 수 없지. 들어가봅시다.

---

*   베이스 트럼펫의 일종

*

아! 파리의 친구들이여, 그대들은 저 마얀의 시인이 자기 딸 미레유에게 파리 구경을 시키려고, 빳빳한 칼라를 달고 자기의 명성만큼 거추장스런 커다란 모자를 쓰고 그대들의 살롱에 나타났을 때, 양복을 입은 미국 흑인 같은 그의 모습을 보고 미스트랄이 저렇게 생겼구나 생각했겠지만……. 그건 미스트랄의 참다운 모습이 아니랍니다. 미스트랄은 이 세상에 오직 한 사람, 내가 지난 일요일 그의 마을로 불쑥 찾아갔을 때 본 미스트랄이 진짜 미스트랄이었습니다. 그는 펠트 모자를 귀까지 눌러 쓰고, 조끼도 없이 재킷만 입었으며, 붉은 카탈로니아 천으로 만든 허리띠를 둘렀습니다. 눈에서는 빛이 나고 광대뼈에서는 영감의 불길이 타올랐으며, 그리스의 목자처럼 우아한 웃음을 띠었습니다. 그는 두 손을 호주머니에 찌른 채 성큼성큼 걸어다니며, 시를 짓고 있었습니다…….

"야! 자네가 오다니!"

그는 내 목을 끌어안으며 소리쳤습니다.

"잘 왔네! 바로 오늘이 마얀의 축제일이라네. 아비뇽에서 온 음악대의 연주, 투우, 경축 행렬, 파랑돌 춤, 정말 볼 만할 거야……. 어머니도 미사에서 곧 돌아오실 걸세. 우리 식사나 하고, 자! 아름다운 아가씨들이 춤추는 것을 구경하러 가세……."

그가 이야기하는 동안 나는 밝은 색깔 융단으로 벽을 꾸민 작은 객실을 감개무량하게 둘러보았습니다. 내가 와본 지도 벌써 아주 오래되었습니다. 그때 나는 매우 즐거운 시간을 보냈습니다. 변한 것은 아무것도 없었습니다. 노란 방석을 놓은 소파, 두 개의 밀짚 의자, 벽난로 위에 놓은 팔 없는 비너스 상과 아를의 비너스 상, 에베르가 그린 시인의 초상화, 에티엔 카르자가 찍은 그의 사진, 방 한편 구석의 창문 곁에 놓인 책상, 모두 옛날 그대로였습니다. 책상은 등기 접수계의 초라하고 작은 책상과 같았으며, 낡은 고본과 사전들이 가득 쌓여 있었습니다. 책상 한복판에 두툼한 노트가 한 권 펼쳐져 있었습니다. 프레데릭 미스트랄의 새 작품 《칼랑달》이었습니다. 그 작품은 연말 크리스마스 즈음해서 출간하기로 되어 있습니다. 미스트랄은 그 한 편의 작품을 쓰는 데 7년이나 걸렸습니다. 그리고 마지막 구절을 쓴 지 거의 6개월이 되었건만, 아직도 손을 떼지 못했습니다. 시의 구절을 탁마하고 더욱 어감이 좋은 운을 찾아내려는 그의 노력은 끝이 없었습니다. 미스트랄은 프로방스어로 시를 썼습니다만, 시를 쓰는 그의 태도는 누구나 반드시 원어로 읽어서 훌륭한 시를 만들기 위해 들인 시인의 노력을 마땅히 이해하지 않으면 안 된다고 믿는 것 같았습니다. 오, 위대한 시인! 몽테뉴는 바로 미스트랄을 두고 말했을 겁니다.

"세상이 조금도 알아주지 않는 예술을 무엇 때문에 그렇게 고생하며 하느냐고 누가 물었을 때, '알아주는 사람이 적어도 좋습니다. 단 한 사람이라도 좋습니다. 한 사람도 없어도 좋습니다'라고 대답하는 사람을 생각해보시라."

*

나는 '칼랑달'이 적힌 노트를 손에 들고 감격에 차서 책장을 넘겼습니다……. 그때 갑자기 피리 소리와 북소리가 창문 앞 행길에서 들렸습니다. 그러자 친구 미스트랄은 찬장으로 달려가 술잔과 술병을 끄집어내고, 방 한가운데 식탁을 끌어다 놓고는 악사들에게 문을 열어주며 나에게 말했습니다.

"웃지 말게……. 나에게 오바드*를 연주해주러 온 사람들이라네."

작은 방이 사람들로 가득 찼습니다. 그들은 북을 의자 위에 놓고, 낡은 기를 구석에 세워놓은 다음 한 차례 술을 마셨습니다. 미스트랄의 건강을 비는 축배로 포도주를 몇 병 비우고 무도회가 작년만큼 성대할지, 투우는 잘 진행될지, 축제에 대해 신중하게 의논하더니 악사들은 다른 의원들 집에서 오바드를 연주하기 위해 물러갔습니다. 그때 미스트랄의 어머님이 돌아왔습니다. 잠깐 사이에 식탁이 마련되었습니다. 하얀 식탁보와 두 사람 몫의 식기가 놓였습니다. 나는 이 집안의 풍습을 잘 알았습니다. 미스트랄에게 손님이 있으면 어머니는 같이 식사를 하지 않았습니다. 저 가엾은 할머니는 프로방스 지방의 말밖에 몰랐으며, 표준어를 쓰는 사람들과 이야기하기를 꺼렸습니다. 그리고 부엌에서 할 일도 있었던 모양입니다.

아! 그날 식사는 정말 훌륭했습니다. 구운 염소 고기, 산에서 만든 치즈, 포도주, 무화과와 사향포도, 이 모든 것과 함께 마시는 술

---

* 이른 아침에 어떤 사람이 집 밖에서 부르는 이별 노래

은 법왕들이 마시는 잔 속에서 아름다운 장밋빛을 띠는 샤토뇌프 포도주였습니다…….

식사를 마치자, 나는 시가 적힌 노트를 찾아다 식탁 위 미스트랄 앞에 놓았습니다.

"밖으로 나가기로 했잖아."

시인은 웃으며 말했습니다.

"안 돼! 안 돼……. 칼랑달을 들어야지, 칼랑달을!"

미스트랄은 하는 수 없다는 듯이 손으로 박자를 맞춰가며, 부드럽고 음악적인 음성으로 시를 낭독하기 시작했습니다.

"사랑에 미친 아가씨의 ― 슬픈 사연을 이야기했으니 ― 나는 노래하리라, 신이 원한다면 ― 카시스의 아들, 가련한 어린 고기잡이를."

밖에서는 저녁 종소리가 울렸습니다. 광장에서는 꽃불이 터지고 피리 소리가 북소리에 섞여 거리를 지나갔습니다.

경기장으로 몰고 가는 카마르그의 싸움소들이 으르렁거렸습니다.

나는 식탁 위에 턱을 괴고 감격의 눈물을 흘리며 프로방스와 어린 고기잡이의 이야기를 들었습니다.

*

칼랑달은 고기잡이에 지나지 않았으나, 사랑이 그를 영웅으로 만들었습니다. 어여쁜 애인 에스테렐의 마음을 사려고 그는 많은 기적을 행했습니다. 헤라클레스의 열두 가지 기적도 그가 한 일과 비교하면 아무것도 아니었습니다.

그는 부자가 되어보겠다고 마음먹고, 놀라운 어로 기구를 만들어서 바다에 있는 고기를 모두 잡아오기도 하고, 울리울 협곡의 흉악한 도둑 세베랑 백작을 그의 부하와 정부 들이 모여 있는 소굴까지 추격하기도 했습니다……. 나이 어린 칼랑달은 얼마나 억센 쾌남아였던가! 어느 날 그는 생트봄에서 두 패의 직공들을 만났습니다. 그들은 솔로몬 신전을 세운 프로방스의 목수, 자크 선생의 무덤 있는 곳에서 컴퍼스를 휘두르며 담판을 짓기 위해 몰려온 사람들이었습니다. 칼랑달은 그 유혈극 속으로 뛰어들어 그들을 말로 타일러 화해시켰습니다……. 인간의 힘으로 할 수 없는 얼마나 많은 일을 해치웠던가!

높디높은 뤼르의 암벽 위에 나무꾼도 감히 올라가지 못한, 접근할 수 없는 삼목 숲이 있었습니다. 칼랑달만은 그곳에 올라갔습니다. 그는 30일 동안을 혼자서 그곳에 머물렀습니다. 30일 동안 계속해서 나무둥치에 박히는 그의 도끼 소리가 들렸습니다. 나무 숲은 비명을 질렀으며, 거대한 고목들이 하나씩하나씩 쓰러져 계곡 밑으로 굴렀습니다. 칼랑달이 산에서 내려왔을 때, 산 위에는 삼목이라고는 한 그루도 남아 있지 않았습니다.

마침내 그 많은 공적의 대가로 고기잡이는 에스테렐의 사랑을 얻었으며, 카시스의 시민들은 그를 집정관으로 임명했습니다. 이것이 칼랑달의 이야기입니다……. 그러나 문제는 칼랑달이 아니었습니다. 무엇보다도 시에 담겨 있는 것은 프로방스였습니다. 프로방스의 바다, 프로방스의 산, 역사, 풍습, 전설, 풍물 그리고 멸망 직전에 위대한 시인을 찾아낸 순박하고 자유를 사랑하는 주민들 전체가 담겨 있었습니다. 자, 이제는 철로를 놓고, 전신주를 세우고 학교에서 프로방스어를 추방시켜보시라! 프로방스는 "미레유"와 "칼랑달" 속에 영원히 살아남을 것입니다.

*

"시는 그만 집어치웁시다! 축제를 보러 가야지."
미스트랄은 노트를 덮으면서 말했습니다.
우리는 밖으로 나갔습니다. 마을 사람들이 온통 길에 나와 있었습니다. 거센 북풍이 휘몰아쳐 하늘을 깨끗이 손질해놓았습니다. 하늘은 비에 젖은 붉은 지붕들 위에서 즐겁게 빛났습니다. 우리가 도착했을 때는 마침 축제 행렬이 다시 돌아오고 있었습니다. 한 시간 동안이나 계속되는 끝없는 행렬이었습니다. 백색, 청색, 회색 두건 달린 외투를 입은 회개한 신도들, 면사포를 쓴 처녀 신도단, 금꽃을 넣은 장밋빛 깃발들, 네 사람이 어깨 위에 메고 가는 금칠이 벗겨진 대성인들의 목상, 손에 커다란 꽃다발을 든 우상같이 채색된 도자기 성녀상들, 법의, 성합, 초록색 벨벳 천개, 흰 명주로 가장자리를 싼 십자가, 이 모든 것이 성가와 기도, 일제히 울리는 종소리 속에 큰 촛불과 햇빛을 받으며 바람에 물결쳤습니다.

행렬이 끝나고 성상이 성당 안에 안치되자, 우리는 투우를 보러 갔습니다. 그러고는 프로방스의 가지가지 즐거운 경축 행사와 경기를 보았습니다……. 우리가 마얀에 다시 돌아왔을 때는, 밤이었습니다. 미스트랄이 친구 지도르와 노름하러 간다는 광장의 작은 카페 앞에는 벌써 축제의 불꽃이 타고 있었습니다……. 파랑돌 춤이 시작되었고, 종이를 오려서 만든 초롱이 사방 어둠 속에서 불을 밝혔습니다. 젊은이들이 자리를 잡고 섰습니다. 이윽고 북소리를 신호로, 불꽃을 둘러싸고 미칠 듯 소란한 윤무가 시작되었습니다. 춤은 밤새 계속되었습니다.

*

저녁 식사를 한 후, 또 뛰어다니기에는 너무도 피곤하여 우리는 미스트랄의 방으로 올라갔습니다. 커다란 침대가 둘 놓인 검소한 농부의 방이었습니다. 벽에는 벽지도 바르지 않았고, 천장의 목재가 그대로 보였습니다……. 4년 전 일이었습니다. 한림원이 《미레유》의 저자에게 상금 3,000프랑을 주었을 때, 미스트랄 노부인께선 이런 건의를 했습니다.

"네 방의 벽과 천장을 바르면 어떻겠니?"

부인은 아들에게 말했습니다.

"아뇨, 안 됩니다."

미스트랄은 대답했습니다.

"그건 시인들의 돈입니다. 그 돈에 손댈 수는 없습니다."

그리하여 방은 그대로 헐벗은 채로 있게 되었습니다. 그러나 그 시인들의 돈이 떨어지지 않는 한, 미스트랄은 자기를 찾아와서 도움을 청하는 사람들에게 언제나 선선히 돈을 내주었습니다.

나는 칼랑달의 시고(詩稿)를 방으로 가져와서, 자기 전에 한 구절을 다시 읽어달라고 청했습니다. 미스트랄은 도자기의 삽화를 선택했습니다. 간단히 이야기하면 이렇습니다.

어느 큰 잔치에서였습니다. 식탁 위에 훌륭한 무스티에제 도자기 그릇 한 벌이 나왔습니다. 접시마다 바닥에 푸른 에나멜로 프로방스를 소재로 한 그림이 한 폭씩 그려져 있었습니다. 이 지방의 역사가 온통 그 안에 들었습니다. 또한 아름다운 도자기 그릇들 위에는 아주 정성스럽게 쓴 글씨가 있다는 것을 알아야 합니다. 그리스 시인 데오크리투스*의 소품처럼 소박하고 박학한 노력으로 이루어진 많은 단편시들이 접시마다 한 구절씩 적혀 있었습니다.

4분의 3 이상이 라틴어며, 옛날에는 여왕님들이 사용했으나 지금은 목동들만이 이해하는 아름다운 프로방스어로 된 자기 시를 미스트랄이 읽는 동안, 나는 내심으로 감탄하며 폐허의 상태에서 향토의 언어를 다시 찾아 그가 이룩한 일을 생각하고, 알피유에서 볼 수 있는 것과 같은 보(Baux)**의 황족들의 고궁을 마음속에 그려보았습니다. 지붕도 없어지고, 층계의 난간도 없어지고, 창문의 유리

---

* 3세기경 시칠리아의 시인
** 프랑스 남부의 귀족 가문

도 없어지고, 아치의 클로버 장식도 깨지고, 문 위의 문장은 이끼로 덮였고, 궁전 뜰엔 암탉이 모이를 찾아 헤매고, 주랑의 아름다운 기둥들 아래엔 돼지들이 뒹굴고, 잡초가 무성한 성당 안에는 나귀가 풀을 뜯고, 빗물이 괸 성수반엔 비둘기들이 와서 물을 마시며, 끝내는 이런 폐허 속 한쪽에다 두세 농부의 가족들이 오두막집을 세운 고궁.

그런데 어느 날, 농부의 집에서 태어난 한 아들이 저 장엄한 폐허에 마음이 끌려 그렇게 더럽혀진 것을 보고 분개합니다. 그는 당장 가축을 궁전 안에서 쫓아내고 천사들의 도움을 받아, 혼자서 거대한 층계를 다시 세우고, 벽에 판자를 붙이고, 창문에 유리를 끼우고, 탑을 다시 세우고, 옥좌가 놓인 방을 다시 황금으로 칠하고, 법왕과 황후들이 거처하던 옛날의 거대한 궁전을 일으켜 세웠습니다.

재건된 궁전, 그것은 프로방스의 언어입니다.

농부의 아들, 그것은 미스트랄입니다.

두 여인숙

7월 어느 오후, 님므에서 돌아오는 길이었습니다. 숨막힐 듯한 더위였습니다. 하늘에 가득한 부연 은빛의 밝은 햇살 아래, 작은 참나무와 올리브나무 동산 사이로 끝없이 뻗은 하얀 길에서는 먼지가 일었습니다. 한 점 그늘도, 한 줄기 바람도 없었습니다.
다만 무더운 대기의 진동과 미칠 듯 시끄럽게 울리는, 빠른 박자의 음악처럼 들리는 귀 아픈 매미 소리뿐이었습니다. 마치 빛으로 충만한 드넓은 대기의 진동이 소리를 내는 것만 같았습니다. 나는 두 시간 전부터 사막 한복판을 걷고 있었습니다. 그러다 갑자기 도로의 먼지 속에서 집들이 문 앞에 나타났습니다. 그곳은 생 뱅상이라고 불리는 역참이었습니다. 농가가 대여섯 채 있었고, 지붕이 붉은 긴 곡간들이 있었으며, 앙상한 무화과나무 숲속에 물도 없는 구유가 놓여 있었습니다. 동리 맨 끝쪽에 여인숙이 둘 있는데, 길 양편에서 서로 마주 보았습니다.

가까이 서 있는 여인숙들은 무엇인가 사람의 마음을 잡아끄는 데가 있었습니다. 한쪽 새로 지은 큰 건물은 생기와 활기가 충만했습니다. 문이란 문은 모두 활짝 열렸고 집 앞에는 합승 마차가 멈춰 서 있었습니다. 마차에서 풀어놓은 말들 몸에서는 김이 솟아올랐으며, 마차에서 내린 승객들은 비좁은 벽 그늘 속에서 숨가쁘게 물을 마셨습니다. 마당은 노새와 수레로 혼잡을 이루었고, 헛청 밑엔 마차꾼들이 서늘해지기를 기다리며 누워 있었습니다. 집 안에선 고함 소리, 욕지거리, 주먹으로 식탁 치는 소리, 술잔이 부딪치는 소리, 당구 치는 소리, 레몬수 병의 병마개 튀는 소리, 그리고 이 온갖 소란스런 소리보다도 한층 더 크게 들리는 흥겹고 요란스런 노랫소리가 유리창을 뒤흔들며 흘러나왔습니다.

아름다운 아가씨 마르고통은
이른 아침 일어나
은주전자 손에 들고
샘가로 갔네…….

……맞은편 여인숙은 반대로 정적에 싸여 있어 빈집 같았습니다. 문턱엔 잡초가 돋아나고 덧문도 부서졌습니다. 문 위엔 온통 곰팡이로 덮인 작은 덩굴가지가 낡은 깃 장식처럼 매달려 있었으며, 문턱의 계단은 길가의 돌로 받쳐놓았습니다. 이 모든 것이 어떻게나 누추하고 비참해 보였는지 그 집에 머물러 한잔한다는 것은 분명히

자선을 베푸는 거나 다를 바 없었습니다.

*

안으로 들어가니, 음산하고 쓸쓸한 긴 방이 있었습니다. 커튼도 없는 세 개의 큰 창문을 통해 들어오는 눈부신 햇빛은 방 안을 더욱 음산하고 쓸쓸하게 만들었습니다. 먼지가 앉아 뽀얗게 된 유리잔들이 흩어진, 다리 부러진 식탁들, 네 귀가 사발처럼 움푹 패고, 천이 찢어진 당구대, 누렇게 된 소파, 낡은 카운터, 이런 것들이 불결하고 찌는 듯한 열기 속에서 잠들어 있었습니다. 그리고 수많은 파리들! 이제까지 그처럼 많은 파리를 본 적이 없었습니다. 파리들은 천장에, 유리창 위에, 술잔 속에 떼를 지어 붙어 있었습니다. 내가 문을 열자, 벌집에라도 들어간 것처럼 붕붕거렸습니다.

방 저쪽에서는 한 여인이 창에 붙어 서서 열중하여 밖을 내다보았습니다. 나는 두 번이나 불렀습니다.

"여보, 주인 아주머니!"

여인은 천천히 돌아섰습니다. 주름지고 살갗이 터진 흙빛 촌여자의 가련한 모습이 눈앞에 나타났습니다. 이 지방에서는 노파들이나 쓰는 갈래갈래 길게 늘어진 레이스를 뒤집어쓰고 있었습니다. 그러나 노파는 아니었습니다. 다만 눈물을 너무나 흘려서 얼굴이 아주 찌들었을 뿐이었습니다.

"왜 그러세요?"

여인은 눈물을 닦으며 물었습니다.

"잠깐 앉아 무얼 좀 마실까 하는데요?"

여인은 알 수 없다는 듯이 자리에서 꼼짝하지도 않으며 놀란 눈으로 나를 바라보았습니다.

"여기는 여인숙이 아닌가요?"

여인은 한숨을 쉬었습니다.

"여인숙은 여인숙이죠. 하지만 손님은 어째서 다른 분들처럼 저 앞집으로 가지 않으세요. 그곳이 훨씬 즐거운데……."

"내게는 지나치게 즐거운 곳이오. 이곳에서 쉬는 게 좋겠어요."

나는 대답을 기다릴 것도 없이 식탁 앞에 가서 앉았습니다.

여인은 내가 진정으로 말한다는 것을 알게 되자, 서랍을 연다, 술병을 가져온다, 술잔을 닦는다, 파리를 쫓는다, 아주 바쁘게 왔다 갔다 하기 시작했습니다. 손님을 접대하는 것이 큰 사건이라도 되는 것 같았습니다. 가엾은 여인은 가끔 일손을 멈추고 도저히 잘 해낼 수 없을 것 같다는 듯이 생각에 잠겼습니다.

그러더니 여인은 구석 쪽에 있는 방으로 들어갔습니다. 큰 열쇠 꾸러미를 덜거덕거리며 자물쇠를 따는 소리, 빵 넣어두는 통을 뒤적거리는 소리, 입으로 후후 부는 소리, 먼지를 털며 접시를 닦는 소리가 들려왔습니다. 긴 한숨과 억제할 수 없이 터져나오는 흐느낌이 간간이 들리기도 했습니다.

15분 동안 이렇게 준비를 하더니, 여인은 한 접시의 건포도와 돌같이 딱딱한 묵은 빵과 싼 포도주 한 병을 내 앞에 갖다 놓았습니다.

"자, 드세요."

그러더니 신비의 여인은 창문 앞으로 다시 돌아갔습니다.

나는 술을 마시면서 여인에게 말을 시켜보려고 했습니다.

"아주머니, 이곳엔 손님이 별로 오지 않는가 보군요?"

"아! 그렇죠. 한 사람도 없어요. 이 고장에 우리 한 집만 있었을 때는 이렇지 않았죠. 이곳은 길목인 데다가 오리잡이 철이면 사냥꾼들이 와서 식사를 했답니다. 1년 내내 마차가 끊이지 않았어요. 그러나 이웃 사람들이 오고 나서부터 우리는 완전히 망하게 되었죠. 손님들은 건너편 집을 더 좋아하지요. 우리 집은 너무 쓸쓸하다는 거예요. 사실 이 집은 그다지 즐거운 곳이 못 되죠. 저는 얼굴도 예쁘지 않은 데다가 열병을 앓고 있어요. 두 딸년이 죽었답니다. 저쪽은 이와 반대로 웃음소리가 끊이지 않지요. 여인숙의 경영자가 아를 여자랍니다. 레이스 달린 옷을 입고 목에는 금줄을 세 바퀴나 감은 예쁜 여자거든요. 역마차 마부가 저 여자의 정부여서 마차를 그쪽으로 대지요. 거기에다 심부름하는 애교 있는 계집애들이 수두룩하답니다. 그래서 단골손님들도 있어요. 브루스와 르데상과 종키예르의 젊은이들은 모두 그 여자의 손님이죠. 마차꾼들도 그 여자한테 들르기 위해 길을 돌아간답니다. 우리 집엔 찾아오는 손님이 한 사람도 없으니, 이렇게 온종일 넋을 놓고 앉아 있지요."

여인은 여전히 유리창에 이마를 기댄 채 마음이 얼어붙은 사람처럼 냉담한 목소리로 말했습니다. 맞은편 여인숙에 그녀의 마음을 빼앗는 것이 무엇인가 분명히 있었습니다.

갑자기 길 건너편이 아주 소란스러웠습니다. 역마차가 먼지 속에서 흔들거렸습니다. 채찍 소리가 나고 마부의 나팔 소리가 울려왔습니다. 계집애들이 문 앞으로 뛰어나오며 소리쳤습니다.
"안녕히 가세요······. 안녕히 가세요······."
이런 속에서 조금 전의 그 기막힌 목소리가 더욱 아름답게 다시 들려왔습니다.

은주전자 손에 들고
샘가로 갔다네
거기서 보았지
세 기사가 오는 것을······.

······이 소리를 듣자 주인 아주머니는 온몸을 부들부들 떨며 나를 향하여 돌아섰습니다.
"들으셨죠? 우리 집 양반이랍니다. 노래를 잘 부르죠?"
여인은 낮은 목소리로 말했습니다.
나는 얼빠진 사람처럼 여인을 바라보았습니다.
"네? 주인 양반이라구요! 그러면 그분도 저 집엘 가십니까?"
그러자 여인은 슬픈 듯이, 그러나 아주 조용한 목소리로 말했습니다.
"별수 있습니까? 남자들이란 모두 그런걸요. 우는 꼴을 보기 좋아하는 이가 어디 있겠어요. 그런데 저는 딸년들을 잃은 뒤로는 항상 울고 있거든요. 게다가 아무도 오지 않는 이 큰 집은 정말 쓸쓸하지요. 그러니 가엾은 호세는 마음이 참을 수 없이 답답해질 땐 건너편 집으로 가서 술을 마시지요. 그이는 목소리가 좋아서 아를 여자가 노래를 시킨답니다. 쉿! 그이가 또 시작했어요."

여인은 몸을 떨며 손을 앞으로 가져갔습니다. 굵은 눈물 방울이 여인을 더욱 추하게 만들었습니다. 여인은 창 앞에 서서 자기 남편 호세가 아를 여자에게 들려주는 노랫소리를 황홀한 듯이 들었습니다.

첫 번째 기사가 말했네.

"안녕하세요, 어여쁜 아가씨여!"

고셰 신부의 불로장생주

"자, 드세요. 정말 놀라실 겁니다."

한 방울 한 방울, 마치 진주를 세는 보석공처럼 세심한 주의를 기울이며, 그라보송 사제는 황금빛으로 빛나는 향기 그윽하고 따뜻한 초록빛 액체를 나에게 조금 따라주었습니다……. 그것으로 나의 위장은 아주 흐뭇해졌습니다.

"고셰 신부의 불로장생주랍니다. 우리 프로방스의 활력이요 기쁨이죠."

사람좋은 사제는 자랑스런 듯이 나에게 말했습니다.

"당신의 풍찻간에서 8킬로미터 떨어진 프레몽트레 수도원에서 만든답니다. 이 세상 좋은 술을 다 합해도 이것만은 못하겠죠……? 또 이 술의 유래가 아주 재미있는데 모르시죠? 들어보실까요."

그러고는 아주 솔직하고 아무런 악의도 없이, 십자가를 짊어진 그리스도를 그린 작은 그림들을 걸고 백의처럼 빳빳하고 깨끗한, 고운 커튼을 드리운 소박하고 조용한 사제의 저택 식당 안에서, 사제는 좀 회의적이며 불경스런 이야기를 에라스뮈스나 다스시 식(式)으로 시작했습니다.

*

20년 전, 프로방스 사람들이 백의 신부라고 부르기도 한 프레몽트레의 수도사들은 일대 곤경에 빠졌습니다. 그 시절의 수도원을 보셨다면 가슴 아파하셨을 것입니다.

커다란 벽도, 파콤 탑도 허물어져가고 있었습니다. 수도원 주위에는 잡초가 무성했고, 작은 기둥들은 갈라지고, 벽장 속에 모셔놓은 성인의 석상들은 허물어졌습니다. 제대로 서 있는 창문, 제대로 붙어 있는 문짝 하나 없었습니다.

안뜰이나 예배당 안으로 론강에서 불어오는 바람이 카마르그 지방을 휩쓸듯이 불어와 촛불을 꺼뜨리고 유리창의 납 장식을 부숴놓고 성수반의 물을 쏟았습니다. 그러나 무엇보다도 서글픈 것은 텅 빈 비둘기 집처럼 조용한 수도원의 종루였습니다. 신부들은 종을 살 돈이 없어 아침 기도 시간을 알리는 데 은행나무 딱따기를 쳐야만 했습니다…….

가엾은 백의 신부들! 지금도 눈앞에 보이는 듯합니다. 수박과 시트르만 먹고 사는, 창백하게 여윈 그들이 남루한 외투를 입고 슬프게 줄을 지어 걸어가던 성체제의 행렬이……. 행렬 맨 뒤에서 원장은 금칠이 벗겨진 홀장과 좀이 슨 흰 양털 모자를 햇빛에 드러내놓기가 부끄러워 고개를 떨어뜨린 채 걸어왔습니다. 줄지어 늘어선 신도단의 부인들은 측은한 생각에 눈물을 흘렸고, 뚱뚱한 기수들은 불쌍한 수도사들을 손가락질하며 아주 나직한 목소리로 자기네끼리 비웃었습니다.

"찌르레기는 떼를 지어 가면 여위는 법이지."

사실 저 불행한 백의 신부들은 여기저기로 제각기 흩어져서 먹이를 찾는 것이 더 낫지 않을까 생각해볼 처지에 이르렀습니다.

그래서 어느 날 이 중대한 문제를 참사회에서 논의하게 되었습니다. 그때 고셰 수도사가 회의석상에 와서 자기 의견을 말하고 싶다고 했습니다. 참고로 알려드려야 하겠습니다만 고셰 수도사는 수도원의 소지기였습니다. 그는 포석들 틈으로 자라난 풀을 찾는 말라빠진 젖소 두 마리를 몰고 회랑의 통로로 돌아다니며 나날을 보냈습니다. 저 불행한 목동은 열두 살 때까지 베공 아주머니라고 불리는 보 지방의 미치광이 노파 손에서 자랐으며, 그 후 수도사들이 맡아서 키웠기 때문에 천주경을 암송하고 짐승을 기르는 것 말고는 아무것도 몰랐습니다. 그것은 그의 머리가 무딘 칼처럼 우둔한 탓이기도 했습니다. 그는 약간 공상가이긴 했지만 열렬한 기독교 신자여서, 기꺼이 고행대를 입고 굳은 신념으로 규율을 지켰으며 열심히 일했습니다.

단순하고 우둔한 그가 회의실로 뛰어들어와 한 발을 뒤로 하고 회원들에게 인사하는 것을 보자, 원장도 참사회원들도 재무관도 모두 웃음을 터뜨렸습니다. 약간 얼빠진 듯한 시선에 염소수염을 단, 머리가 희끗희끗 센 선량한 얼굴이 나타나기만 하면 어디서나 일어나는 현상이었으므로 고셰 수도사는 당황하지 않았습니다.

"여러분."

그는 올리브 열매로 만든 묵주를 만지작거리면서 선량한 음성으로 말했습니다.

"속이 빈 통일수록 소리가 잘 난다고 한 말은 옳습니다. 생각해보세요. 제 텅 빈 머리통을 짜내어 우리 모두의 괴로움을 없앨 방법을 찾아냈다는 사실을.

방법이란 이런 것입니다. 어렸을 때 저를 길러준 베공 아주머니를 여러분도 잘 아시겠죠. (주여, 술을 마시고는 음탕한 노래를 많이 부른 저 가엾은 노파의 영혼을 지켜주소서) 자, 제 말을 들어보세요. 베공 아주머니는 살아 있을 때, 코르시카의 티티새만큼, 아니 그 이상으로 약초에 대해서 잘 알았답니다. 그뿐만 아니라 그녀는 죽기 직전에 알피유산에 함께 가서 캐온 약초를 대여섯 가지 섞어서 불로장생주를 만들었죠. 벌써 몇십 년 전 일입니다만, 성 어거스틴*이 도와주시고 원장님이 허락해주신다면 잘 연구하여 그 불가사의한 불로장생주 제조법을 다시 알아낼 수 있을 것 같습니다. 알아내면 병에 넣어 좀 비싸게 팔기만 하면 되는 거죠. 그러면 우리 수도단도 트라프나 그랑드의 수도사들처럼 쉽사리 돈을 벌 수가 있게 될 것입니다……."

---

* 로마의 주교이자 성인인 아우구스티누스

그는 이야기를 마칠 수가 없었습니다. 원장은 자리에서 일어나더니 그의 목을 끌어안았습니다. 참사회원들은 그의 손을 붙잡았습니다. 재무관은 누구보다도 감동하여 다 해진 그의 외투 깃에 경건히 입을 맞추었습니다……. 그러고서는 모두 다시 제자리로 돌아가 회의를 계속했습니다. 참사회에서는, 고셰 수도사가 불로장생주 제조에 전심전력을 기울일 수 있도록 젖소들을 트라시뷜 수도사에게 맡기기로 결정을 내렸습니다.

*

그 선량한 수도사가 어떻게 베공 아주머니의 술 제조법을 알아냈는지, 얼마나 애썼으며, 얼마나 많은 밤을 새웠는지, 거기에 관한 이야기는 전해지지 않습니다. 다만 확실한 것은 6개월이 지나자, 백의신부들의 불로장생주는 벌써 세상에 널리 알려졌다는 사실입니다. 아비뇽 지방이나 아를 지방에는 광 속 포도주 병과 올리브 장아찌 항아리 사이에, 프로방스의 문장을 찍고 황홀경에 빠진 수도승의 그림을 박은, 은 레테르를 붙인 조그만 갈색 토기병이 없는 농가가 하나도 없었습니다. 불로장생주가 인기를 끌자, 프레몽트레 수도원은 별안간 부자가 되었습니다. 파콤 탑을 다시 세우고 원장은 새 모자를 쓰고 교회당엔 아름답게 세공을 한 색유리를 끼웠습니다. 그리고 곱게 치장을 한 종탑에서는 부활절 아침, 크고 작은 종들이 일제히 크게 울렸습니다.

촌스러워서 회의석을 그렇게도 웃게 만들던 가엾은 평수도사 고셰 신부로 말하면, 이제는 그런 것이 수도원 안에서는 문제가 되지 않았으며, 박식하고 똑똑한 고셰 신부님으로만 통하게 되었습니다. 그는 수도원의 복잡하고 자질구레한 일에서는 완전히 벗어나 온종일 주조장 안에 처박혀서 살았습니다. 한편 30명의 수도사들은 그에게 갖다줄 약초를 찾기 위해 산을 헤매고 다녔습니다……. 원장까지도 출입이 금지된 주조장은 정원 맨 끝에 있는, 예배당이었던 황폐한 건물이었습니다. 단순하고 선량한 신부들은 무엇인가 신비스럽고 무시무시한 것이 있다고 믿었습니다. 가끔 대담하고 호기심 많은, 나이 어린 수도사들이 벽을 타고 뻗어올라간 포도덩굴을 잡고 현관의 장미형 창문까지 올라갔다가는 화덕 위에 몸을 굽힌 고셰 신부의 모습을 보고는 놀라서 그대로 땅 위에 굴러떨어지곤 했습니다. 그는 마술사처럼 수염을 길렀고, 손에는 저울을 들었습니다. 그리고 그의 주위에는 붉은 사암으로 만든 증류기와 거대한 증류관, 수정으로 만든 뱀 모양 관 등 괴이한 것들이 잔뜩 흩어져 있었으며, 유리창을 통해 들어오는 붉은 광선 속에서 신비스럽게 불타는 것 같았습니다.

저녁 종소리가 울리고 해가 질 무렵이면 신비스런 곳의 문이 조용히 열리고 고셰 신부는 저녁 미사에 참석하기 위해 성당으로 갔습니다. 그가 수도원을 지나갈 때 환영받는 모습은 정말 볼 만했습니다. 수도사들이 그가 지나가는 통로에 죽 늘어섰습니다.

"쉿! 비법을 아는 분이셔!"

재무관은 그의 뒤를 따라가며 고개를 숙이고 이야기를 했습니다.

이와같이 아첨하는 사람들 속을 신부는 차양이 넓은 삼각모를 후광처럼 등 뒤에 붙이고 이마를 닦으면서 걸어갔습니다. 그는 오렌지나무를 심은 넓은 뜰과 새 바람개비가 돌아가는 푸른 지붕, 희게 빛나는 수도원 안을, 꽃으로 꾸며진 우아한 원주들 사이에서 새 옷을 입은 참사회원들이 둘씩 짝지어 평화스런 얼굴로 걸어가는 모습을 만족스런 표정으로 둘러보았습니다.

'저것이 모두 내 덕분이지!'

신부는 마음속으로 생각했습니다. 그리하여 이런 생각을 할 때마다 자만심이 무럭무럭 솟아났습니다.

가엾게도 그는 그 때문에 벌을 받게 되었습니다. 자, 들어보세요.

*

어느 날 저녁, 미사가 진행되는데 그가 극도로 흥분하여 성당에 들어온 것을 상상하실 수 있겠어요? 두건을 비뚤게 쓰고 얼굴이 벌겋게 되어 헐레벌떡 들어와서는 성수에 소매를 팔꿈치까지 적셨습니다. 처음에는 누구나 늦어서 당황한 탓이라고 생각했습니다. 그러나 그가 제단에 절을 하는 대신, 오르간과 설교대를 향해 큰절을 하고는, 쏜살같이 성당 안을 가로질러 가서는 자기 자리를 못 찾아 5분 동안이나 서성대더니, 자리에 앉자마자 태평스럽게 웃으며 머리를 좌우로 흔드는 것을 보고는, 새 본당에서는 놀라 수군대는 소리가 일어났습니다. 신자에게서 신자에게로 속삭임은 번져갔습니다.

"고셰 신부가 웬일이야……? 우리 고셰 신부가 웬일일까?"

화가 난 원장은 조용하라는 뜻으로 두 번이나 지팡이를 들어 돌바닥을 두드렸습니다. 저쪽 성가대에서는 성가가 계속되었지만, 합창하는 소리에는 힘이 빠졌습니다…….

한참〈아베 베룸〉을 부르는 중인데 갑자기 고셰 신부가 자리에서 자빠지더니 우렁찬 목소리로 노래를 부르기 시작했습니다.

백의 신부가 한 사람 파리에 있었는데,
파타텡 파타탕, 타라벵 타라방

모두 깜짝 놀라 자리에서 일어났습니다. 누군가 소리쳤습니다.
"끌어내! 귀신 들렸어!"
참사회원들은 성호를 그었고, 원장은 지팡이를 흔들었습니다. 그러나 고셰 신부에게는 아무것도 보이지 않고 아무것도 들리지 않았습니다. 힘센 수도사 둘이 그를 작은 뒷문으로 끌어내야만 했습니다. 그는 마귀를 쫓아내는 사람처럼 몸을 뒤틀며 더욱 큰 소리로 파타텡, 타라방을 계속했습니다.

*

다음 날 새벽, 불쌍한 고셰 신부는 원장의 기도실에서 무릎을 꿇고 눈물을 비오듯 흘리며 참회했습니다.

"술 탓이죠, 원장님. 저를 농락한 것은 술이랍니다."

그는 가슴을 치면서 말했습니다.

그가 그처럼 뉘우치고 참회하는 것을 보고는 원장님도 감동했습니다.

"자, 자, 고셰 신부, 진정하시오. 그건 모두 해가 뜨면 이슬이 없어지듯 사라질 것이오……. 결국 당신이 생각하는 것처럼 그렇게 큰 실수는 아니오. 노래가 좀 무엇하지만, 흠, 흠! 요컨대 초심자들의 귀에만은 들어가지 말아야겠는데. 자, 이젠 어떻게 그런 일이 생기게 되었는가 이야기해보시오. 술을 시음하다 너무 지나친 거겠죠? 암, 암, 그럴 거야. 화약의 발명자 슈바르츠 신부처럼 당신도 당신의 발명품에 피해를 당한 겁니다. 이야기를 좀 해보시오. 저 끔찍한 술을 당신 자신이 시음하지 않으면 안 되는 것인지?"

"불행하게도 그렇습니다. 시험관은 술의 강도와 배합량을 잘 맞추어줍니다만, 감미로운 맛을 내려면 제 혀를 빌리는 수밖에 없습니다."

"아! 좋아요. 하지만 내 말을 좀 들어보시오. 할 수 없이 술을 맛보는데 맛이 좋다고 생각됩니까? 술을 마시면 기분이 좋아집니까?"

"아아! 그렇습니다."

가엾은 신부는 얼굴이 새빨갛게 되어 대답했습니다.

"지난 이틀 밤, 그 맛과 향기가 기막혔습니다……. 나를 이렇게 농락하는 것은 틀림없는 악마의 수작입니다. 그래서 앞으로는 절대로 시험관 외에는 쓰지 않을 작정입니다. 술이 아주 좋지 않고 진주 방울이 일지 않아도 하는 수 없죠."

원장은 급히 말을 가로막았습니다.

"좀 신중히 생각해보시오. 고객의 기분을 상하게 해서야 안 되지요. 당신은 이미 전례가 있으니 지금 당장은 스스로 조심해야 할 게요. 얼마 정도면 감별할 수가 있나요? 열다섯 아니면 스무 방울이면 되겠죠? 스무 방울로 정합시다. 스무 방울로 마귀가 당신을 사로잡는다면 그건 보통 마귀가 아닐 게요. 또한 사고를 미연에 방지하는 의미에서 앞으로는 성당에 오지 않아도 좋소. 저녁 기도를 주조장 안에서 올리시오. 자, 이젠 안심하시오. 그리고 특히 술 방울을 잘 세도록 하시오."

아아! 가엾은 신부는 술 방울을 아무리 잘 세려 해도 소용없었습니다. 악마는 그를 붙잡고 놓아주지 않았습니다.

주조장에서는 기괴한 기도가 들려왔습니다.

*

낮에는 그대로 아무 일 없이 지나갔습니다. 신부는 아주 조용히 풍로와 증류기를 준비해놓고, 연한 것, 회색 빛깔인 것, 톱니 모양인 것, 햇빛에 잘 마르고 향기로운 것, 이런 온갖 프로방스의 약초들을 정성들여 골라놓았습니다. 그러나 저녁이 되어 약초가 달여지고 붉은 구리로 만든 큰 냄비 속에서 술이 따뜻해지기 시작하면 가엾은 신부의 수난이 시작되었습니다.

"······열일곱······ 열여덟······ 열아홉······ 스물······."

술 방울은 유리관을 통해 도금한 컵 속으로 떨어졌습니다. 스무 방울을 신부는 단숨에 마셨습니다. 별로 기분이 상쾌하지 않았습니다. 한 방울만 더 마시고 싶었습니다. 아! 스물한 번째 술 방울! 그리하여 그는 유혹에서 벗어나려고 주조장의 맨 끝으로 가서, 무릎을 꿇고 열심히 기도를 했습니다. 그러나 아직도 따끈한 술에서 피어오르는 향기 짙은 김은 그의 주위를 맴돌며, 좋든 싫든 그를 냄비 있는 곳으로 이끌고 갔습니다……. 금녹색 액체 위에 몸을 굽히고 콧구멍을 벌린 채 신부는 유리관을 가만히 휘저었습니다. 사금이 반짝이는 것 같은 에머랄드빛 액체 속에서 자기를 쳐다보며 웃는 베공 아주머니의 빛나는 눈이 보이는 것 같았습니다.

"자, 한 방울만 더 마시렴."

한 방울, 또 한 방울, 불행한 사내는 컵에 가득히 붓고 말았습니다. 그러고는 맥이 빠져 안락의자 위에 쓰러졌습니다. 몸을 내팽개친 채 눈을 지그시 감고는 기분 좋은 회오에 사로잡혀 자기의 죄를 조금씩조금씩 맛보며 낮은 목소리로 중얼거렸습니다.

"아! 나는 지옥에 떨어진 몸이다……. 나는 지옥에 떨어진 몸이야……."

무엇보다도 지독한 것은 마법의 술 속에서 그는 어떤 요술에 홀려서인지는 몰라도 베공 아주머니가 부르던 저속한 노래를 모두 다시 찾아내었다는 사실입니다.

"작은 아주머니들 셋이 주연을 벌이려는 의논……."

"앙드레 아저씨네 베르즈레트 혼자 숲으로 갔네……."

그리고 언제나 빼놓지 않는 백의 신부들의 "파타텡, 파타탕" 이런 노래들이었습니다.

이튿날 옆방 친구들이 심술궂은 표정으로,

"어이, 고세 신부, 어제 저녁 잘 때 자네 머릿속으로 매미들이 들어갔었나 봐."

이렇게 말할 때면 그가 얼마나 난처했겠나 생각해보십시오.

그래서 그는 눈물을 흘리며 자포자기의 심정이 되어 단식을 하고 고행복을 입고 엄격한 규율을 지켰습니다. 그러나 도저히 술의 악마를 당해낼 수는 없었습니다.

*

그리하여 매일 저녁 같은 시간이면 악마는 다시 그를 사로잡았습니다.

그러는 사이 주문은 주의 축복인 양 쇄도했습니다. 님므에서, 엑스에서, 아비뇽에서, 마르세유에서. 수도원은 나날이 공장 같아졌습니다. 짐을 포장하는 수도사, 쪽지를 붙이는 수도사, 글을 쓰는 수도사, 짐을 운반하는 수도사가 있게 되었습니다. 신을 섬기는 일이 소홀해져 여기저기에서 종소리가 들리지 않는 때도 있었습니다. 그러나 단언하건대 이 지방의 가난한 사람들은 아무것도 손해보지 않았습니다…….

그런데 어느 날씨 좋은 일요일 아침, 재무관이 1년 동안의 결산을 참사회원들이 모인 가운데서 낭독하고 어진 참사회원들은 빛나는 눈으로 입가에 웃음을 지으며 그의 말을 들을 때, 난데없이 고셰 신부가 회의장 한복판으로 뛰어들어오더니 소리쳤습니다.

"그만두겠소……. 더는 못 하겠소. 젖소를 돌려주시오."

"아니, 왜 그러시오? 고셰 신부!"

사건을 다소 짐작한 원장이 물었습니다.

"왜냐구요? 원장님, 저는 지금 영원한 지옥의 불길 속에 떨어져 쇠갈퀴에 찍힐 짓을 하고 있어요. 술을 마시거든요……. 주정뱅이처럼 술을 마십니다……."

"아니, 내가 절제하라고 이르지 않았소?"

"아, 그렇구말구요. 한 방울 한 방울 세면서 마셨답니다. 그러나 지금은 한 잔 한 잔 세면서 마셔야 한답니다……. 그렇습니다, 원장님. 저는 이 꼴이 되고 말았습니다. 저녁마다 세 병은 마셔야 합니다……. 이런 상태가 더 계속되어서야 되겠습니까? 그러니 누구 원하는 사람에게 술을 만들게 하십시오……. 제가 계속해야 한다면 차라리 벼락을 맞게 하십시오……."

이제는 웃는 사람이 한 사람도 없었습니다.

"하지만 딱한 사람아, 우리를 망쳐놓을 셈이오!"

재무관은 장부를 흔들며 소리쳤습니다.

"당신은 내가 지옥에 떨어져야 좋겠소?"

그때 원장이 자리에서 일어났습니다.

"여러분, 다 해결할 수 있는 방법이 있습니다……. 악마가 당신을 유혹하는 것은 밤이 아니오?"

원장은 반지가 번쩍이는 하얀 손을 뻗으며 말했습니다.

"원장님, 그렇습니다. 매일 한결같이 저녁입니다……. 그래서 이제는 밤이 되기만 하면 카피투의 당나귀가 짐을 볼 때처럼 진땀이 난답니다."

"그러면 안심하시오……. 앞으로는 매일 저녁 미사 올릴 때 우리가 당신을 위해 관용으로 가득 찬 성 어거스틴의 기도문을 외울 것이오……. 그러면 당신에게 어떤 일이 있어도 안심할 수 있어요. 그 기도문을 외우면 죄를 지어도 용서를 받을 수 있으니까요."

"아, 그렇습니까! 원장님, 감사합니다!"

고셰 신부는 그 이상 더 묻지도 않고, 종달새처럼 가볍게 증류관 곁으로 다시 돌아갔습니다.

그때부터 정말로 매일 저녁 미사가 끝나면 사제는 꼭 이렇게 말했습니다.

"우리 수도원을 위하여 자신의 영혼을 희생하는 가련한 고셰 신부를 위해 기도합시다……. 오레무스 도미네……."

어두운 본당 안에 무릎을 꿇은 신도들의 하얀 두건 위로 기도 소리가 눈 위를 스쳐가는 바람처럼 떨리며 지나갈 때, 저쪽 수도원의 맨 끝 쪽, 주조장의 불 켜진 유리창 너머에서는 고셰 신부가 고함치듯 부르는 노랫소리가 들려왔습니다.

　　백의 신부가 한 사람 파리에 있었는데,
　　파타텡 파타탕, 타라벵 타라방.
　　백의 신부가 한 사람 파리에 있었는데,
　　귀여운 수녀들을 춤추게 하고,

트렝, 트렝, 트렝, 정원 속에서
춤추게 하고…….

……여기에서 그라브송 사제는 아주 두렵다는 듯이 이야기를 멈추고 말았습니다.
"이를 어쩌나! 교구 신도들이 알면 큰일인데!"

월요일 이야기

마지막 수업
어느 알자스 소년의 이야기

그날 아침, 나는 학교 가는 게 퍽 늦은 데다가, 아멜 선생님이 분사법(分詞法)에 대해 질문하겠노라고 말씀하셨는데 하나도 알지 못하던 터라 꾸중을 들을까 봐 여간 겁이 나는 게 아니었습니다. 차라리 학교를 빠지고 들에나 싸돌아다닐까 하는 생각조차 들었습니다.

날씨는 너무나 화창하고 맑았습니다. 숲가에서는 티티새 무리가 지절대고 제재소 뒤 리페르 벌판에서는, 프러시아 병정들이 훈련하는 소리가 들려왔습니다. 분사법보다는 이 모든 것이 더 내 마음을 끌었습니다. 그렇지만 꾹 참고 학교를 향해 달렸습니다.

면사무소 앞을 지나면서 나는 철책을 두른 게시판 곁에 웅기중기 모인 사람들을 보았습니다. 2년 전부터 패전이라든가 징발, 프러시아 군 사령부의 갖가지 명령 등 좋지 못한 뉴스는 모두 여기를 통해서 나왔습니다.

"또 무슨 일일까?"

나는 걸음을 멈추지 않은 채 지나가면서 생각했습니다. 그러자 광장을 뛰어가는 나를 보고 자기 도제(徒弟)와 게시판을 들여다보던 대장간집 와슈테르 영감이 소리쳤습니다.

"얘야, 그렇게 서두를 건 없다. 아무래도 지각은 않을 테니까!"

나는 놀린다고 생각하고 숨을 헐떡이며 아멜 선생님네 작은 마당으로 뛰어들어갔습니다.

여느때에는 수업이 시작될 무렵이면 책상 뚜껑을 여닫는 소리, 잘 외우려고 귀를 막고 큰 소리로 책을 읽어대는 소리, "좀 조용히!" 하고 책상을 두드리는 선생님의 막대기 소리 등 굉장히 떠들썩한 소리가 한길까지 들려왔습니다.

나는 이 법석통에 살짝 내 자리로 갈 심산이었습니다. 그런데 그 날은 주일날 아침처럼 조용했습니다. 열린 창으로는 벌써 제자리에 앉은 동무들과 무서운 막대기를 팔에 끼고 왔다 갔다 하시는 아멜 선생님이 보였습니다. 문을 열고 이 조용한 가운데로 들어가는 수밖에 없었습니다. 내 얼굴이 붉어지고 가슴이 두근거렸으리라 생각하셨겠죠! 그렇지만 아니었습니다. 아멜 선생님은 화도 안 내고 나를 보더니 아주 부드럽게 말씀하셨습니다.

"어서 네 자리로 가서 앉아라, 프란츠. 그냥 수업을 시작할 뻔했구나."

나는 의자를 넘어 바로 내 자리에 앉았습니다. 그러자 다소 두려움이 가시면서 우리 선생님이 장학관 검열날이나 시상식 때만 입으시는 초록빛 프록코트에 가는 주름잡힌 가슴 장식을 달고, 수를 놓은 둥그런 검정 비단 모자를 쓰고 계시다는 것을 알게 되었습니다. 게다가 교실 전체가 어쩐지 평소와는 다른 엄숙한 분위기에 싸여 있었습니다. 무엇보다도 평소에 비어 있던 교실 안쪽 의자에 마을 사람들이 우리처럼 조용히 앉아 있어서 놀랐습니다. 삼각모를 쓴 오제 영감, 그 전 면장, 우체부, 그리고 또 다른 사람들이 앉아 있었습니다. 그들은 한결같이 슬픈 표정이었습니다. 오제 영감은 모서리가 낡아 해진 헌 프랑스 말 초보 교재를 무릎 위에 펴놓고 그 위에 커다란 안경을 가로놓았습니다.

내가 이러한 모습에 어리둥절해 있는 동안 아멜 선생님은 교단으로 올라가시더니 나를 맞아들일 때와 똑같이 부드럽고도 엄숙한 목소리로 말씀하셨습니다.

"여러분, 이것이 저의 마지막 수업입니다. 알자스와 로렌의 학교에서는 독일어만을 가르치라는 명령이 베를린에서 왔습니다······. 새 선생님이 내일 오십니다. 오늘로서 여러분의 프랑스 말 수업은 마지막입니다. 아무쪼록 주의해서 들어주시기 바랍니다."

이 몇 마디 말씀에 나는 마음이 뒤흔들렸습니다. 아아! 나쁜 놈들, 면사무소에 나붙었던 게시는 바로 이것이었습니다.

나의 마지막 프랑스 말 공부!

그런데 나는 이제 겨우 글을 쓸 정도였습니다! 이젠 영영 못 배운단 말인가······! 이대로 끝내야 된단 말인가······! 이제 와서 헛되이 보낸 시간들, 새 둥지를 찾아다니고 자르강으로 얼음을 지치러 가느라고 학교를 빠진 시간들이 너무도 한스러웠습니다. 조금 전만 해도 그처럼 진력이 나고 무겁기만 했던 내 책들, 문법책이나 성서가 이제는 떨어지기 섭섭한 친구처럼 느껴졌습니다. 아멜 선생님께 대해서도 마찬가지였습니다. 이제 선생님이 떠나시면 다시 만날 수도 없으리라 생각하니 벌받고 막대기에 맞던 생각은 모두 사라져버렸습니다.

가엾은 선생님!

선생님께서 옷을 잘 차려입으신 것도 마지막 수업 때문이었고, 동네 노인들이 교실에 와 앉아 있는 까닭도 알았습니다. 자기들이 학교에 좀 더 자주 오지 못한 것을 뉘우친다는 뜻 같기도 했습니다. 또한 40년 간 우리를 가르쳐오신 선생님의 훌륭한 공로에 감사하고 또 사라져가는 조국에 대한 자기네 의무를 다해보려는 것같이도 보였습니다.

이러한 생각에 잠겨 있을 때 선생님이 나를 지명하셨습니다. 내가 외울 차례가 된 것이었습니다. 그 분사법을 큰 소리로 똑똑하게, 하나도 틀리지 않고 줄줄 욀 수만 있었더라면 얼마나 좋았겠습니까? 그러나 나는 첫마디부터 막혀버려 민망한 마음으로 고개도 들지 못한 채 의자 위에서 몸만 흔들었습니다. 아멜 선생님이 말씀하셨습니다.

"프란츠, 너를 탓하지 않겠다. 너는 충분히 자책하고 있을 테니까……. 그런 거야, 매일 사람들은 생각했지. '뭐 서두를 것 없어, 내일 공부하지.' 그 결과가 네가 보는 대로 이런 거야……. 아아! 공부할 것을 늘 다음날로 미룬 것이 우리 알자스의 가장 큰 불행이었지. 이제 저 프러시아인들은 우리에게 이렇게 말할 권리가 있어. '뭐라구? 너희는 프랑스인이라고 우겨대면서 너희 언어를 말할 줄도 쓸 줄도 몰라!' 그렇지만 프란츠, 너만 잘못한 것은 아니야. 우리 모두가 스스로 자책을 해야 돼.

여러분의 부모는 여러분의 교육에 별로 관심이 없었습니다. 돈 몇 푼 더 벌겠다고 여러분을 밭이나 공장에 보내기를 더 원했습니다. 나 자신은 자책할 일이 없을까요? 공부 대신 우리 집 뜰에 물을 주라고 하지 않았던가요? 은어를 낚으러 가고 싶을 때 여러분이 놀도록 두기를 주저했던가요……?"

그러고 나서 아멜 선생님은 프랑스 말에 대해 하나하나 말씀하시기 시작했습니다. 프랑스 말은 세계에서 가장 아름답고, 가장 분명하고, 가장 확실한 말이며, 그리하여 우리가 잘 간직하고 잊지 말아야 하는데, 왜냐하면 한 겨레가 남의 노예가 되었더라도 자기 말을 잘 간직하면 그것은 감옥의 열쇠를 쥐고 있는 거나 마찬가지니까……라고 말씀하셨습니다. 그러고는 문법책을 들고 학과를 읽어주셨습니다. 나는 너무도 알기 쉬운 데 놀랐습니다. 말씀하시는 모든 것이 아주 쉬워 보였습니다. 하기는 내가 이처럼 열심히 들은 적도 없었고, 또 선생님께서 그처럼 성의 있게 설명해주신 적도 없었습니다. 마치 가엾은 선생님이 떠나시기 전에 자기가 아는 모든 것을 단번에 우리 머릿속에 넣어주려는 것같이 보이기도 했습니다.

외우기가 끝난 후에는 쓰기 시간이었습니다. 아멜 선생님은 그날을 위해 새로운 쓰기 책을 준비해 오셨는데, 거기에는 동그스름한 예쁜 글씨체로 "프랑스, 알자스, 프랑스, 알자스"라고 씌어 있었습니다. 작은 깃발들이 우리 책상 막대기에 걸려 온 교실에서 펄럭이는 것 같아 보였습니다. 모두 얼마나 열심이고 또 조용했는지! 종이 위에 펜 스치는 소리 외엔 아무 소리도 들리지 않았습니다. 한번은 풍뎅이들이 날아들었지만 아무도 거기에 마음을 쓰지 않았습니다. 무슨 프랑스 말이나 되는 듯이 용기와 신념을 가지고 줄만 열심히 긋던 꼬마들까지도 그랬습니다……. 학교 지붕 위에서는 비둘기들이 꾸르르 울었습니다. 나는 그 소리를 들으면서 생각했습니다.

'머지않아 저 비둘기들도 독일 말로 울게 되지 않을까?'

때때로 교과서에서 눈을 들어 보면 아멜 선생님은 교단 위에서 꼼짝도 않고, 마치 이 작은 학교 전부를 자기 눈에 넣어 가기나 할 것처럼 주위의 물건들을 뚫어지게 바라보고 계셨습니다……. 생각해 보면 선생님께서는 저기 똑같은 자리에서 교정을 마주하고 같은 교실에서 40년을 지내 오셨던 것입니다. 단지 의자와 책상이 오래 쓰는 동안에 닳아서 반들반들해졌고, 마당의 호두나무가 자랐고, 손수 심으신 홉이 지금은 창문을 장식하고 지붕까지 뻗어 있을 따름이었습니다. 이 모든 것들을 떠나야 한다는 사실이, 그리고 2층에서 들려오는, 자기 누이가 짐을 꾸리느라고 왔다 갔다 하는 발소리가 이 가엾은 선생님에게는 얼마나 가슴 아팠겠습니까?

다음날 선생님과 그 누이는 영원히 이 땅을 떠나야 할 테니까요.

그러나 선생님께서는 우리 수업을 끝까지 계속할 굳은 마음을 가지고 계셨습니다. 쓰기가 끝나자 다음에는 역사였습니다. 그다음에 꼬마들은 바, 브, 비, 보, 뷔를 합창했습니다. 교실 안쪽에서는 오제 영감이 안경을 쓰고 교과서를 두 손에 든 채 아이들과 함께 한 자 한 자 또박또박 읽었습니다. 그도 열심이라는 것을 알 수 있었습니다.

그의 목소리는 감동으로 떨렸습니다. 그가 읽는 소리가 너무도 우스워서 우리는 웃어야 할지 울어야 할지 몰랐습니다. 아아! 이 마지막 수업을 나는 평생 잊지 못할 것입니다……. 갑자기 12시를 알리는 성당의 시계 소리가 들리고, 이어서 앙젤뤼스〔三鐘經〕의 종소리가 울렸습니다. 바로 그때 훈련을 끝내고 돌아오는 프러시아 병정들의 나팔 소리가 우리 교실 창 밑에서 들려왔습니다……. 아멜 선생님은 아주 창백한 얼굴로 교단에서 일어나셨습니다. 선생님이 그때처럼 크게 보인 적은 없었습니다.

"여러분" 하고 선생님은 말씀하셨습니다.

"여러분, 나는…… 나는—."

그러나 무엇인가가 선생님의 목을 막았습니다. 선생님께서는 말을 끝맺지 못하셨습니다.

선생님께서는 칠판을 향해 몸을 돌리더니, 분필을 잡고 있는 힘을 다해 큰 글자로 이렇게 쓰셨습니다.

'프랑스, 만세!'

그러고는 이마를 벽에 댄 채 한참을 계시다가 말없이 우리를 향해 손짓을 하셨습니다.

"끝났습니다……. 돌아들 가십시오."

당구

 병사들은 이틀 간이나 전투를 계속한 데다가 간밤엔 배낭을 짊어진 채 쏟아지는 빗속에서 지냈기 때문에 지칠 대로 지쳤다.
 더구나 세 시간 전부터 총을 내린 채 길의 물구덩이와 질척한 진흙밭 속에서 대기하던 병사들은 몸이 얼어들어가고 있었다.
 피로에 지치고 며칠 밤을 그대로 새운 탓으로 군복이 물에 젖어, 병사들은 서로 몸을 녹이고 부축하기 위해 다같이 달라붙었다. 옆에 선 전우의 배낭에 기댄 채로 잠든 병사도 있었다. 잠에 취해 긴장이 풀어진 병사들의 얼굴에는 심신의 피로와 궁핍감이 한층 더 뚜렷이 나타났다. 비는 내리고 진흙 구렁 속에서 몸을 녹일 불도 없고 배를 채울 음식도 없이, 먹구름이 나직이 드리운 하늘 아래 여기저기서 적병의 기척만이 느껴질 뿐이었다. 음울한 풍경이었다…….
 무엇을 하는 것일까? 무슨 일이 일어나는 것일까?

포구(砲口)를 숲으로 향한 대포들은 무엇인가를 노리는 것 같았다. 숨겨둔 기관총들은 똑바로 지평선을 향했다. 공격을 위한 만반의 준비가 갖추어진 모양이었다. 그런데 어째서 공격을 하지 않는 것일까? 무엇을 기다리는 것일까……?

병사들은 명령을 기다렸다. 그러나 사령부에서 명령이 내려오지 않았다.

사령부가 멀리 있는 것도 아니었다. 비에 씻겨 산허리에서 반짝이는, 붉은 벽돌로 된 루이 13세풍 성곽이 바로 사령부였다. 정녕 프랑스 원수의 기를 꽂기에 알맞은 왕후의 궁성이었다. 큰 도랑과 돌 축대가 한길에서 갈라놓은 잔디는 그 뒤로 뻗어올라 돌층계에까지 이르렀다. 골고루 깔린 파란 잔디 변두리에는 화분이 줄지어 놓여 있었다. 그 반대편 저택 안쪽에는 소사나무 묘목이 밝은 통로를 이루고 백조들이 헤엄치는 연못이 거울처럼 펼쳐졌다. 탑 모양을 이룬 큰 새장의 지붕 밑 숲속에서 공작이며 들꿩이 날카로운 소리를 지르며 날갯짓을 하거나 꼬리를 펼쳤다. 주인들은 없었으나 전쟁으로 인해 내버려둔 흔적은 없었다. 사령관 기는 잔디밭에 작은 꽃까지 지켜보고 있었다. 초목들이 나란히 늘어서고 가로수 길의 깊은 침묵과 모든 질서가 유지되었다. 전쟁터 가까이에서 이처럼 깊은 정적을 본다는 것은 너무도 인상적인 일이다.

아래쪽에서는 도로에 불쾌한 진흙을 이겨 올리고 깊은 바퀴 자국을 남기는 비가 여기서는 붉은 벽돌, 푸른 잔디를 한층 선명하게 하고 오렌지 나뭇잎과 백조의 흰 깃털을 윤기 있게 만드는, 정숙하고도 귀족적인 소나기에 지나지 않았다. 모든 것이 빛나고 잔잔했다.

정말로 지붕에서 펄럭이는 장군의 깃발과 철책 앞에 보초를 서는 두 병사의 모습이 보이지 않았던들 아무도 사령부에 있다고는 생각하지 않을 것이다. 말들은 마구간에서 쉬고 있었다. 여기저기서 눈에 뜨이는 건 마부가 아니면 작업복 차림으로 주방 주변을 왔다 갔다 하는 사병, 또는 붉은 바지를 입고 넓은 안뜰의 모래를 고무래로 고르는 몇몇 정원사뿐이었다.

돌층계를 향해 창이 난 식당에는 식사 후 반쯤 치운 식탁이 있고 구겨진 테이블보 위에는 마개 뽑은 술병이며 윤기 없는 빈 컵들이 스산하게 흩어져 있는 것이 보였다. 식사가 끝나고 손님들이 떠난 모양이었다. 옆방에서는 말소리, 웃음소리, 당구공 구르는 소리, 컵 부딪치는 소리가 떠들썩하게 들려왔다. 원수(元帥)가 당구에 열중해 있었고 그로 인해 부대는 명령을 기다리는 것이었다. 원수는 당구를 시작하면 하늘이 무너지건 무슨 일이 일어나건 중단을 하지 않았다.

당구!

그것이 바로 이 위대한 군인의 결점이었다. 그는 정장(正裝)을 하고 가슴에는 수많은 훈장을 단 채 식사와 경기와 그록 주(酒)에 흥분되어 붉어진 뺨에 눈을 빛냈다. 마치 전쟁에라도 임한 듯 그의 표정은 진지했다. 부관들은 정중하게 장군을 둘러싸고 그가 한 번 칠 때마다 감동을 이기지 못하는 표정들이었고, 장군이 한 점을 더하면 다같이 기록을 하려고 달려갔고, 장군이 목이 마르다면 그록 주를 준비하려 들었다. 견장과 군모의 깃털 장식들이 스치고 훈장과 장식끈이 소리를 냈다. 정원과 뜰을 향하고 떡갈나무 판자를 댄, 천장이 높고 넓은 홀에서 이 정신(廷臣)들의 품위 있는 웃음이며 예절은 콩피에뉴의 가을을 상기시켰다. 그리고 저편 길을 따라 추위에 얼어가고 비에 젖은 채 검은 덩어리를 이룬, 때에 찌든 외투의 무리를 다소 잊게 만들었다.

장군의 상대방은 작달막한 참모부의 대위로, 고수머리에 가죽띠를 매고 훌륭한 장갑을 낀, 당구에서는 타의 추종을 불허하는 제일인자로 온 세상의 모든 장군들을 전부 이겨낼 솜씨를 지녔지만 자기 상관에게는 존경심에서 겸손하게 나오며 또한 이기지 않도록, 그러나 쉽사리 지지도 않도록 노력했다. 대위는 장래가 촉망되는 장교라 불리는 터였다…….

"조심해서 잘 하게, 젊은이. 각하는 열다섯이고 자네는 열일세. 그렇게 해서 끝까지 끌고 나가게. 그렇다면 내려오지 않는 명령을 기다리며 멋진 군복을 더럽히고 장식끈의 금색을 흩뜨리며 지평선 위로 억수처럼 쏟아지는 비를 맞고 있는 자네 동료들과 함께 밖에 머무는 것보다는 진급이 더 빠를 걸세."

참으로 숨막히는 게임이었다. 당구공들은 달리고 스치고 엇갈리면서 홍색과 백색이 뒤섞였다. 당구대 측면에 맞으면 즉각 튀어나오고 모직물 위로는 부리나케 굴러다녔다……. 그때 갑자기 대포의 포화가 공중에서 번쩍 빛났다. 둔한 포성이 유리창을 뒤흔들었다. 모든 사람이 전율하고 불안한 표정으로 서로 바라보았다. 단지 장군만이 아무것도 보지도 듣지도 못했다. 당구대에 몸을 굽힌 채 그는 멋진 끌기를 생각했다. 장군은 바로 이 끌기를 자랑으로 삼았다…….

그러나 또다시 포화가 번쩍 빛났고 또 다른 포화가 뒤따랐다. 포성은 계속되었고 점점 더 심해갔다. 부관들은 창으로 달려갔다. 프러시아 군인들이 공격을 감행해올 것인가?

"좋아, 쳐들어오려면 쳐들어와라!"

장군은 초크를 칠하면서 말했다.

"대위, 자네 차례일세."

참모들은 감동에 몸을 떨었다. 전투에 임박한 이때에 당구대를 앞에 두고 이처럼 냉정한 장군에 비하면 포가(砲架)에서 잠을 잤다는 튀렌* 따위는 아무것도 아니었다……. 그러는 사이에도 소음은 점점 더해갔다. 포성의 진동 속에 귀를 찢는 듯한 기관총 소리, 그리고 일제 사격의 총성이 더해졌다. 잔디밭 바깥쪽에서 검붉은 연기가 피어 올랐다. 뜰 전체가 불길에 싸였다. 놀란 공작과 꿩 들이 우리 안에서 아우성치고 화약 냄새를 맡은 아라비아 말들이 펄쩍 뛰었다. 사령부는 동요하기 시작했다. 계속해서 급보가 들어오고 파발꾼이 뒤를 이어 뛰어들어왔다. 장군을 뵙자는 것이었다.

그러나 장군에겐 가까이 갈 수가 없었다. 앞에서도 이야기했듯이 승부가 나기 전에는 아무도 장군을 방해할 수 없었다.

"대위, 자네 차례일세."

그러나 대위는 마음이 혼란스러웠다. 젊음이란 얼마나 가련한 것인가! 바야흐로 그는 사려를 잃고 책략을 망각하여 계속 두 번이나 연달아 점수를 따서 거의 이긴 것이나 진배없었다. 이번에는 장군

---

* 17세기 프랑스의 장군

이 노발대발했다. 놀라움과 분노의 표정이 그의 씩씩한 얼굴에 뚜렷이 드러났다. 바로 이때 말 한 필이 날듯이 뜰로 달려들어왔다. 진흙투성이가 된 무관 하나가 보초를 밀어젖히고 한걸음에 돌층계를 넘어섰다.

"각하……, 각하……."

부관이 어떻게 맞아들였는지 생각건대 가관이었다……. 노여움에 온몸이 부풀고 수탉처럼 얼굴이 붉어진 원수가 큐를 쥔 채 창가에 나타났다.

"무슨 일이냐? 뭐냐……, 거긴 보초도 없느냐?"

"그러나 각하……."

"좋아……. 이제 곧…… 명령을 기다리려, 제기랄!"

그러고 나서 쾅 하고 창문이 닫혔다.

그의 명령을 기다려야 한다!

가엾은 병사들이 기다리는 것도 바로 그것이었다. 바람은 비와 산탄을 사정없이 그들의 얼굴로 몰아쳤다. 몇몇 대대가 괴멸되어버린 반면 또 다른 대대들은 어째서 전투에 들어가지 않는지 알지도 못하고 무기는 손에 든 채 멍해 있었다. 어쩔 수 없이 명령만을 기다렸다. ……그러나 죽는 데는 명령이 필요 없어서, 계속 침묵을 지키는 이 큰 저택을 앞에 두고 숲 뒤나 도랑 속에서 병사들만 몇백 명씩 쓰러져갔다. 그들이 쓰러진 뒤에도 총알은 계속 그들의 몸을 찢고 상처에서는 씩씩한 프랑스의 피가 소리 없이 흘러나왔다……. 저편 당구장에서도 싸움은 치열해갔다. 장군은 또다시 우세에 놓였다. 키가 작은 대위도 사자처럼 방어했다…….

월요일 이야기

열일곱…… 열여덟…… 열아홉.

겨우 점수를 기록할 정도였다. 총성은 점점 다가왔다. 장군은 앞으로 한 큐로 끝장낼 터였다. 포탄은 이미 뜰 위에 떨어지고 있었다. 연못 위에서도 포탄이 한 방 터졌다. 거울 같은 연못의 수면이 갈라지면서 피투성이가 된 백조 한 마리가 겁에 질려 날개를 퍼덕이며 헤엄쳤다. 이것이 마지막 한 큐였다……. 바야흐로 깊은 침묵이 깃들었다. 이제는 자작나무 위에 내리는 빗소리, 언덕 밑에서 들려오는 어수선한 웅성거림, 그리고 물에 잠긴 도로 위로 급히 지나가는 가축 떼의 발소리 같은 것이 들려올 뿐이었다……. 병사들은 한창 패주(敗走) 중이었다. 원수는 승부에 이겼다.

콜마르 재판관의 환상

기욤 황제에게 선서를 하기 전까지는 콜마르* 재판소의 작달막한 돌렝제 판사만큼 행복한 사람은 없었다. 법모(法帽)를 비스듬히 쓰고 불룩한 배와 꽃처럼 붉게 열린 입술에, 모슬린 깃 장식 위로 세 겹의 턱을 얹고 공판정에 나타날 때는 그보다 더 행복한 사람이 없었다. 그리고 의자에 앉을 때는 "아아! 기분 좋게 한잠 자볼까나"라고 말하는 듯한 표정이었다. 그가 통통한 두 다리를 쭉 뻗고 커다란 팔걸이 의자의 부드럽고도 둥근 새 가죽 방석에 앉는 폼은 곁에서 보기에도 자못 유쾌했다. 30년 간을 시종 재판관으로 살아왔지만 이 가죽 방석이 있어서 지금도 여전히 변함 없는 기분과 명랑한 얼굴로 지낼 수가 있었다.

---

* 알자스의 한 마을

불운한 돌렝제!

그의 신세를 망친 것은 바로 이 둥근 방석이었다. 그 모조 가죽 방석에서 털고 일어나느니보다는 차라리 프러시아인이 되길 원할 만큼 방석이 마음에 들었고 또 거기에 훌륭히 낙착되어 있다고 생각하는 터였다. 기욤 황제는 그에게 이야기했다.

"돌렝제 씨, 그대로 있으시오!"

그래서 돌렝제는 그대로 근무했다.

그는 콜마르 재판소의 공소원(控訴院) 판사로서 베를린에 있는 황제 폐하의 이름 아래 용감히 재판을 행했다.

그의 주변에서 변한 것은 아무것도 없었다. 여전히 낡고 단조롭기만 한 재판소, 닳아서 반들거리는 의자가 줄지어 서 있고 빈 벽 쪽으로는 변호사들이 와글거리는 교리 문답실 같은 널따란 홀, 서지 커튼을 친 높은 창문에서 떨어지는 희미한 빛이며, 먼지투성이로 팔을 벌린 커다란 그리스도 상이며, 모두 다 여전했다. 프러시아 영토가 되었어도 콜마르 재판소의 격은 떨어지지 않았다. 재판소 안쪽에는 여전히 황제의 흉상이 있었다……. 그런데도 돌렝제는 마치 타향에 있는 듯한 느낌이었다. 팔걸이 의자에 몸을 던진 채 깊숙이 파묻혀봐도 별 소용이 없었다. 이제는 옛날처럼 기분 좋게 잠에 빠질 수도 없었고, 가끔 법정에서 잠이 들 때면 무서운 꿈에 사로잡혔다.

오네코*나 발롱달자스** 같은 높은 산 위에 있는 꿈을 꾸었

---

* 알자스의 산
** 보주 산맥

다……. 홀로 법복을 입고 비틀린 나무나 소용돌이치는 작은 벌레들만이 보이는 무섭게 높은 그런 곳에서 커다란 팔걸이 의자에 앉아 무엇을 하는 것일까……? 그것은 돌렝제 자신도 알지 못할 일이었다. 그가 악몽에 쫓겨 식은땀을 흘리며 부들부들 떨면서 기다리노라면 라인강 저편 검은 전나무숲 뒤에서 붉고 큰 태양이 떠올랐다. 태양이 점점 높이 솟아오를수록 탄이나 멩스테르 계곡에서, 또 알자스의 끝에서 끝으로 밑도 끝도 없는 웅성거림, 사람들의 발소리, 차소리가 점점 더 크게 다가오고, 그러면 돌렝제는 조마조마해졌다. 이윽고 산허리로 굽이쳐 오르는 긴 도로를 통해 쓸쓸하고도 끝없는 행렬이, 이주하기 위해 보주의 골짜기를 만날 장소로 삼은 모든 알자스 사람들이 엄숙하게 자기를 향해 걸어오는 모습을 콜마르 재판관은 보았다.

  그 행렬의 선두에는 소 네 필이 끄는 긴 달구지들, 추수 때면 곡식단을 넘치도록 싣던, 살문이 달린 달구지들이 지금은 가재도구며 의복 그리고 연장 들을 싣고 왔다. 큰 침대, 높은 장롱, 인도의 사라사 장식품, 빵 반죽통, 물레, 작은 어린애들 의자, 선조 대대로 내려오는 안락의자 따위를 집 안 구석구석에서 끄집어내어 싣고는 불어오는 바람에 그 성스러운 먼지를 날리며 나아가는 달구지들이었다. 짐 더미가 그대로 온통 이 차에 실려 나아갔다. 그래서 달구지들은 고통스러운 듯 신음 소리를 내며 나아갔고, 달구지를 끄는 소들은 마치 수레바퀴가 땅에 들러붙고 쇠스랑, 쟁기, 곡괭이, 갈퀴 들에 붙은 마른 흙덩이들이 그 짐을 더욱 무겁게 만드는 듯, 이 출발이 흡사 뿌리째 나무를 뽑는 것처럼 힘들어 보였다.

그 뒤로는 귀천과, 노소를 가릴 것 없이 군중이 묵묵히 밀려왔다.
삼각모를 쓰고 비틀거리면서 지팡이에 몸을 의지한 키 큰 노인들부
터 무명 바지에 멜빵을 한 고수머리의 금발 아이들에 이르기까지,
중풍 걸린 할머니를 당당하게 어깨에 멘 사내아이들부터 어머니들
이 가슴에 껴안은 젖먹이에 이르기까지, 건강한 사람이나 불구자
나, 내년이면 군으로 갈 사람이나 무서운 전쟁을 겪은 사람이나 목
발로 걷는 외발의 흉갑기병(胸甲騎兵)이나 떨어진 누더기 군복에,
스판도 요새의 곰팡이를 아직도 묻힌 채 피로에 지쳐 창백해진 포
병이나, 누구나 할 것 없이 다 함께 콜마르의 판사가 앉아 있는 길을
당당하게 행진해갔다. 그리고 판사 앞을 지날 때면 어느 얼굴이나
분노와 혐오의 무서운 표정으로 외면을 했다.

아아! 불행한 돌렝제! 그는 몸을 숨기고 싶었고, 또 달아나고 싶
었지만 어찌할 수가 없었다. 그의 팔걸이 의자는 그 산에 요지부동
으로 박혀 있었고, 가죽 방석은 의자에 붙어 있었고, 자신은 가죽 방
석에 들러붙어 꼼짝을 할 수가 없었다. 그러자 그는 자기가 죄인 공
시대(公示臺)에 놓여 있다는 것, 그리고 그의 수치를 만인이 보도록
이처럼 높은 곳에 그 공시대가 놓였다는 것을 깨달았다……. 그리
고 이 마을 저 마을의 행렬은 계속되었다. 스위스 국경 주민들은 수
많은 가축 떼를 몰고, 자르 주민들은 광석 싣는 달구지에 무거운 쇠
연장을 실어 끌고 있었다. 다음에는 도시 주민들이 왔다. 제사공장
(製絲工場) 직공들, 가죽 장사, 직조 직공, 정경공(整經工), 중산 계
급 사람들, 사제들, 유대교 랍비들, 재판관들, 검은 가운, 붉은 가
운……. 이것이 바로 노인 재판장을 선두로 한 콜마르 재판소 사람

들이었다. 어쩔 수 없는 수치심에 돌렝제는 얼굴을 가리려 했으나 손이 말을 듣지 않았다. 눈을 감으려 했으나 눈꺼풀이 굳어 움직이질 않았다. 동료들이 지나가면서 던지는 모멸의 시선을 그는 하나도 놓칠 수가 없었다.

공시대에 오른 재판관, 그것은 정말로 무서운 일이었다. 그보다 더욱 무서운 일은 그의 가족이 전부 그 무리 속에 있으면서 아무도 그를 알아보는 기미가 없는 것이었다. 그의 아내와 아이들은 고개를 숙인 채 그의 앞을 지나갔다. 그들도 수치스러운 모양이었다. 그가 그처럼 애지중지했던 작은 미셸까지 그를 돌아보지도 않은 채 가버렸다. 단지 노재판장만이 잠시 멈추어 서서 낮은 목소리로 말했다.

"같이 갑시다, 돌렝제. 거기 그렇게 있지 말고, 자······."

그러나 돌렝제는 일어설 수가 없었다. 그는 몸부림치며 소리쳐 불렀다. 행렬은 몇 시간이나 계속됐다. 해가 지고 행렬이 멀리 사라지자 여기저기 종각과 공장으로 가득 찬 아름다운 골짜기는 잔잔해졌다. 알자스 전체가 떠나버렸다. 이제는 종신면관(終身免官)이 될 수 없는, 공시대에 못 박힌 콜마르의 재판관 단 한 사람만이 그곳에 남아 있을 뿐이었······.

······갑자기 장면이 바뀌면서 주목(朱木), 검은 십자가, 줄줄이 늘어선 무덤, 그리고 상제의 무리가 나타났다.

어느 날 성대한 장례식이 거행되는 콜마르 묘지의 모습이었다. 마을의 모든 종이 울렸다. 공소원 판사인 돌렝제가 죽었다. 명예가 못 다한 것을 죽음이 대신한 것이었다. 죽음은 가죽 방석에 앉아 있기를 고집하던 종신 법관을 떼어내어 길게 눕혔다…….

자기가 죽은 후 스스로 자신을 위해 우는 꿈보다 더 무서운 것은 없다. 가슴이 미어지는 듯한 고통을 느끼면서 돌렝제는 자기 자신의 장례식에 참석했다. 그러나 죽음보다도 그를 더욱 절망케 만든 것은 주위에 모여든 수많은 군중 속에 친구나 친척은 한 사람도 찾아볼 수 없다는 사실이었다. 콜마르 사람은 아무도 없었다. 단지 프러시아 사람들이 있을 뿐이었다. 상여를 호위하는 것은 프러시아 병사들, 상주도 프러시아 법관, 묘 앞에서 하는 연설도 프러시아 연설, 그의 몸 위에 덮이는 유달리 차가운 흙도, 아아! 프러시아 흙이었다.

갑자기 군중이 공손하게 길을 비킨다. 위풍당당한 백흉갑기병(白胸甲騎兵)이 가까이 다가왔다. 그는 외투 밑에 큰 국화 꽃다발 같은 것을 감추고 있었다. 주위 사람들은 "비스마르크다……! 비스마르크다……!" 하고 외쳤다.

콜마르의 재판관은 쓸쓸한 마음으로 생각했다.

'백작님, 이건 너무나 분에 넘치는 영광입니다. 그러나 작은 미셸이 여기 있다면…….'

와 하는 웃음소리가 그의 생각을 흩어놓았다. 미친 듯한 웃음, 파렴치하고 난폭하기 짝이 없는, 그칠 줄 모르는 웃음이었다.

재판관은 놀라서 '이 사람들이 어찌 된 영문인가?' 하고 생각했다. 그는 일어나 사면을 둘러보았다……. 방금 비스마르크가 정중하게 그의 묘 앞에 놓은 것은 그가 애용하던 방석, 바로 모조 가죽 방석이었다. 그리고 방석 둘레에는 다음과 같은 비명(碑銘)이 적혀 있었다.

    명예로운 종신 재판관
    돌렝제 판사에게 바치노라,
    추모와 애도의 뜻을 표하여.

묘지의 끝에서 끝까지 모든 사람이 배를 뒤틀며 웃었다. 그리고 이 무례한 프러시아인들의 웃음소리는 무덤 속까지 울려퍼져 그 안에 누운 죽은 자는 수치감에 울었다. 영겁으로 계속되는 조소(嘲笑)에 짓눌려서…….

소년 간첩

그의 이름은 스텐, 꼬마 스텐이라 불렸다.
허약하고 얼굴이 창백한 파리 아이였다. 나이는 열 살은 넘었을 텐데, 열다섯쯤 되어 보이기도 했다. 어쨌든 그런 조무래기들의 나이는 도대체 종잡을 수가 없는 법이니까. 어머니는 죽었고, 전에 해군이던 그의 아버지는 탕플 가(街)에서 공원지기 노릇을 했다. 길이 빙 둘러싼 이 화단으로 차의 왕래를 피해 몰려드는 조무래기 아이들, 하녀들, 접는 의자를 들고 다니는 할머니들, 가난한 집안의 어머니들—종종걸음으로 걷는 이 모든 파리 족속은 스텐의 아버지를 잘 알았고 또 그를 좋아했다. 개들과 불량배들이 질겁을 하는 험상 궂은 콧수염 밑에는 어머니의 웃음처럼 부드러운 웃음이 깃들었고, 또 그 웃음을 보기 위해서는 이렇게 말만 건네면 된다는 것도 그들은 알았다.

"댁의 어린애는 잘 크나요?"

그만큼 스텐 영감은 자식을 사랑했다. 저녁에 학교를 파한 아들이 그를 데리러 와서 함께 공원을 한 바퀴 돌면서 단골손님들의 의자마다 앞에 서서 다정하게 인사를 주고받을 때 그는 너무도 행복했다.

그러나 불행히도 포위(包圍)가 시작되면서 모든 것이 변했다. 스텐 영감의 공원은 석유통이 잔뜩 쌓인 채 폐쇄되어버렸다. 가엾은 영감은 종일 그것을 지키느라고 인적 없는 혼잡 속에서 담배 한 대 못 피우고 사랑하는 아들도 저녁 늦게 집에 돌아가서야 보게 되었다. 그가 프러시아인들의 욕을 할 때 콧수염은 가관이었다……. 그러나 어린 스텐은 새로운 생활에 별로 불평이 없었다.

포위! 어린애들에겐 정말로 신나는 일이었다. 학교도 수업도 없고 날마다 방학이요, 길이란 길은 장바닥처럼 붐볐다…….

어린 스텐은 해가 떨어질 때까지 밖에서 뛰어놀았다. 그는 성곽을 지키러 나가는 대대 중에서도 특히 좋은 악대가 있는 대대를 골라서 따라다녔다. 어린 스텐은 그런 일에 이골이 나 있었다. "96대대 군악대는 아주 형편없어. 하지만 55대대 군악대는 근사해"라고 제법 장담도 했다. 어떤 때는 유동대원(遊動隊員)들의 훈련을 구경하러 갔다. 또 배급도 나왔다…….

가스등도 없는 어두컴컴한 겨울 아침이면 어린 스텐도 바구니를 팔에 낀 채 푸줏간이나 빵집 문 앞에 늘어선 긴 줄에 끼었다. 그곳에서 물구덩이에 발을 담근 채 서 있는 사람들은 서로 낯이 익으면 제법 정치담도 했다. 그리고 스텐 영감의 아들이라 해서 그의 의견도

월요일 이야기

청했다. 하지만 가장 재미있는 일은 코르크 놀이였다. 부르타뉴의 청년 유동대원들이 포위 아래 퍼뜨려놓은 갈로슈 놀이였다. 그가 성곽에도 빵집에도 없을 때는 으레 샤토도 광장의 갈로슈 놀이판에 가 있었다. 물론 놀이에 참여하는 것은 아니었다. 많은 돈이 필요하니까 단지 눈요기로 만족할 수밖에 없었다.

특히 그중에서도 5프랑짜리 은화밖에 걸지 않는, 남색 바지를 입은 큰 아이가 그의 마음을 끌었다. 그가 뛸 때는 주머니에서 으레 은전 짤랑거리는 소리가 났다…….

하루는 스텐의 발밑까지 굴러온 은화를 주으면서 낮은 목소리로 말했다.

"탐나지, 응? 그래, 탐나면 어디서 이걸 얻는지 말해주지."

놀이가 끝나자 그는 스텐을 광장 한 모퉁이로 데리고 가서 프러시아 군인들에게 신문을 팔러 가자고 했다. 한 번 갈 때마다 30프랑을 번다는 것이었다. 처음에 스텐은 몹시 화를 내며 거절했다. 그리고 그 바람에 내리 사흘을 놀이판에 가지 않았다. 그러나 그 사흘은 아주 지긋지긋했다. 입맛이 없고 잠이 오지 않았다. 밤이면 코르크 마개가 침대 밑에 쌓이고 5프랑짜리 은화가 번쩍이며 줄지어 늘어서는 꿈을 꾸었다. 너무도 벅찬 유혹이었다. 나흘째 되는 날 그는 샤토도로 가서 키다리 사내아이를 만났고 마침내 그 꾐에 끌려 들어갔다…….

눈내리는 어느 날 아침 신문을 옷 속 깊이 감춘 채 그들은 어깨에 자루를 메고 떠났다. 그들이 프랑드로 성문에 다다랐을 때 겨우 날이 샜다. 키다리 녀석은 스텐의 손을 잡고 보초를 서는 코가 빨갛고 순해 보이는 주둔병에게로 가까이 가서 가련한 목소리로 말했다.

"아저씨, 우리를 보내주세요. 어머니가 병들어 누워 계세요. 아버진 돌아가셨어요. 동생하고 같이 밭에서 감자를 캐올 수 있을까 하고 가는 길이에요."

그는 정말 울었다. 스텐은 수치심에 머리를 숙였다. 보초는 잠시 그들을 살펴보더니 인적 없는 하얀 길을 흘긋 보고 돌아서면서 말했다.

"빨리들 지나가!"

그들은 오베르빌리에 길로 들어섰다. 키다리 녀석은 웃었다.

어린 스텐은 꿈속에서처럼 아련히 병영으로 바뀐 공장들, 젖은 누더기들을 걸친 채 방치된 바리케이드, 안개를 뚫고 하늘로 불쑥 솟아오른 채 금이 가고 연기는 안 나는 큰 굴뚝들을 바라보았다. 여기저기 보초가 섰고 외투, 두건을 뒤집어쓴 장교들은 망원경으로 먼 곳을 바라보았다. 꺼져가는 모닥불 앞에 눈에 젖은 조그마한 텐트들도 있었다. 길을 아는 키다리는 보초를 피해 밭으로 질러갔다. 그러나 그들은 어떻게 해볼 겨를도 없이 그만 의용군 전초중대 앞으로 나오고 말았다.

작은 방수 외투를 입은 의용군들이 스아송 행 철로를 따라 판 물구덩이 호 속에 웅크리고 있었다. 이번에는 키다리가 아무리 사정을 해도 통하지 않았다. 키다리가 애원을 하는 동안에 머리가 하얗게 세고 얼굴은 주름살투성이라 꼭 스텐의 아버지 같은, 늙은 상사가 보초막에서 나왔다.

"그래, 애들아. 이제 그만 울어. 감자밭에 가도록 해줄게. 한데 여기 와서 우선 몸을 녹여라……. 저 아이는 추워서 꽁꽁 언 것 같구나!"

아아! 어린 스텐이 떤 것은 춥기 때문이 아니었다. 두렵고 수치스럽기 때문이었다……. 보초막 안에서는 병사들 몇이 보잘것없이 꺼져가는 불을 둘러싸고 앉아 언 비스킷을 총검 끝에 꽂아서 굽다가는 자리를 좁혀 앉으면서 그들에게 자리를 내주었다. 그러고는 알코올 음료와 커피도 약간 주었다. 그들이 마시는 동안 한 장교가 문으로 오더니 상사를 불러내어 낮은 소리로 이야기를 하고는 총총걸음으로 가버렸다. 상사는 희색이 만면해서 돌아왔다.

"이것 봐! 오늘 밤엔 일전이 있네……. 프러시아 놈들의 암호를 알아냈거든……. 이번에는 꼭 그놈의 부르제를 도로 뺏어내겠지!"

만세 소리와 웃음이 터져나왔다. 춤을 추고 노래를 부르고 총칼을 닦는 등 야단법석들이었다. 그 틈을 이용해서 두 아이는 그곳에서 빠져나왔다.

참호를 지나니 허허벌판이었다. 그 한가운데 총안(銃眼)이 난 기다란 백색 담이 있었다. 그들은 멈칫멈칫 감자 줍는 시늉을 하면서 그 담을 향해 나갔다.

"돌아가자……. 거긴 가지 말자……."

어린 스텐은 가면서 내내 졸라댔다.

그러나 키다리 녀석은 어깨를 으쓱 하고는 계속 앞으로 나아갔다. 그러나 갑자기 찰카닥 하고 총 장전하는 소리가 들렸다.

"엎드려!"

키다리가 몸을 땅에 던지며 스텐에게 말했다.

엎드린 후에 그는 휘파람을 불었다. 또 다른 휘파람 소리가 눈 위로 회답해왔다. 그들은 엎드린 채 기어나갔다……. 담 앞 참호에서 더러운 베레모를 쓴 노란 수염 둘이 나타났다. 키다리는 참호 속 프러시아 군인 옆으로 뛰어내리더니 스텐을 가리키면서 말했다.

"제 아우예요."

프러시아 군인은 너무도 작은 스텐을 보더니 껄껄 웃으며 번쩍 안아 올려주었다.

담 저편에는 큰 흙더미와 쓰러진 나무들이 놓였고 눈 속에 판 검은 참호마다 똑같이 더러운 베레모를 쓴 노란 수염들이 지나가는 아이들을 보고는 킬킬대고 웃었다.

한쪽에는 통나무로 지붕을 얹은 정원사의 집이 있었다. 아래층에는 트럼프 놀이를 하는 병사들이 가득했다. 양배추와 돼지 기름 냄새가 구수하게 났다. 프랑스 의용병의 야영 캠프와는 얼마나 차이가 나는가! 위층에서는 장교들이 치는 피아노 소리, 샴페인 마개 뽑는 소리가 들려왔다. 파리 아이들이 들어가자 환성이 일어났다. 아이들은 신문을 내놓았다. 그러자 장교들은 그들에게 술을 권하고 이야기를 시켰다. 장교들은 한결같이 거만하고 심술궂어 보였다. 그러나 키다리는 파리 교외 사람 특유의 재치와 말투로 그들을 웃겼다.

어린 스텐도 자기가 바보가 아니라는 것을 알려주기 위해 한마디 끼어들고 싶었다. 그러나 어쩐지 어색했다. 그의 맞은편에는 다른 장교들보다 나이도 들고 점잖아 보이는 장교 한 사람이 혼자 떨어져 서서 책을 읽고 있었다. 아니, 어린 스텐에게서 눈을 떼지 않는 것을 보면 책을 읽는 체만 하는 것 같기도 했다. 그의 시선에는 인정스러운 빛과 비난하는 빛이 뒤섞였다. 마치 스텐과 같은 아들을 고향에 두고 와서 속으로 생각하는 듯했다.

'내 아들이 저런 짓을 하는 걸 보느니 차라리 죽어버리는 게 낫겠지……!'

이때부터 스텐은 어떤 손이 자기 가슴을 찍어 눌러 고동을 멈추게 하는 것 같았다.

괴로움을 잊으려고 스텐은 술을 마시기 시작했다. 얼마 지나지 않아 주위가 빙빙 돌았다. 그는 떠들썩한 웃음소리 속에서 키다리가 국민군이나 국민군 훈련하는 모양을 비웃고 또 무장 집합이라든가 성에서 한 비상 점호 흉내를 내는 것을 어렴풋이 들었다. 그러나 키다리가 갑자기 소리를 낮추었고 장교들은 바싹 다가서면서 긴장했다. 이 철부지 녀석이 프랑스 의용군의 공격을 알리는 것이었다…….

이번에는 어린 스텐도 정신이 번쩍 나면서 분개했다.

"그건 안 돼……. 난 싫어!"

그러나 키다리는 웃기만 할 뿐 더욱 신이 나서 지껄여댔다. 그가 말을 마치기도 전에 장교들은 모두 일어섰다. 그중 하나가 문을 가리키면서 아이들에게 말했다.

"나가!"

그러고는 저희들끼리 빠른 독일말로 이야기하기 시작했다. 키다리는 은전을 짤랑거리면서 대통령이나 된 듯 으스대며 걸어나왔다. 스텐은 고개를 푹 숙인 채 그의 뒤를 따랐다. 눈초리가 무섭던 프러시아 장교 곁을 지나면서 스텐은 그가 측은한 목소리로 중얼거리는 소리를 들었다.

"못써, 그러면……. 그러면 못써."

어린 스텐의 눈에는 눈물이 괴었다.

들판으로 나오자 그들은 달음박질을 치며 급히 돌아왔다. 그들의 자루에는 프러시아 병사들이 준 감자가 가득했다. 그래서 의용군들의 참호 있는 데까지 아무 탈 없이 올 수가 있었다. 거기에서는 야간 공격 준비에 여념이 없었다. 병사들은 소리 없이 담 뒤에 집합했다. 늙은 상사는 즐거운 표정으로 그의 부하들을 배치했다. 그는 지나가는 아이들을 알아보고는 다정한 웃음을 보냈다.

아아! 이 웃음이 어린 스텐의 가슴을 얼마나 아프게 찔렀던가! 일순간 그는 소리치고 싶었다.

"그곳으로 가지 마세요……. 우린 여러분을 배반했어요!"

그러나 키다리가 "입을 열면 너나 나나 다 총살이야" 하던 말이 생각나 그는 겁에 질려 말을 못 했다.

쿠르뇌브에서 그들은 빈 집으로 들어가 돈을 나누었다. 분배는 공평했다. 그리고 예쁜 은전들이 주머니 속에서 짤랑대는 소리를 듣고 또 갈로슈 놀이 할 생각을 하니 어린 스텐은 제가 저지른 죄가 별로 대단할 것도 없다고 여기게 되었다.

그러나 성문을 지나 키다리와 헤어져 혼자만 남게 되자 가엾은 스텐은 주머니가 점점 더 무거워졌고 그의 가슴을 찍어누르던 손은 더욱 세차게 그의 가슴을 죄어왔다. 파리도 이제는 그전의 파리 같지가 않았다. 길 가는 사람들이 자기가 어디서 오는지 알기라도 하는 듯 자기를 노려보는 것 같았다. 바퀴 구르는 소리나 운하에 줄지어 서서 연습하는 고수(鼓手)들의 북소리에서도 "간첩"이란 말이 들려오는 것 같았다. 마침내 그는 집에 다다랐다. 다행히도 아버지가 아직 돌아오지 않은 것을 보고 그는 재빨리 침실로 올라가 무겁던 은전들을 베개 밑에 감추었다.

그날 저녁처럼 그의 아버지가 다정하고 기분 좋은 적은 없었다. 지방에서 국내 정세가 좀 호전됐다는 소식을 전해왔던 것이다. 이 옛 병사는 저녁을 먹으면서도 연방 벽에 걸린 총을 바라보고 웃으면서 아들에게 말했다.

"어떠냐, 네가 컸더라면 프러시아 놈들과 싸우러 갈 텐데!"

8시쯤 대포 소리가 들렸다.

"오베르빌리에도……. 부르제에서 전투가 벌어진 거다."

전황을 낱낱이 아는 스텐 영감이 말했다. 어린 스텐은 얼굴이 핏기 없이 하얗게 질려 피곤하다는 핑계로 잠자리로 갔다. 그러나 잠이 오지 않았다. 대포 소리는 여전히 울려왔다. 그는 어둠을 타고 프러시아 군을 기습하러 갔다가 오히려 복병들에게 걸려든 프랑스 용병들을 상상했다. 다정하게 웃음 지어주던 상사가 눈 위에 쓰러져 있는 모습을 그려보았다. 아! 그리고 또 얼마나 많은 병사들이 그렇게 되었을까……. 그 피의 대가가 지금 베개 밑에 숨겨둔 이것이다. 그리고 자기가, 스텐 씨의 아들, 군인의 아들인 자기가……. 북받쳐 오르는 눈물에 숨이 막혔다. 옆방에서는 아버지의 발소리, 창문 여는 소리가 들렸다. 저 아래 광장에서는 집합 나팔 소리가 들리고 유동 대대가 출동하느라고 점호를 했다. 바야흐로 결전으로 들어가는 모양이었다. 가엾게도 어린 스텐은 솟구쳐오르는 울음을 참을 수가 없었다.

"무슨 일이냐?"

스텐 영감이 들어오면서 물었다.

어린 스텐은 더 견디지 못하고 침대에서 뛰어내려 그의 아버지 앞에 무릎을 꿇었다. 그 바람에 은전들이 바닥으로 굴렀다.

"이게 뭐냐? 어디서 훔쳤니?"

스텐 영감은 몸을 떨면서 물었다.

그러자 어린 스텐은 프러시아 군인들에게 간 일, 그리고 거기서 한 일들을 단숨에 털어놓았다. 고백을 하고 나니 마음이 후련해지고 짐을 벗은 것 같았다……. 스텐 영감은 험상궂은 표정으로 듣더니 이야기가 끝나자 두 손으로 얼굴을 감싸고 울었다.

"아버지, 아버지……."

어린 스텐은 뭐라고 이야기하고 싶었다.

영감은 아들을 떠다밀고는 흩어진 돈을 주워모았다.

"이게 다냐?"

영감이 물었다.

어린 스텐은 고개를 끄덕였다. 스텐 영감은 벽에서 총과 탄약통을 벗겨 쥐고 그 돈을 주머니에 넣으면서 말했다.

"자아, 이걸 돌려줘야겠다."

그러고 나서 말 한마디 없이 뒤도 돌아보지 않고 층계를 내려가서는 어둠 속에서 출동하는 유동대에 합류했다. 그 후 다시는 그를 찾아볼 수가 없었다.

어머니들

그날 아침 나는 셴현(縣) 소속의 유동병 중위이며 화가인 B군을 만나러 발레리앙산으로 갔다. 그는 마침 위병 근무 중이어서 꼼짝할 수가 없었다. 그래서 우리는 파리라든가, 전쟁, 혹은 저세상으로 가버린 다정한 친구들 이야기를 하면서 마치 당직 수병(水兵)처럼 보루(堡壘)의 갱도 앞을 왔다 갔다 하는 수밖에 별 도리가 없었다……

유동병의 군복을 입고 있으면서도 여전히 예나 다름없는 화가의 풍모를 지닌 중위는 갑자기 이야기를 중단하고 앞을 응시하더니 내 팔을 잡고는 낮은 목소리로 말했다.

"아아! 도미에의 그림처럼 아름답다."

그러고는 별안간 사냥개처럼 반짝이는 작은 회색 눈으로 발레리앙산의 고원에 나타난 두 노인의 모습을 나에게 가리켰다.

정말로 멋진 도미에의 그림이었다. 남자는 밤색 프록코트를 입었다. 녹색 벨벳으로 된 칼라는 나무의 묵은 이끼처럼 보였다. 키는 작달막한 데다가 바싹 여위었고, 얼굴은 불그레하고 이마는 좁으며 눈이 둥글고 코는 부엉이의 부리 같은 매부리코였다. 주름살투성이 새 같은, 성스럽고도 우둔하게 생긴 얼굴이었다.

게다가 꽃무늬가 있는 바구니에는 술병이 비죽 나왔고, 다른 한쪽 팔에는 파리 사람들이 보면 다섯 달 동안의 포위를 생각할 수밖에 없는 낯익은 통조림을 안은 채였다. 여자 쪽은 처음에는 커다란 두건과 그녀의 비참한 처지를 보여주는 듯한, 위에서 아래까지 찰싹 몸을 죈 낡은 숄밖에 보이지 않았으나 이윽고 퇴색한 두건의 주름 장식 사이로 뾰족한 코끝과 성긴 회색빛 머리털이 보였다.

고원에 다다르자 남자는 숨을 돌리고 이마의 땀을 씻으려고 발걸음을 멈추었다. 11월의 안개 속에 싸인 고원은 그리 더운 편은 아니었다. 그러나 두 사람은 너무나 급히 걸어왔다…….

여자는 걸음을 멈추지 않았다. 곧장 갱도 쪽을 향해 걸으며 말을 걸고 싶은 듯 망설이면서 잠시 우리를 바라보더니 장교 소매의 금줄에 기가 질렸는지 보초에게 말을 걸었다. 나는 그녀가 제3대대 제6중대에 있는 파리 유동대원인 아들을 면회하고 싶다고 조심조심 부탁하는 이야기를 들었다.

"여기 계십시오, 제가 불러드릴 테니까."

보초가 말했다.

그녀는 안도의 숨을 내쉬면서 아주 기쁜 표정으로 남편이 있는 곳으로 갔다. 두 사람은 좀 떨어진 경사지에 가 앉았다.

그들은 거기서 퍽 오랫동안 기다렸다. 발레리앙산은 너무나 크고 광장, 경사지, 보루, 병사(兵舍) 등이 뒤죽박죽이다. 라퓨타섬처럼 하늘과 땅 사이에 걸린 채 구름 속에 소용돌이치며 떠 있는 복잡한 도시 속에서 제6중대 유동대원을 찾으러 가다니!

더구나 그 시간에 보루는 북소리, 나팔 소리, 달려가는 병사들의 발소리, 덜그럭거리는 물통 소리로 가득했다. 교대하는 보초병, 사역(使役), 식량 분배, 의용병이 총 개머리판으로 치면서 끌고 오는 피투성이 간첩, 사령관에게 탄원하러 오는 낭테르의 주민들, 사람은 추위에 얼고 칼은 땀에 흠씬 젖은 채 말을 달려오는 전령(傳令), 당나귀 옆구리에서 몸이 흔들려 병든 새끼 양처럼 나직한 소리로 신음하는 부상병들을 전방에서 실어 날라오는 카콜레*, 호각 소리에 맞추어 "영차, 영차!" 하며 새 포(砲)를 끌고 가는 수병들, 빨간 바지에 손에는 장대를 들고 총을 비스듬히 등에 멘 채 보루의 가축 떼를 모는 목동, 이런 것들이 넓은 뜰을 왔다 갔다 엇갈리면서 마치 동방의 대상(隊商)들이 묵는, 문이 낮은 주막으로 들어가듯 갱도로 들어갔다.

"저 사람들이 우리 아이 일을 잊지 말아야 할 텐데!"

그러는 동안에 가엾은 어머니의 눈이 말했다. 그러고는 5분마다 일어나서 조심조심 입구로 다가가서 지나가는 사람들에게 방해가 되지 않도록 담에 몸을 착 붙이고는 앞뜰을 흘끔 바라보았다. 그러나 자기 아들을 웃음거리로 만들까 두려워서 이제는 아무 말도 물

---

* 나귀 안장 좌우에 붙인 의자

을 수가 없다. 아내보다도 더욱 소심한 남편은 앉은 자리에서 꼼짝을 못했다. 아내가 슬프고 낙담한 표정으로 와 앉을 때마다 그는 참을성이 없다고 아내를 꾸짖고, 젠체하고 우둔한 몸짓으로 근무가 첫째라는 말을 귀찮은 듯 설명하는 것이 보였다.

나는 눈으로 보고 아는 것 이상으로 마음으로 짐작이 가는 이러한 소리 없는 가족끼리의 언쟁, 우리가 걷는 바로 곁에서 연출되어 단 하나의 몸짓으로 그 생활 전부를 명백히 알아볼 수 있을 듯한 노상의 무언극에 항상 흥미를 느껴왔다. 그러나 여기서 특히 내 마음을 사로잡은 것은 두 사람의 우둔한 순진성이었는데, 대천사(大天使)를 연출하는 두 배우의 마음속을 들여다보듯, 의미 깊고도 티없는 두 사람의 무언극을 통해 아름다운 모습을 보고 감동했다……

어느 날 아침 이런 생각을 하는 어머니를 그려보았다.

"트로슈 씨는 정말 귀찮은 사람이야. 규칙 같은 걸 만들어냈잖아……. 벌써 3개월째 아들아이를 못 봤으니……. 가서 껴안아주고 싶어."

남편은 원래 소심한 데다 생활에 지쳤고, 또 허가를 받으러 뛰어다닐 생각을 하니 아득해서 처음에는 아내를 납득시키려 들었다.

"여보, 그런 생각 말아. 발레리앙산이란 굉장한 곳이오……. 탈 것도 없이 어떻게 거길 갈 수 있겠소……. 게다가 그곳은 요새라 여자는 못 들어간단 말이오."

그러나 어머니는 고집을 부렸다.

"하지만 나는 들어가요."

남편은 아내가 원하는 것은 무엇이나 들어주던 터라 분주하게 준비하기 시작했다. 관할 지구에 간다, 구청과 사령부에 간다, 서장한테 간다, 무서워 식은땀을 흘리고 추위에 꽁꽁 언 채 여기저기 콧잔등을 부딪히고 입구를 잘못 알고, 두 시간이나 줄을 서서 기다려보면 다른 사무실이기도 했다. 어느 날 저녁 겨우 사령관의 허가증을 주머니에 받아 넣고 돌아왔다…….

이튿날은 이른 아침 쌀쌀한 날씨도 아직 풀리기 전에 일어나 등불을 켠다. 아버지는 몸을 녹이려고 굳은 빵 조각을 씹지만 어머니는 배가 고프지 않다. 부대에 가서 아들과 식사를 같이 하는 편이 좋다. 가엾은 군인 자식에게 조금이라도 맛있는 것을 먹이려고, 황급히 포위된 도시 안의 식료품들을 바구니에 가득 담는다. 초콜릿, 잼, 마개를 뽑지 않은 포도주, 심한 기근에 대비해서 8프랑이나 주고 산 통조림까지 넣는다. 그리고 나서는 출발한다. 성곽으로 왔을 때 통로가 막 열렸다. 허가증을 내보여야 한다. 이번에는 어머니가 걱정을 한다……. 그러나 걱정할 필요는 없다. 수속에 틀림은 없었던 모양이니까.

"통과시켜라."

근무 중인 부관이 말한다.

어머니는 그제야 숨을 돌린다.

"그 장교는 퍽 공손합디다."

그리고는 자고새처럼 가벼운 종종걸음으로 발걸음을 재촉한다. 남편은 겨우 따라갈 지경이다.

"여보, 정말 걸음이 빠르군!"

그러나 아내에게는 그 소리가 들리지 않았다. 저 멀리 지평선 안개에 싸인 발레리앙산이 손짓한다.

"빨리 와요……. 그 애는 여기 있어요."

그런데 이제 다다르고 보니 또 다른 걱정이 생겼다.

만일 그 애를 찾지 못한다면! 만일 그 애가 못 나올 일이라도 생긴다면……!

갑자기 그녀가 몸을 떨고 늙은 남편의 팔을 밀치며 벌떡 일어서는 모습이 보였다.

……멀리 갱도의 둥근 천장 아래에서 울리는 아들의 발소리를 알아챈 것이다.

그 애였다!

아들이 나타나자 보루의 정면이 빛으로 환해 보이는 모양이었다. 정말로 늠름한 젊은이였다. 당당한 자세에 배낭을 진 채 총을 쥐었다……. 밝은 얼굴로 두 사람에게 다가서면서 그는 사내다운 쾌활한 목소리로 말했다.

"어머니, 안녕하셨어요."

그러자 갑자기 배낭도, 거기에 감아 붙인 모포도, 총도, 모두가 어머니의 두건 속으로 사라져버렸다. 다음은 아버지 차례였으나 오래 걸리지도 않았다. 두건은 모든 것을 혼자 독점하고 싶었다. 아무리 해도 채워질 줄 몰랐다…….

"몸은 성하냐……? 옷은 두둑히 입고 있느냐……? 내의는 넉넉하냐?"

나는 두건 밑에서 어머니가 미친 듯이 아들에게 입을 맞추고 눈물과 작은 웃음을 비처럼 뿌리면서 사랑 어린 눈길로 아들의 머리 끝에서 발끝까지 찬찬히 훑어보는 것을 느꼈다. 석 달이나 쌓아두었던 모정을 단번에 쏟아놓았다. 아버지 역시 퍽 감동했으나 그런 내색을 하고 싶지 않았다. 그는 우리가 바라보는 것을 눈치채고 "용서하세요……. 여자니까요……"라고 말하듯 우리를 향해 한 눈을 찡긋해 보였다.

용서하고 말고요!

이 아름다운 기쁨을 깨버리는 갑작스러운 나팔 소리가 들려왔다.

"부르는 소리예요. 이제 그만 가봐야겠어요."

아들이 말했다.

"아니, 우리하고 밥도 같이 안 먹고?"

"네, 안 됩니다……. 저는 저 보루 위에서 24시간 보초를 서야 합니다."

"아아!"

가엾은 어머니는 외쳤다.

그러나 더는 말하지 못했다.

세 사람이 다같이 한동안 난처한 표정으로 얼굴을 마주 보다가 아버지가 입을 열었다.

"그러면 이 통조림이라도 가지고 가렴."

한편으로는 감동스럽고 다른 한편으로는 맛좋은 음식을 아쉬워하는 우스운 표정을 보이면서 비통한 목소리로 말했다. 그런데 이별의 감동과 혼란으로 여태껏 있던 통조림이 보이지 않았다. 힘없이 떨면서 찾는 손길이나 "통조림, 통조림이 어디 갔어" 하고 크고 작은 일을 분별도 못 한 채 띄엄띄엄 내는 눈물 젖은 목소리를 듣자니 너무나 가련했다…….

통조림 통을 찾아내고 마지막 긴 포옹을 한 다음 아들은 보루를 향해 달려갔다.

생각해보면 두 사람은 아들과 같이 식사를 하려고 멀리 여기까지 왔고, 그 식사를 성대한 제전으로 생각해서 어머니는 지난밤을 뜬 눈으로 새웠던 것이다. 그처럼 고대했던 낙을 잃고, 흘긋 본 낙원의 한 모퉁이가 순식간에 용서 없이 닫힌 것은 더할 나위 없이 애달픈 일이었다.

두 사람은 그대로 그 자리에 꼼짝 않고, 방금 아들이 사라진 갱도에 시선을 못박은 채 서 있었다. 드디어 남편이 몸을 한 번 흔들고 힘차게 두세 번 기침을 하더니 이제는 완전히 침착한 목소리로 드높고 기운차게 말했다.

"자! 이제 갑시다!"

그러고 나서 우리에게 공손히 인사를 하고는 아내의 팔을 잡았다……. 두 사람이 길모퉁이로 구부러져 돌아갈 때까지 바라보았다. 아버지는 화가 난 듯한 태도였다. 그는 절망적으로 바구니를 휘둘렀다……. 어머니는 좀 더 침착해 보였다. 고개를 숙이고 두 팔은 몸에 붙인 채 남편과 나란히 걸어갔다. 그러나 때때로 좁은 어깨 위에서 숄이 경련하듯 조그맣게 떨리는 게 보이는 듯한 기분이 들었다.

파리의 백성
포위 중에

샹프로제에서 그들은 정말로 행복했다. 그들의 가축 사육장이 바로 내 창 밑에 있어서 1년 중 6개월 동안은 그들의 생활이 내 생활과 섞여 있었던 셈이다. 날이 새기도 전에 주인이 마구간으로 들어가 수레에 말을 매고 코르베유로 출발하는 소리가 들려온다. 채소를 팔러 가는 것이다. 다음에는 부인이 일어나 아이들에게 옷을 입히고, 닭을 부르고 소젖을 짠다. 그러고는 오전 내내 큰 나막신, 작은 나막신들이 나무 계단을 오르내리는 소리가 요란하다. 오후가 되면 잠잠해진다. 아버지는 밭으로 나가고, 아이들은 학교로 가고, 어머니는 잠자코 안뜰에서 빨래를 널거나 문 앞에서 막내둥이를 보면서 바느질을 하든가 한다……. 때때로 누가 길을 지나갈 때면 일손은 멈추지도 않은 채 이야기를 한다…….

한번은 8월 그믐께…… 여전히 8월 이야기다. 그 부인이 이웃 아낙네에게 말하는 소리가 들렸다.

"아아니, 프러시아인이라뇨……! 정말 그들이 프랑스에 들어왔단 말씀이요?"

"그들은 살롱에 있어요!"

나는 창을 통해서 그에게 소리쳤다.

이 말을 듣고 아낙네는 크게 웃었다……. 센 에 우아즈 구석에서 농민들은 적의 침입을 믿지 않았다.

그러나 가재 도구를 실은 수레가 매일같이 지나갔다. 부유한 사람들의 집은 닫히고, 해가 길고 아름다운 8월에 꽃이 진 정원들은 닫힌 울타리 너머로 쓸쓸하고 음산해 보이기만 했다. 이웃 사람들은 차츰 불안해지기 시작했다. 고향을 떠나는 집이 있을 때마다 그들은 서글퍼졌고 버림을 받은 듯한 기분이었다……. 그러던 어느 날 아침, 마을 구석구석에서 북소리가 들려왔다. 프러시아인들에게 아무것도 남겨주지 않도록 암소나 사료를 파리로 가서 팔라는 면사무소의 명령을 알리는 북소리였다……. 주인은 파리로 떠났다. 쓸쓸한 여행이었다. 포장된 길 위로는 무거운 피난 짐을 실은 수레가 행렬을 짓고, 여기에 뒤섞인 돼지와 양 떼가 수레바퀴 사이에서 허둥대고, 재갈 물린 암소가 짐수레 뒤에서 나직이 울었다. 가난한 사람들은 길가의 도랑을 따라 색이 바랜 긴 의자, 제정 시대의 테이블, 인도의 사라사 장식이 달린 거울 등 고물들을 가득 실은 조그마한 손수레를 밀었다. 이러한 먼지투성이 물건들을 움직이고 선조 때부터 전해 내려오는 소중한 물건들을 옮겨 짐을 꾸리고 거리로 끌고 나오는 것이 집집마다 얼마나 큰 고통이었는지 엿보였다.

파리로 들어가는 입구는 숨이 막힐 듯이 붐볐다. 두 시간이나 기다려야 했다……. 이 두 시간 동안에 가엾은 농부는 자기 암소에게 바싹 달라붙은 채 대포의 포안(砲眼)이며 물이 가득 찬 도랑, 높이 쌓인 요새, 길가에 섰다가 베어져 시든 키 큰 이탈리아 포플러 등을 단지 놀란 눈으로 바라보았다. 저녁때나 되어서야 그는 얼이 빠진 채 집으로 돌아와 그가 본 자초지종을 아내에서 이야기했다. 아내는 겁이 더럭 나서 내일이라도 떠나자고 했다. 그러나 하루하루 미뤄지면서 출발은 연기되어갔다……. 추수를 해야 된다든가……, 아직도 갈아야 할 땅이 있다든가……, 포도주를 담글 여가야 없을라고……. 게다가 프러시아 군인들이 이곳은 지나가지 않을지도 모른다는 한 가닥 기대가 마음속에 도사리고 있었다.

어느 날 밤 그들은 무서운 포탄 소리에 잠이 깼다. 코르베유의 다리가 폭파되는 소리였다. 마을의 남자들이 문을 두드리며 돌아다녔다.

"프러시아 기병이다! 프러시아 기병이다! 도망쳐라!"

그들은 황급히 일어나 수레에 말을 매고 잠이 덜 깬 아이들에게 옷을 입혀 몇몇 이웃 사람들과 함께 지름길로 빠져나왔다. 고갯마루에 올라섰을 때 3시를 알리는 종소리가 들려왔다. 그들은 마지막으로 뒤를 돌아다보았다. 공동 수도, 교회 앞 광장, 언제나 지나다니던 한길, 센강으로 내려가는 길, 포도밭 사이를 누비고 지나는 길, 이 모두가 이제는 생소해 보였다. 그리고 뽀얀 아침 안개 속에 버림받은 작은 마을은 무서운 예감에 떨면서 집집마다 꼭 껴안은 듯 보였다.

이제 그들은 파리에 당도했다. 쓸쓸한 거리에서 5층 방 두 개를 세냈다. 주인은 별로 불운하지는 않았다.

그는 일자리도 구했고, 국민군에 편입되어 성곽으로 나가거나 훈련을 함으로써 텅 비어 있을 창고나 파종하지 않은 밭을 잊고 될 수 있는 대로 기분을 얼버무리려 했다. 그러나 그보다도 성격이 조급한 아내는 한심스럽다는 생각을 하고 진력을 내면서 어찌 될 것인지 전전긍긍했다. 두 딸은 학교에 들어갔으나, 음침하고 뜰이 없는 학교라 벌집처럼 와글거리고 즐거웠던 시골 학교와 학교에 가려고 아침마다 2킬로미터나 걸어서 지나다니던 숲을 생각하면 숨이 막힐 지경이었다. 어머니는 딸들의 슬픈 표정을 보고 마음이 아팠으나 특히 걱정이 되는 것은 막내둥이였다.

시골에서는 집 안에서고 뜰에서고 여기저기 어디나 엄마 뒤를 졸졸 따라다녔고, 엄마처럼 문지방 층계를 뛰어넘었으며, 새빨개진 손을 세탁 함지에 넣기도 하고, 엄마가 한숨 돌리려고 뜨개질을 시작하면 문 가까이에 가 앉곤 했다. 이곳에서는 5층이나 기어올라야 되고, 게다가 층계가 어두워 몇 번이나 헛딛고, 작은 난로의 불은 깜박깜박하고, 창은 높고, 하늘은 회색 연기에 덮이고, 슬레이트는 젖어 있었다…….

막내둥이가 놀 만한 뜰이 있기는 했다. 그러나 관리인이 싫어했다. 관리인이란 것이 또한 도시에서 고안해낸 물건이다! 시골에서는 저마다가 자기 집 주인이다. 조그만 거처를 소유하고 자기 자신이 지키는 것이다. 낮이면 하루 종일 대문을 열어놓았다가 저녁에 큰 나무 빗장을 질러놓으면 집 전체가 아무런 두려움 없이 자연의 어둠 속에 잠겨 기분 좋게 잠들 수 있었다. 가끔 달을 보고 개가 짖지만 아무도 거기에 마음을 쓰지 않는다……. 파리의 가난한 집에서는 문지기가 주인 행세를 한다. 막내둥이는 혼자 밑으로 내려갈 수가 없다. 지푸라기와 채소 껍질을 안뜰에 조금 어질러놓았다는 구실로 염소를 팔게 한 심술궂은 노파가 너무나도 무서웠던 것이다.

심심해하는 막내둥이의 기분을 어떻게 돌려줘야 좋을지 가련한 어머니는 알지 못했다. 식사가 끝나면 마치 들에라도 나가는 듯이 어린애에게 옷을 입혀 손을 잡고 거리로 나가 한길을 쭉 걷게 하지만 사람들에게 채이고 부딪히고 파묻혀, 그는 주위를 볼 수가 없었다. 재미있는 것은 말(馬)들뿐이었다. 막내둥이가 알아볼 수 있고 또 막내둥이를 웃기는 것은 이 말들뿐이었다. 엄마 역시 무엇 하나 재미를 붙일 것이 없었다. 그녀는 자기 집, 가산 등을 생각하며 천천히 걸었다. 정직해 보이는 얼굴 표정과 깨끗한 옷매무새, 그리고 머리에 윤기가 흐르는 어머니와 둥그런 얼굴에 큰 나막신을 신은 아이, 두 모자가 지나가는 모습을 보면, 이들이 타향으로 온 유랑인 신세이며 싱싱한 공기가 감도는 적막한 시골길들을 정말로 그리워한다는 것을 역력히 짐작할 수가 있다.

전초 기지에서

포위(包圍)의 추억

이 이야기는 전초지를 달리면서 내가 그날그날 적어놓은 것으로, 파리가 아직 한창 포위당해 있을 때 뜯어놓은 수첩의 한 페이지다. 전후의 연관도 없이 조각조각 무릎 위에서 되는 대로 갈겨 써서 포탄의 파편처럼 갈가리 찢어진 것이지만 조금도 가필을 하지 않고 다시 한번 읽어보지도 않은 채 그대로 여기에 적는다. 말을 덧붙이고 재미있게 만들다가 오히려 모든 것을 망칠까 두렵기 때문이다.

12월 어느 날 아침 라 쿠르뇌브에서

추위에 하얗게 얼어 바삭바삭 소리가 나는 거친 석회질의 평야. 얼어붙은 진흙길 위를 보병 대대와 포병이 뒤범벅이 되어 행진하고 있다. 느릿느릿한 한심스러운 행진이다. 이제 전투지를 향해 나아가는 것이다. 병사들은 총을 멘 채 두 손은 마치 토시 속에 넣듯이 외투 속에 찌르고 고개는 숙인 채 추위에 떨면서 절뚝절뚝 걸었다. 때때로 "제자리 섯!" 하는 구령 소리가 들렸다.

말들은 놀라 울고 탄약 수레가 튀어오른다. 포병들은 안장 위에서 허리를 곧게 펴고 걱정스러운 표정으로 부르제의 커다란 흰 벽 너머를 주시해본다…….

"놈들이 보이나?"

보병들이 제자리걸음을 하며 묻는다…….

그리고 나서는 전진……. 잠시 정지됐던 인파는 또다시 소리 없이 느릿느릿 나아간다.

지평선 저편, 오베르빌리에 보루 돌출부 주변, 은빛 아침 해가 빛나는 차가운 하늘 아래에서 조그마한 무리를 이룬 사령관과 참모들은 일본의 진주모(眞珠母) 위에 얹어놓은 것처럼 뚜렷이 떠올랐다. 좀 더 가까운 곳에서는 한 떼의 까마귀가 길가에서 날개를 쉬고 있었다. 이들은 위생병이 된 친애하는 수도사들이다. 이들은 일어서서 깃 밑에 팔짱을 끼고 이제 육탄(肉彈)이 될 사람들의 행렬을 경건하고도 쓸쓸한 표정으로 바라보았다.

같은 날, 인적 없이 방치된 적막한 마을들, 열어젖힌 집들, 구멍뚫린 지붕, 죽은 사람의 눈처럼 사람을 바라보는 차양 없는 창문들, 무슨 소리라도 울릴 듯한 폐허 속에서 무엇인가 움직이는 소리가 들린다. 발소리, 삐걱대는 문소리, 앞을 지나가노라니 보병 하나가 문 앞으로 나온다. 움푹 꺼진 눈에 경계심이 가득하다. 집 안을 뒤지던 좀도둑인지 종적을 감추려는 탈주병인지…….

정오 무렵에 어느 농가로 들어갔다. 손으로 긁어낸 듯 텅텅 비었다. 아래층 방은 큰 부엌인데, 문도 없고 창도 없이 뒤뜰을 향해 열렸다. 뜰 안에는 생울타리가 있고 그 뒤는 끝없이 뻗어나간 들판이다. 한쪽 구석에 돌로 된 낯선 계단이 있다. 나는 그 층계에 오랫동안 앉아 있었다. 태양, 정적, 모두가 기분 좋았다. 살아남은 지난해 여름의 파리 두세 마리가 햇빛에 활력을 찾아 천장 서까래 밑에서 붕붕거렸다. 불 땐 흔적이 남은 벽난로 앞에는 빨간 피가 얼어붙은 돌이 하나 있었다. 아직도 온기가 가시지 않은 잿더미 한편 구석에 있는 피 묻은 의자는 음산한 밤샘을 이야기해주었다.

마른강을 따라

12월 3일, 몽트레유 성문을 나오다. 나직이 내려앉은 하늘, 싸늘한 북풍, 안개.

몽트레유에는 인적이 끊겼다. 피 묻은 대문도, 창문도, 굳게 닫혀 있다. 울타리 너머로 거위 떼 우는 소리가 들린다. 이 고장의 농민들은 피난을 가지 않고 숨어 있다. 좀 떨어진 곳에 문을 연 술집이 있다. 난로가 따뜻하게 활활 타오른다. 지방 유동병 셋이 난로 위에 올라앉은 듯한 표정으로 식사를 하고 있었다. 눈은 부풀어오르고 얼굴은 붉게 달아오른 채 팔꿈치를 짚고 가엾게도 졸면서 먹었다.

몽트레유를 떠나 야영의 연기로 푸르게 물든 뱅센 숲을 지나갔다. 뒤클로 부대가 거기에 있다. 병사들이 몸을 녹이려고 나무를 벤다. 사시나무, 자작나무, 어린 물푸레나무들이 뿌리를 위로 향한 채 부드러운 금발을 바닥에 끌면서 실려가는 모습은 보기에도 측은했다. 길가에도 병사들이 있었다. 커다란 외투를 입은 포병들, 뺨이 통통하고 온몸이 사과처럼 둥글둥글한 노르망디의 유동대, 두건을 쓴 기민한 알제리 보병, 꼬부라진 몸에 푸른 손수건을 군모 밑 귀 둘레에 감은 보병. 이들 모두가 웅성거리며 거리를 거닐고, 문이 열린 두 식료품 가게 앞에서 밀고 당겼다. 마치 알제리의 작은 도시 같았다.

　마침내 전원으로 왔다. 마른강으로 뻗어내려가는 쓸쓸하고 긴 길, 진줏빛 나는 멋진 지평선, 안개 속에서 떠는 잎 떨어진 나무들, 안쪽 철도의 커다란 육교, 마치 이가 빠진 것처럼 보기만 해도 섬뜩하게 절단된 그 아치. 페르레를 지나면서 나는 길가에 있는 조그마한 별장, 정원은 짓밟히고 건물은 수라장이 되었지만 그 별장의 철책 너머로 학살을 면하고 지금이 한창이라고 피어나는 큰 백합꽃 세 송이를 보았다. 울타리를 밀고 들어갔다. 그러나 너무도 아름다워 꺾을 마음이 나지 않았다.

　밭을 지나 마른강으로 내려갔다. 강가에 이르자 구름을 헤치고 나온 태양이 강 가득히 내리쬐었다. 황홀한 풍경이었다. 전날 그처럼 심한 격전이 벌어졌던 포도밭으로 둘러싸인 프티 브리의 언덕에는 조그마한 백색 집들이 층층으로 평온하게 들어서 있었다. 강의 이쪽 갈대숲에는 작은 배 한 척이 떠 있었다. 강가에서는 맞은편 언덕을 바라보면서 병사들 한 무리가 이야기를 나누었다. 색슨 군인들이 돌아왔는지를 알아보기 위해 프티 브리로 파견된 정찰병들이었다. 나는 그들과 함께 강을 건넜다. 배가 나아가는 동안 고물 쪽에 있는 정찰병이 나에게 속삭였다.

　"총이 필요하시다면, 프티 브리 관청에 그득합니다. 놈들은 보병

대령도 한 명 거기에 남겨놓고 갔는데, 몸집이 큰 금발 사내로 여자처럼 살결이 희고 노란 장화를 신었습니다."

특히 이 사내에게 인상적이었던 것은 죽은 사람의 장화였다. 그는 시종 장화 이야기를 했다.

"정말 멋진 장화였어!"

나에게 이야기하는 그의 눈은 빛났다.

우리가 막 프티 브리로 들어가려는 찰나에 운동화를 신은 사공이 네댓 자루의 총을 양팔에 끼고 골목에서 뛰어나오더니 우리를 향해 달려왔다.

"똑똑히 좀 봐요. 프러시아 군인들이 있어요!"

우리는 조그마한 벽 뒤에 붙어 서서 자세히 살펴보았다. 우리 위편 포도밭 훨씬 위에 기병 하나가 연극을 하는 듯 투구를 쓰고 기총을 한 채 안장 위에서 몸을 약간 앞으로 굽힌 옆모습이 보였다. 또 다른 기병들이 잇달아 나타났다. 다음에는 보병들이 포복을 하고 포도밭 속으로 분산해 나아갔다.

그중에 우리 바로 곁에까지 접근해온 한 놈은 나무 뒤에 서더니 꼼짝을 하지 않았다. 갈색 외투를 입은, 몸집이 우람한 놈으로 손수건으로 머리를 동였다. 우리가 있는 위치에서 한 방 쏘기에는 안성맞춤이었다. 그러나 그것이 무슨 소용이 있으랴……. 정찰병들은 그들의 의도를 알았다. 이제는 빨리 배를 타야 한다. 사공은 투덜대기 시작했다. 우리는 무사히 마른강을 다시 건넜다……. 그러나 겨우 강가에 이르자 강 건너편에서 약한 목소리로 부르는 소리가 났다.

"어어이! 배……!"

조금 전에 장화를 탐내던 병사와 서너 명의 동료가 관청까지 갔다가 급히 되돌아오는 참이었다. 그러나 난처하게도 그들을 데리러 갈 사람이 아무도 없었다. 사공은 어디론지 사라진 뒤였다.

"나는 노를 저을 줄 모릅니다."

강가의 참호 속에서 나와 같이 웅크리고 있던 정찰대의 상사가 측은한 목소리로 말했다. 그동안에도 강 건너에 있던 병사들은 초조한 목소리로 "와줘요! 와줘요!" 했다.

가지 않을 수 없는 노릇이었다. 큰일이었다. 마른 강물은 무거워서 노를 젓기에는 애를 먹는다. 나는 있는 힘을 다해서 노를 저었다. 줄곧 저 위쪽 나무 위에 꼼짝 않고 서서 나를 주시하는 색슨 병(兵)의 시선이 등에 느껴졌다.

배가 강가에 닿자 정찰병 하나가 너무도 황급히 뛰어들어서 작은 배에는 물이 들어찼다. 전부를 태웠다간 배가 가라앉을 참이었다. 제일 용감한 병사가 강가에 남아 기다리기로 했다. 그는 의용군 하사로 모자 앞에 작은 새 모양을 핀으로 찌르고 푸른 옷을 입은 얌전한 청년이었다. 또다시 그를 데리러 가고 싶었으나 이미 강을 사이에 두고 양편에서는 총격전이 시작되었다. 그는 잠시 아무 말 없이 기다리더니 벽에 가 착 붙어서 걸으면서 샹피니 방향으로 가버렸다.

같은 날. 사물에서나 인간에게나 드라마틱한 것과 그로테스크한 것이 혼합될 때 그 결과로 이상하게도 강한 힘을 가진 공포, 또는 감동이 생긴다. 우스꽝스러운 얼굴에 떠오르는 커다란 고통은 그 무엇보다도 깊이 우리의 마음을 동요시킨다. 죽음의 공포에 사로잡힌, 아니면 살해되어 눈앞에 실려 온 아들의 시체에 눈물을 흘리는 부르주아를 그린 도미에의 그림을 상상해보라. 무엇인가 폐부를 꿰뚫는 것이 있지 않은가……? 그런데 마른 강가의 모든 부르주아 병장들, 연한 장미색, 푸른 능금색, 노란 카나리아색 등 가지각색의 우스꽝스러운 산장들, 아연을 씌운 중세풍 탑, 은백색 금속 구(球)가 흔들리는 로코코식 작은 정원, 이러한 것을 지금 나는 전쟁의 포연(砲煙) 속에서 바라본다. 포탄에 맞아 찌부러진 지붕, 부서진 바람개비, 총안(銃眼)이 난 벽, 도처에 흩어진 짚과 핏자국, 여기서 나는 전쟁의 무서운 면모를 본다…….

내가 젖은 몸을 말리려고 들어간 곳은 그러한 집들 중 하나였다. 나는 빨간색과 노랑색으로 장식된 2층의 조그마한 살롱으로 올라갔다. 아직 도배가 다 끝나지 않은 채였다. 바닥에는 종이 두루마리와 금빛 나무 조각들이 흩어져 있었다. 게다가 가구다운 것은 하나도 없고 깨진 술병 조각이 있을 뿐이었다. 한구석의 짚방석 위에는 가운을 입은 남자가 잠들어 있었다. 이 모든 것 위에 화약, 포도주, 양초, 곰팡이 핀 짚 등의 희미한 냄새가 배어 있었다……. 나는 장밋빛 누가 같은 색을 띤 난로 앞에서 원탁(圓卓)의 다리를 때면서 몸을 녹였다. 난로를 들여다보고 있으려니까 때로는 시골의 마음씨 좋은 프티부르주아 집에서 일요일 오후를 보내는 듯한 기분이 들었다. 이 살롱 안에서 사람들이 주사위 놀이를 하는 것이 아닐까……? 아니다. 의용군들이 탄환을 재고 총을 쏘는 소리다. 총성만 없다면 틀림없이 주사위 놀이하는 소리다……. 이편에서 한 방을 쏠 때마다 강 건너쪽에서 응사해온다. 총성은 수면을 건너뛰면서 끝없이 계곡 사이를 울렸다.

살롱의 총안을 통해 반짝이는 마른강, 태양이 가득히 내리쬐는 강가, 포도덩굴을 괸 나무 사이로 큰 사냥개들처럼 달아나는 프러시아 병사들이 보였다.

몽루주 요새의 추억

요새보다 훨씬 높은 능선 위에 흙주머니들로 만든 포안(砲眼)에서는 긴 해군 대포가 샤티용에 대항하기 위해 포대 위에 똑바로 고개를 들었다. 이처럼 포구가 하늘을 향하고 양편의 손잡이가 귀 모양을 한 것이 커다란 사냥개들이 달을 보고 짖으면서 죽어라 신음하는 듯한 모양이었다……. 그보다 조금 아래쪽 평지에다 수병들은 심심풀이로 배 한구석에 만들어놓듯 영국식 정원의 모형을 만들어 놓았다. 벤치와 정자가 있고 잔디, 암석, 파초나무까지 한 그루 있었다. 물론 높이는 히아신스 정도로, 크지 않은 나무였지만 그것이 무슨 상관이랴! 어떻든 파초가 있었다. 그 푸르른 잎은 높이 쌓인 흙주머니와 포탄 속에서 눈에 생기를 주었다.

아아! 몽루주 요새의 작은 정원! 나는 이 영광스러운 능선에서 싸우다 쓰러진 카르베스, 데프레, 세세, 그리고 모든 용감한 수병들의 이름을 새긴 기념비를 그 정원에 세우고 정원 둘레에 철책을 두르길 바란다.

라 후이예즈에서

1월 20일 아침.

따뜻하고 구름이 낀 상쾌한 날씨. 넓은 대지가 바다처럼 멀리 파동쳐 나간다. 왼편에는 모래가 많은 높은 산들이 발레리앙산에 잇닿았고 오른편에는 지베 풍차, 날개가 부서진 돌 풍차가 있는데, 그 누각에는 대포가 설치되었다. 15분가량 풍찻간으로 가는 참호를 따라갔다. 참호 위에는 희미한 강 안개 같은 것이 어렸다. 야영의 연기였다. 쭈그리고 앉은 병사들이 커피를 끓이려고 생나무 불을 불어대며 연기에 눈을 뜨지 못한 채 기침을 했다. 참호 끝에서 끝까지 긴 기침 소리가 뒤를 잇는다…….

라 후이예즈, 작은 숲에 싸인 한 채의 농가. 도착하고 보니 마침 최후의 보병대가 퇴각하면서 전투를 하고 있었다. 그들은 파리의 제3유동대원들이었다. 지휘관을 선두로 하여 전원이 질서정연하게 행진했다. 어젯밤부터 나는 이해할 수 없는 패주(敗走)만을 목격했기 때문에 이 광경을 보니 마음이 다소 고무되었다. 그 뒤로 말을 탄 두 사람이 내 곁을 지나갔다. 장군과 부관이었다. 말은 평보로 걷고 두 사람은 이야기를 주고받았다. 목소리가 똑똑히 울려왔다. 젊고도 다소 아첨하는 듯한 부관의 음성이 들렸다.

"그렇습니다, 각하……. 아아! 아닙니다, 각하……. 물론입니다, 각하……."

장군은 부드러우면서도 비통한 목소리로 말했다.

"뭐야, 전사했다고? 아아! 불쌍한 녀석……. 아아! 불쌍한 녀석!"

그다음에는 잠잠해지면서 차진 땅 위로 지나가는 말발굽 소리만

들려왔다.
 나는 잠시 애수에 잠긴 이 풍경을 바라보았다. 세리프나 미티쟈의 평원과 흡사했다. 회색 작업복을 입고 적십자기를 든 위생병들의 행렬이 후미진 길을 올라갔다. 십자군 시대에 팔레스타인에 있는 듯한 기분이었다.

나룻배

전쟁이 일어나기 전에는 그곳에 훌륭한 조교(弔橋)가 있었다. 흰 돌로 쌓아올린 지주(支柱) 두 개가 높이 솟고 타르 칠을 한 로프가 센강 수평선 위에 걸려서 중천에 뜬 그 모양은 기구(氣球)와 배의 모양을 지극히 아름답게 꾸며주었다. 중앙의 거대한 아치형 다리 밑을 예인선이 하루에 두 번씩 소용돌이치는 연기를 뿜으면서 굴뚝을 낮출 필요도 없이 통과해 지나갔다. 양편 강가에는 빨래 방망이와 세탁하는 여자들의 의자를 넣어둔 헛간과 고기잡이 배들이 묶여 있었다. 서늘한 강바람에 흔들리는 커다란 녹색 커튼 같은 포플러나무 가로수가 목장 사이를 통해 다리에까지 이르렀다. 아름다운 풍경이었다…….

금년에는 모든 것이 변했다. 여전히 변함없이 서 있는 포플러나무 가로수 끝에는 아무것도 없었다. 이제 다리는 없어졌다. 석주 두

개는 날아가버렸고 그 주변에 돌의 파편이 여기저기 흩어졌다. 진동으로 반파된 자그마한 백색 입항세 지불소는 아주 새로운 폐허, 바리케이드, 파괴물 같아 보였다. 로프와 철선은 쓸쓸히 물에 잠겨 있었다. 모래 속에 파묻힌 교판(橋板)은 강 한가운데서 난파되었다고 사공들에게 알리기 위해 붉은 기를 세운 커다란 배 같았다. 센강을 따라 떠내려오는 잡초와 이끼 낀 판자 등 가지가지가 거기에 쌓인 채 소용돌이를 일으켰다. 이러한 풍경 속에는 무엇인가 찢긴 것, 불행을 느끼게 하는 것이 있었다. 다리까지 이르는 가로수가 성겨서 그 주변은 더욱 쓸쓸했다. 그처럼 무성하고 아름다웠던 포플러 나무들은 그 끝까지 벌레가 먹고(나무들도 침략을 받은 것이다) 싹도 없이 갈가리 찢어진 가느다란 가지들을 뻗었으며, 아무런 쓸모도 없게 된 황폐한 길에는 커다란 흰나비들이 무거운 날개로 날아다녔다…….

 다리가 복구되기를 기다리면서 근방에는 나룻배가 생겼다. 일종의 거대한 뗏목으로, 마차와 쟁기를 단 말, 그리고 물을 보고 조용한 눈을 휘둥그레 뜨는 암소들을 그대로 실을 수가 있었다. 가축들과 마차는 가운데 싣고 그 주변에는 여행객, 농민, 마을의 학교로 가는 아이들, 그리고 별장 생활을 하는 파리 사람들을 태웠다. 베일이나 리본이 말고삐 곁에서 휘날렸다. 난파한 사람들을 태운 뗏목 같은 모양이었다. 배는 천천히 나아갔다. 건너는 데 시간이 걸리는 센강은 전보다 더 넓어진 것 같았고, 붕괴된 다리의 잔해 뒤쪽, 이제는 아무런 관계도 없게 된 양편 강둑 사이로 지평선은 서글프게 장엄한 빛을 띠고 뻗어나갔다.

그날 아침 나는 강을 건너려고 일찍 나왔다. 강가에는 아직 아무도 없었다. 축축한 모래 속에 고정시켜놓은, 헌 마차로 된 사공의 작은 집은 안개에 젖어 있었다. 안에서는 아이들의 기침 소리가 새어 나왔다.

"어어이, 으젠!"

"갑니다, 갑니다!"라고 대답하면서 사공은 몸을 끌며 나왔다. 훤칠하게 생긴 아직 젊은 사공이었다. 최근 전쟁에 포병으로 출전하여 한쪽 다리에 파편을 맞고 얼굴에는 칼 상처를 입고 류머티즘에 걸려 돌아왔다.

이 선량한 사내는 나를 보자 웃음을 지으면서 말했다.

"선생님, 오늘은 우리뿐이니 거북하지 않겠습니다."

실제로 배에 탄 것은 나 하나뿐이었다. 그러나 뱃줄을 푸는 동안에 사람들이 왔다. 제일 먼저 눈이 반짝이는 농가의 주부가 코르베유 시장엘 간다며 양팔에 커다란 바구니 두 개를 끼고 왔다. 이 바구니가 촌티나는 그녀의 몸맵시에 균형을 잡아줘서 그녀는 비틀거리지 않고 똑바로 걸어왔다. 계속해서 그녀의 뒤를 이어 후미진 길로 다른 사람들이 오는 것이 안개 속에 어렴풋이 보였다. 무엇인가 이야기하는 소리가 들려왔다. 부드럽고도 눈물 어린 여인의 목소리였다.

"아아! 샤시뇨 선생님, 제발 부탁입니다. 우리를 괴롭히지 말아주세요······. 그이가 지금은 일하는 것을 아시잖아요······. 돈을 갚아드릴 때까지 좀 기다려주세요······. 그이가 원하는 건 단지 그것뿐입니다."

"난 충분히 기다렸소……. 너무 지나치게 기다렸소."

이가 빠진 무자비한 늙은 농부의 목소리가 대답했다.

"이젠 집달리가 나설 참이야. 적절하게 처리해줄 테지……. 어어이! 으젠!"

"저게 샤시뇨란 놈입니다."

사공은 낮은 목소리로 나에게 이야기했다.

이때 몸집이 큰 늙은이가 강가로 나오는 것이 보였다. 거친 모직 프록코트를 우스꽝스럽게 입고, 지나치게 높은 새 실크해트를 썼다. 이 농부는 햇빛에 타고 주름살이 진 데다 곡괭이질을 한 손은 마디투성이어서 신사 차림을 하니 얼굴이 더욱 검게 그을려 보였다. 고집불통의 얼굴, 아파치 인디언족 같은 커다란 매부리코, 굳게 다문 입술, 이 모든 것이 샤시뇨라는 이름과 어울리는 사나운 면모를 보여주었다.

"자, 으젠, 빨리 가자."

그는 나룻배로 뛰어들어오면서 말했다. 그의 목소리는 분노로 떨렸다.

사공이 뱃줄을 끄르는 동안에 그 뚱뚱한 여인이 샤시뇨 곁으로 가서 물었다.

"누구에게 그처럼 화를 내세요?"

"아! 블랑슈 아주머닌가……. 말을 말아, 화가 나서 미칠 것 같아. 그런 망할 마질리에 집 놈들!"

그러고는 후미진 길을 흐느끼면서 올라가는 작고도 연약한 그림자를 주먹으로 가리켰다.

"저 사람들이 어쨌어요?"

"저 사람들이 어쨌느냐고? 넉 달치 집세가 밀린 데다가 술값이 있단 말야. 그런데 아직 한 푼도 못 받았거든……. 그래서 난 이 길로 집달리 집으로 갈 생각이야. 그것들을 거리로 내쫓아버려야지."

"하지만 마질리에는 참 선량한 사람이에요. 그 사람이 돈을 갚지 못하는 것은 그 사람 잘못이 아닐 거예요……. 이번 전쟁통에 돈을 잃은 사람은 한둘이 아니니까요."

늙은 농부는 노발대발했다.

"그놈은 바보야! 프러시아 병정들을 상대로 돈을 모을 수도 있었지. 한데 그놈이 하려 들질 않았거든. 프러시아 병정들이 온 날부터 주점 문을 닫고 간판을 떼어버렸단 말이야……. 카페를 열었던 사람들은 전쟁 중에 흠씬 돈벌이를 했는데 유독 그놈만이 한 푼도 못 벌었거든……. 설상가상으로 그놈은 건방지게 굴어서 감옥에까지 끌려갔었단 말이야……. 그러니 바보가 아니고 뭐야? 전쟁이 그놈하고 무슨 상관이야? 제 녀석이 군인이었나? 손님에게 포도주와 브랜디나 부어주었으면, 지금쯤 내 빚도 청산했을 것 아냐……. 개돼지 같은 놈! 애국자인 척한 녀석, 본때를 보여줘야지!"

화가 불같이 나서 얼굴이 시뻘게진 늙은이는 커다란 프록코트를 입고도 노동복만 입어온 촌사람의 우둔한 몸짓을 했다.

늙은이가 이야기를 해나가니까 조금 전만 해도 마질리에 부부를 동정하여 반짝이던 여인의 눈은 점점 냉혹해지면서 차츰 경멸의 빛을 띠었다. 그 여자는 역시 촌여자였다. 그들은 돈벌이를 거절하는 사람들을 그다지 존경하지 않는다. 처음에 그 여인은 말했다. "그 아내가 불쌍하죠" 그러고는 잠시 후에 "그래요, 정말이에요……. 굴러 들어온 복을 차버리다니……" 그리고 나서는 이렇게 끝을 맺었다.

"아저씨 말씀이 옳아요. 빚을 졌으면 갚아야죠."

샤시뇨는 이를 악물고 뇌까렸다.

"그놈은 바보야! 그놈은 바보야……!"

뱃전에서 계속 삿대질을 하면서 귀를 기울이던 사공은 자기도 한 마디 해야 되겠다고 생각한 모양이었다.

"샤시뇨 아저씨, 그런 나쁜 짓은 하지 마세요……. 집달리한테 간들 무슨 소용이 있습니까? 저 불쌍한 사람들의 물건을 팔게 한다면 그건 너무도 지나친 일입니다. 조금 더 참아주세요. 그럴 만한 여유는 있지 않아요?"

늙은이는 마치 물리기라도 한 듯이 뒤를 돌아보며 소리쳤다.

"잠자코 처박혀 있어, 이 못난 녀석아! 너도 그 애국자로구나……. 딱한 일이라고 생각지 않는가? 자식은 다섯이나 되고 돈은 한 푼도 없는 주제에, 강요하지도 않는데 취미로 대포나 쏘러 다니고……. 잠깐만 좀 들어주십쇼, 선생님. (이 무정한 늙은이가 내게 이야기를 하는 모양이었다) 그런 것이 우리에게 도대체 무슨 소용이 있습니까? 말하자면 저 녀석도 덕택에 얼굴 꼴이 저 모양이 되고, 다니던 좋은 직장도 잃고……. 그래 이제는 사면으로 바람이 들어오는 판잣집에서 아이들은 병들고 마누라는 세탁에 지친 채 떠돌이 같은 생활을 하지 않습니까? 저 녀석도 바보가 아닙니까?"

사공의 얼굴에는 번갯불 같은 노기가 떠올랐다. 창백한 그의 얼굴 한가운데 칼 상처가 깊고도 희게 드러나 보였다. 그러나 그는 자제력이 있었다. 그래서 그는 자기의 분노를 삿대로 돌려 삿대가 부러져라 하고 강 밑 모래 속으로 처박았다.

한마디만 더 하면 그 자리마저도 잃을지 모른다. 왜냐하면 샤시 뇨는 이 지방 유지이기 때문이다.

그는 면회의 의원이다.

기수

1

 연대는 철도의 제방 위에서 전투 중이었다. 맞은편 숲속에 모인 프러시아 군은 이 연대를 표적으로 삼았다. 80미터의 간격을 두고 총격전이 벌어졌다. 장교들은 "포복……!" 하고 소리를 쳤지만 아무도 복종하지 않았다. 용감한 연대원들은 일어선 채로 군기(軍旗) 주위에 집결했다. 무르익은 보리와 목장이 보이고 석양이 물드는 거대한 지평선에서 포연에 싸인 채 고전을 하는 이 무리는 마치 들판에서 무서운 폭동의 첫 회오리바람을 만난 가축 떼 같았다.
 제방 위로 철의 비가 내리기 때문이었다! 들리는 것이라곤 총성, 참호 속에서 구르는 반합(飯盒)의 둔한 소리, 불길하게 울리는 악기의 팽팽한 줄처럼 전장의 끝에서 끝까지 꼬리를 끌며 올라가는 탄환 소리만이 울려왔다. 때때로 군인들 머리 위에 솟은 군기가 산탄

(霰彈) 바람에 나부끼며 연기 속으로 사라지기도 했다. 그러면 총성이나 신음, 부상자들의 욕지거리를 압도하면서 무겁고도 침착한 목소리가 들려왔다.

"기를, 모두 기를 올려라……."

그러면 곧 한 장교가 붉은 안개 속에서 희미한 그림자처럼 달려가고 이어서 영웅적인 군기는 또다시 이 전쟁터에서 높이 솟아 생생하게 나부낀다.

"스물두 번이나 군기는 쓰러졌다……!"

스물두 번이나 죽어가는 병사의 손에서 빠져나온, 아직도 온기가 남은 군기 자루는 다른 손이 쥐고 다시 세운다. 그리고 해가 졌을 때 연대에서 살아남은 소수의 병사들은 조용히 퇴각했다. 그날 스물세 번째 기수인 오르뉘의 손에 잡힌 군기는 한 조각 누더기에 지나지 않았다.

2

오르뉘 상사는 복무표(服務標)를 셋이나 단 노병으로, 자기 이름이나 겨우 쓸 수 있는 정도이며, 상사의 계급장을 다는 데 20년이나 걸린 우둔한 자였다. 주워온 아이의 온갖 비참한 면모, 병영 생활로 우둔해진 행동거지와 더 지독해진 고집통이 이마, 배낭을 져서 굽은 어깨, 무의식적으로 얻은 대열 중의 병사와 같은 자태에서 역력히 나타났다. 게다가 그는 약간 말을 더듬었다. 그러나 기수에게 웅변이 필요한 것은 아니다. 전투가 있던 그날 저녁 연대장이 그에게 말했다.

"네가 군기를 받드는 것이다. 잘 지켜라."

그러고는 이미 비와 포화로 엉망이 된 낡아빠진 그의 군복 상의에 주보의 여자가 곧 소위의 금줄을 꿰매 달아주었다.

그것이 겸허한 그의 일생을 통해서 유일한 자랑거리였다. 그 바람에 노병의 몸은 똑바로 수직이 되었다. 몸을 굽힌 채 땅만 보고 걷던 불쌍한 사내는 그때부터 얼굴에 품위가 서고 죽음과 반역과 패배 위로 똑바로 군기를 높이 받들기 위해, 누더기 군기가 휘날리는 것을 보기 위해 눈은 위로만 향했다. 전투가 벌어지는 날, 군기 자루 끝을 가죽 케이스에 꽂고 두 손으로 꽉 잡은 오르뉘보다 더 행복해 보이는 사람은 없었다. 말도 없고 움직이지도 않은 채 목사처럼 진지한 표정을 짓는 품이 성스러운 것을 쥔 듯이 보였다. 그의 온 생명과 힘은 탄환이 빗발치듯 엄습해오는 아름다운 금색 누더기를 꽉 쥔 그의 손가락에 충만되었다. 그리고 그의 눈에는 정면에 있는 프러시아 병사들을 향해 "어디 내 손에서 이것을 빼앗아가려면 빼앗아가봐라"라고 말하는 듯 도전적인 빛이 가득했다.

아무도, 죽음까지도 그에게서 군기를 앗아가려 하지 않았다. 보르니나 그라브로트와 같은 격전지에서 군기는 찢기고 구멍이 나고 상처로 투명해졌지만 어디든지 갔다. 그 기수는 늘 변함없는 오르뉘였다.

3

이윽고 9월이 왔다. 메츠 아래 군대, 메츠의 포위, 진흙 속에서 오랫동안 지체해서 대포는 녹슬고 세계 제1급 병사들은 무력해지고 식량과 정보의 결핍으로 사기를 잃어, 그들의 걸어총* 밑에서 열병과 권태로 죽어갔다. 지휘관이나 병사들이나 다같이 신념을 잃었다. 단지 오르뉘만이 신념에 차 있었다. 누더기 삼색기가 그에게는 모든 것을 대신했고, 군기가 그곳에 있다고 느끼기만 하면 아무것도 잃는 것이 없을 듯한 생각이 들었다. 불행히도 전투가 없었기 때문에 연대장은 그 기를 메츠 교외에 있는 자기 집에 보관해두었다. 선량한 오르뉘는 유모에게 아기를 맡긴 엄마의 심정이었다. 그는 언제나 군기만 생각했다. 그리하여 참을 수 없는 권태감에 사로잡힐 때면 단숨에 메츠로 달려갔다. 그리하여 군기가 여전히 같은 장소에 조용히 기대어 있는 것을 보기만 하고도 용기와 인내심에 충만해져서 돌아왔다. 저편 프러시아 병사들의 참호 위로 크게 펄럭이는 삼색기를 쥐고 전진하는 전투를 꿈꾸면서 비에 젖은 천막으로 돌아왔다.

바젠 원수의 명령으로 이 환상은 산산이 깨지고 말았다. 어느 날 아침 오르뉘가 눈을 떴을 때 온 진영이 웅성거렸다. 무리를 짓고 선 병사들은 몹시 흥분했고, 호통을 치면서 그 분노가 한 사람의 죄인을 향한 듯 다같이 마을을 향해 주먹질을 하면서 소리쳤다.

"그놈을 잡아라! 총살해라……."

---

* 소총 세 자루를 기대어 세모꼴로 세워놓은 것

장교들은 병사들이 떠들도록 그대로 내버려두었다……. 그들은 부하들을 대할 낯이 없는 듯 멀찌감치 떨어져서 고개를 숙인 채 거닐었다. 정말로 수치스러운 일이었다. 완전 무장을 하고 아직도 건재한 15만의 대군을, 싸우지도 않고 적에게 넘겨주려는 원수의 명령이 낭독된 것이다.

"그러면 군기는?"

오르뉘는 창백한 얼굴로 물었다.

군기는 총을 비롯 부대에 남은 모든 것과 함께 인도될 터였다. 무엇이나 전부…….

"벼, 벼, 벼락 맞을 자식! 하지만 내 군기는 못 가져갈걸……."

이 불쌍한 병사는 그렇게 더듬거렸다. 그러고는 마을을 향해 달려갔다.

4

거기서도 누구나 흥분하고 있었다. 국민병, 시민, 유동대원들이 고함을 치며 소란을 피웠다. 원수를 만나러 가는 대표자들이 몸을 떨면서 지나갔다. 오르뉘의 눈에는 아무것도 보이지 않고 귀에는 아무것도 들리지 않았다. 교외의 길을 올라가면서 그는 혼자 중얼거렸다.

"내게서 군기를 빼앗아간다고……! 가당치도 않은 소리! 그럴 수가 있을까? 그럴 권리가 있을까? 프러시아 놈들에겐 금빛 나는 마차나 멕시코에서 가져온 자기의 훌륭한 접시를 주면 될 거다! 그러나 군기는 내 것이다……. 내 명예다. 아무도 거기에 손댈 수 없어."
 이 말은 그가 달음질을 하자 토막토막 끊어졌고 그의 목소리는 더듬거렸다. 그러나 노병의 가슴속에는 나름의 생각이 있었다. 확실하고도 확고부동한 생각이었다. 즉 군기를 빼앗아 연대 가운데로 가지고 가서 군기의 뒤를 따르는 자들과 함께 프러시아 군을 공격하여 괴멸시킨다는 것이다.
 그가 그곳에 도착하니 집 안으로 들여보내지도 않았다. 연대장도 화가 나서 아무도 만나려 들지 않았다……. 그러나 오르뉘는 굽히지 않았다.
 그는 욕지거리를 하고 고함을 치고 보초를 밀어젖혔다.
 "나의 군기, 내 군기를 내놓아라……."
 드디어 창문이 열렸다.
 "오르뉘, 너냐?"
 "네, 연대장님. 저는……."
 "군기는 전부 병기창에 가 있다……. 거기에 가면 된다. 인수증을 줄 거다……."
 "인수증요? 무엇 하는 인수증요?"
 "원수의 명령이다……."
 "그러나 연대장님……."
 "듣기 싫다!"
 그러고는 창문이 닫혔다.
 늙은 오르뉘는 술 취한 사람처럼 비틀거렸다.
 "인수증…… 인수증……."

그는 기계적으로 되풀이했다……. 그러고는 다시 달리기 시작했다. 단 한 가지 일밖에 그는 의식할 수가 없었다. 그것은 군기가 병기창 안에 있다는 사실, 그리고 어떻게든지 그것을 빼내야겠다는 생각이었다.

5

병기창의 모든 문은 뜰에 나란히 줄지어 기다리는 프로시아 군의 수송 차량을 내보내기 위해 활짝 열려 있었다. 오르뉘는 그 안으로 들어가면서 몸을 떨었다. 5, 60명이나 되는 다른 부대의 기수들이 서글픈 표정으로 묵묵히 그곳에 모여 있었다. 거기에 비를 맞는 음산한 마차들, 그 뒤에 모자도 쓰지 않은 이 무리를 보니 마치 장례식장 같았다.

바젠 군의 모든 군기가 한쪽 구석 진흙투성이 포석 위에 뒤범벅이 되어 쌓여 있었다. 화려한 비단 조각들, 술 장식과 조각된 깃대의 잔해들, 땅 위에 방치되어 비와 진흙에 더러워진 영광의 군기는 더없이 비참해 보였다. 관리 장교가 기를 하나씩 들어올리면서 연대 이름을 부르면 기수들이 나와서 인수증을 받았다. 딱딱하고도 무표정한 프로시아 장교 둘이 그 대열을 감시했다. 오, 성스럽고도 영광스러운 누더기 비단들이여, 그대들은 찢어진 상처를 벌리고 날개 떨어진 새처럼 포석 위에 먼지를 털면서 쓸쓸히 사라진다! 그대들은 아름다웠으나 더러워졌다는 수치감을 안고 사라진다. 그대들은 각기 프랑스의 얼마씩을 가지고 사라진다! 긴 행진 속에서 받은 햇빛이 이제는 색이 바랜 그대의 주름 속에 여전히 남아 있다. 총탄이 지나간 자국 속에 그대들은 죽어간 무명 용사들의 추억을, 적의 표적이 된 깃발 아래 쓰러져간 이름 모를 용사들의 추억을 지녔다…….

"오르뉘, 네 차례다……. 호명한다……. 인수증을 받아라……."
"바로 이 인수증이구나……."

군기는 그의 앞에 있었다. 확실히 가장 아름답고 가장 많은 상처를 입은 그의 군기였다……. 그 군기를 보니 또다시 제방 위에 있는 느낌이었다. 탄환 나는 소리가 들리고 반합 깨지는 소리가 들리고 "모두 군기를 수호하라!" 하는 연대장의 목소리가 들렸다. 그리고 스물두 번째 전우가 쓰러지자 이번에는 그가 스물세 번째로 달려나가 잡아줄 손이 없어서 흔들리는 불쌍한 기를 또다시 굳게 일으켜 세웠다. 아아! 그날 그는 죽을 때까지 군기를 방어하고 지키리라 맹세했다. 그것이 지금…….

그 생각을 하니 온몸의 피가 머리로 치솟아올랐다. 그는 술 취한 사람처럼 정신 없이 프러시아 장교에게로 달려들어 사랑하는 군기를 낚아채어 두 손으로 꽉 잡았다. 그러고는 "군기를……" 하고 소리치면서 더욱 높이 똑바로 들려고 안간힘을 썼다. 그러나 그의 목소리는 목구멍 속에서 멈추어버렸다. 그는 깃대가 떨리면서 그의 손 사이에서 미끄러져 내려가는 것을 느꼈다. 항복한 거리 위로 무겁게 찍어누르는 권태로운 대기, 죽음의 대기 속에서 군기는 이제 휘날리지 않았다. 자랑스러운 것은 아무것도 살아남을 수가 없었다……. 늙은 오르뉘는 기절해 쓰러졌다.

쇼뱅의 죽음

　내가 처음 그 사내를 만난 것은 8월의 어느 일요일 기차 속에서인데, 당시 서보(西普) 사건이라 불리던 사건이 일어났을 무렵이었다. 그때까지 나는 그를 한 번도 본 적이 없었지만 곧 그를 알아보았다. 키는 훤칠한데 바짝 마르고 머리는 반백이며 얼굴은 붉고 매부리코에 둥그런 눈에는 언제나 노기가 서렸고, 한편 구석에 앉은, 훈장을 단 신사에게만 친절을 보여주었다. 이마는 얕고 좁아 고집통처럼 보였다. 같은 생각이 같은 장소에서 쉴새 없이 작용하는 까닭에 굵은 주름살이 하나 생긴 듯한 그러한 이마였다. 그의 태도에는 순진하며 아직도 군국주의적인 면이 있으나 무엇보다도 "프랑스 국", "프랑스 기(旗)……"라고 혀를 굴리며 r자를 발음하는 지독한 모양을 보고 나는 "쇼뱅이구나!" 하고 생각했다.
　틀림없이 쇼뱅이었다. 단장을 휘두르고 주정뱅이처럼 남의 말은 듣지도 않고, 맹목적이며 난폭한 미치광이처럼 목소리를 높이고 제스처를 쓰고, 손에 쥔 신문으로 프러시아 군대를 쳐부수고 베를린으로 행진해 들어가는, 판에 박은 쇼뱅이었다. 조금이라도 주저한다든가 화해를 해서는 안 된다. 전쟁이 있을 뿐이다. 어쨌든 전쟁이 필요하다!

"우리 편에서 전쟁 준비가 안 되었다면, 쇼뱅?"

"프랑스는 언제라도 싸울 준비가 되어 있습니다, 선생님!"

쇼뱅은 몸을 곤추세우면서 말했다.

그리고 치켜올린 그의 콧수염 밑에서 튀어나오는 r은 차창을 뒤흔들었다…….

사람들을 성가시게 구는 우둔한 인물이었다. 언제나 그 이름을 들추어내서 우스운 명물로 만드는 모든 조소나 유행가를 나는 얼마나 잘 알았던가?

그날 처음 그 사람을 만나고 나서 나는 이 사내를 피하리라 굳게 결심했다. 그러나 이상한 운명으로 그를 또다시 만나게 되었다. 처음에는 그라몽 씨가 의원들에게 프랑스의 선전 포고를 성스럽게 알리던 날 상원에서였다. 노인들의 떨리는 환성이 오를 때 "프랑스 만세!" 하는 굉장히 큰 소리가 방청석에서 났다. 나는 장막 밑에서 쇼뱅이 커다란 팔을 흔드는 모습을 보았다. 그 얼마 후에 오페라에서 그를 보았는데, 그는 지라르댕의 전용 좌석에서 〈독일의 라인〉을 부르라고 요구하더니 그 노래를 아직 모른다는 가수에게 "그렇다면 독일의 라인을 점령하는 것보다 노래를 배우는 데 더 시간이 걸리겠군……" 하고 고래고래 고함을 질렀다.

그다음부터는 마치 귀신에 홀린 듯 어디서나 그를 만났다. 큰길, 작은 길 할 것 없이 골목골목에서, 벤치나 테이블 위에 올라서서 북소리나 휘날리는 국기나 〈라 마르세예즈〉 속에서 출정하는 군인들에게 여송연을 나누어주고, 야전 병원 부대에 박수를 보내면서, 상기된 얼굴로 군중을 위압하는 미치광이 같은 쇼뱅의 모습이 보였다. 너무나도 소란을 피우고 떠들어대고 밀어젖히는 까닭에 60만 파리 시민이 모두 쇼뱅 같아 보였다. 이 견딜 수 없는 환상에서 도피하기 위해서는 자기 집 창문까지 굳게 닫고 파묻히는 수밖에 없었다.

그러나 비센부르, 휘르바흐의 패전에 뒤이어 계속되는 불행으로 서글펐던 8월이 끝없이 길고 긴 악몽, 열띠고 고통스러운 여름의 악몽 같았는데, 어떻게 집에만 처박혀 있겠는가? 전황 뉴스와 게시판을 찾아 싸돌아다니며 밤새도록 가스등 밑으로 초조하게 움직이는 불안한 사람들 속에 끼지 않고 견딜 수 있을까? 그러한 밤에도 나는 쇼뱅을 만났다. 그는 대로의 군중을 헤치고 다니면서 묵묵히 말없는 군중에게 희망에 찬 좋은 소식을 길게 늘어놓고 무슨 일이 있어도 성공을 확신하며 "비스마르크의 백흉갑기병은 최후의 한 명까지 분쇄됐다⋯⋯"를 몇십 번이나 계속해서 되풀이했다.

이상한 일은 이제 쇼뱅은 그다지 우습게 보이지 않는다는 점이었다. 그가 하는 말은 나 역시 한마디도 신용하지 않았지만 그런 것은 아무 관계도 없었다. 그가 하는 말을 듣는 게 재미있었다. 그가 완전히 맹목적이고 광적으로 오만하며 무지했지만, 그에게는 사람의 마음을 따뜻하게 해주는 불덩이 같은 생생하고도 끈질긴 힘이 있었다. 몇 달이나 계속된 긴 포위와 개먹이 같은 빵이나 말고기를 먹고 지낸 무서운 겨울에는 그 불덩이가 우리에게 필요했다. 파리 사람들은 누구나 말하리라.

"쇼뱅이 없었더라면 파리는 일주일도 지탱하지 못했을 것이다."

트로쉬*는 말했다.

"프러시아 군은 그들이 원할 때는 입성할 것이다."

하지만 쇼뱅은 "그들은 못 들어온다"고 말했다.

쇼뱅에게는 신념이 있었다. 그러나 트로쉬에게는 그것이 없었다. 쇼뱅은 무엇이나 믿었다. 그는 공포된 계획을 믿고, 바젠 장군도, 반격도 믿었다. 매일 밤 그는 에탕푸 쪽 샹지 군의 포성을 듣고 간간이 후방 훼데르브 휘하 저격 보병의 총성을 들었다. 그런데 더욱 불가사의한 일은 우리에게도 그 포성이 들려온다는 것이었다. 그런 정도로 이 우직한 영웅의 혼은 우리들에게 침투되었다.

선량한 쇼뱅!

흐리고 눈 내리는 날 비둘기들의 작고 흰 날개를 누구보다도 먼저 발견하는 것은 영락없이 그였다. 강베타**가 우리에게 과대망상적인 웅변을 보내왔을 때 구청 문 앞에서 우렁찬 목소리로 통렬하게 그를 반박한 것이 쇼뱅이었다. 12월의 추운 밤 고깃간 앞에서 추위에 벌벌 떨며 사람들이 줄을 지어 서 있을 때면 쇼뱅도 충직하게 그 줄 속에 끼어들었다. 그리하여 그의 덕택으로 이 굶주린 무리는

---

* 　당시 파리 방위 사령관
** 　프랑스-프로이센 전쟁 때 독일 항쟁파였던 프랑스의 정치가

웃고 노래하며 눈 속에서 윤무(輪舞)를 출 원기를 갖게 되었다…….

"르, 롱, 라, 물러서라. 프러시아 군이 로렌으로 지나가게"라고 쇼뱅이 노래를 시작하면, 주변의 사람들이 밑창이 나무로 된 신으로 박자를 맞추고 모직 두건 밑에 창백하고 불쌍한 얼굴들은 잠시 건강한 홍조를 띠었다. 아아! 그러나 이 모든 것은 아무 소용이 없었다. 어느 날 저녁 드루오 가(街) 앞을 지나다 보니 불안한 표정의 군중이 구청 주변에 묵묵히 모여 있었다. 그러자 차도 없고 불도 없는 이 넓은 파리에 쇼뱅의 목소리가 엄숙하게 울려나왔다.

"아군은 몽트르투 고지를 점령한다."

일주일 후 파리는 함락됐다.

그 후 쇼뱅은 오랜 간격을 두고 나타났다. 두세 번 대로에서 나는 그가 몸짓을 하면서 보복할 것이라고 이야기하는 것을 보았다. 그러나 귀를 기울이는 사람은 아무도 없었다. 도락자들의 파리는 옛날의 즐거움을 되찾으려고 애탔고, 노동자들의 파리는 분노를 품었다. 가엾은 쇼뱅이 아무리 그 긴 팔을 휘둘러 봐야 사람들이 모이지 않고 오히려 그가 나타나면 흩어져버렸다.

어떤 사람들은 "귀찮은 녀석" 했고 또 다른 사람들은 "간첩" 하고 내뱉었다…….

그러자 폭풍의 날이 왔고 붉은 기, 코뮨, 파리는 무뢰한들의 손아귀에 떨어졌다. 쇼뱅은 의심을 받게 되어 밖으로 나가질 못했다. 그러나 원주 습격(圓柱襲擊)의 날 그는 분명히 방돔 광장 한편 구석에 있었을 것이다. 군중 속에 섞여 있었을 것이다. 무뢰한들은 그의 모습을 보지도 못하면서 욕설을 퍼부었다.

"어어이, 쇼뱅……!"

그리고 원주가 넘어갔을 때 사령부의 창 옆에서 샴페인을 마시던 프러시아 장교들은 "하, 하, 하, 쇼뱅 군" 하고 조소하면서 술잔을 들었다.

5월 23일까지 쇼뱅의 생사는 알 길이 없었다. 지하실 창고의 한 구석에 엎드려 프랑스 군의 포탄이 파리의 지붕 위로 나는 소리를 들으면서 이 가엾은 사내는 절망에 사로잡혔다. 마침내는 어느 날 폭격이 오가는 사이로 그는 나섰다. 인적이 끊어진 거리는 한결 더 넓어진 것 같았다. 한편에는 대포와 붉은 기가 바리케이드와 함께 위협적으로 서 있었고 또 다른 한편에서는 작은 벵센 엽보병(獵步兵) 두 명이 벽에 기댄 채 몸을 굽혀 총을 겨누고 전진해왔다. 베르사유 부대가 파리에 입성한 것이다…….

쇼뱅의 가슴은 뛰었다. 그는 병사들 앞으로 달려나가면서 "프랑스 만세!" 하고 외쳤다. 그의 목소리는 앞뒤에서 나는 총성 속에 사라졌다. 무정한 오해로 이 불행한 사내는 쌍방의 원한의 표적이 되어 집중 사격을 받았다. 표적이 없는 도로 한가운데서 그가 구르는 것이 보였다. 이틀 간 그는 두 팔을 뻗은 채 무기력한 얼굴로 방치되었다.

쇼뱅은 내란의 희생자로서 그렇게 죽었다. 조국을 사랑한 프랑스 최후의 사람이었다.

8월 15일의 서훈자

어느 날 저녁 알제리에서 하루의 사냥을 마쳤을 때, 오를레앙빌에서 몇십 킬로미터 떨어진 셰리프에서 심한 폭풍우를 만난 적이 있다. 사방을 둘러보아도 부락이나 여인숙은 보이지 않았다. 단지 작은 종려나무와 유향수(乳香樹)의 숲 외에는 지평선 끝까지 뻗어나간 넓은 농지가 보일 뿐이었다. 게다가 소낙비로 물이 분 셰리프 강이 불안할 정도로 물소리를 내기 시작했고, 잘못하면 그 밤을 늪 속에서 지낼 판이었다. 다행히도 밀리아나 면사무소의 민간인 통역이 가까운 곳에 숨어사는 종족이 있음을 생각해내고, 그곳 토후(土侯)를 아는 터라 하룻밤 잠자리를 청하러 가기로 작정했다.

평원에 있는 아랍 마을들은 선인장들 속에 푹 파묻혔고, 마른 흙으로 지은 그들의 오두막집들은 너무도 얕아서 우리는 알지 못하는 사이에 부락 가운데까지 와버렸다. 조용한 것은 시간이 지체된 때문일까? 그렇지 않으면 비 때문일까? 그 지역은 너무나 쓸쓸해 보였고 어쩐지 불안에 눌려 숨소리가 끊어진 듯한 느낌이 들었다. 밭 주변에는 수확물들이 방치되어 있었다. 다른 곳에서는 벌써 다 추수해 들인 밀과 보리가 그대로 쓰러진 채 썩어들어갔다. 녹슨 쇠스랑과 쟁기 들이 빗속에 방치된 채 뒹굴었다. 종족 전체가 똑같이 버림받은 슬픔과 무관심의 표정을 짓고 있었다. 우리가 곁에까지 가야 겨우 개들이 짖을 정도였다. 때때로 오두막집에서 어린애 우는 소리가 들리고 숲속에서는 어린아이들의 맨머리와 노인의 구멍 뚫린 모자가 지나갔다. 여기저기 작은 당나귀들이 관목 밑에서 떨었다. 그러나 말 한 필, 사람 하나 보이지 않았다……. 마치 대 전쟁 중이어서 이미 몇 개월 전에 기병들은 전부 출정한 것 같았다.

  토후의 집은 창이 없고 벽이 긴 농가처럼 보였는데, 역시 다른 집들과 마찬가지로 생기가 없어 보였다. 마구간의 문은 열린 채 외양간이나 구유는 비어 있고, 우리의 말을 맡길 마부도 없었다.

  "모루의 카페에 가볼까요?"

  나의 동반자가 말했다.

  모루의 카페란 아랍 추장들의 응접실 같은 것이었다. 지나가는 손을 위해 주택 안에 별도로 지어놓은 것으로 거기서 선량하고 공손하고 다정한 이슬람교도들은 법이 명하는 가정의 화목과 환대의 미덕을 보일 수 있다. 시 스리만 토후의 모루 카페는 마구간과 마찬가지로 문이 열린 채 조용했다. 석회칠을 한 높은 벽, 전리품, 타조의 날개, 방 주변에 놓인 크고 낮은 소파, 모두가 열린 문으로 들이친 소낙비에 젖어 있었다……. 그래도 카페 안엔 사람이 있었다. 먼

저 카페를 맡은, 누더기를 걸친 늙은 카빌르가 엎어진 화로 곁에서 머리를 두 무릎 사이에 낀 채 쭈그리고 앉아 있었다. 그리고 토후의 아들, 열에 뜨고 창백한 미소년이 검은 외투에 싸여 소파에 누워 있었고, 그 발치에는 커다란 사냥개 두 마리가 있었다.

우리가 들어섰을 때 아무것도 움직이지 않았다. 단지 두 마리 사냥개 중 하나가 목을 흔들고, 소년이 열에 들떠 지친 듯한 아름다운 눈을 우리 쪽으로 돌릴 뿐이었다.

"시 스리만은?"

통역이 늙은이에게 물었다.

그는 자기 머리 위로 팔을 뻗더니 망연하게 멀고 먼 지평선을 가리켰다. 우리는 시 스리만이 먼 여행을 떠났다는 것을 알았다. 그러나 비 때문에 우리는 도저히 다시 걸을 수가 없어 통역은 토후의 아들에게 아랍어로 우리가 그의 아버지 친구라며 하룻밤을 재워달라고 당부했다. 그러자 소년은 열에 들떠 괴로우면서도 즉시 일어나 그 늙은이에게 명령을 하고 마치 우리에게 "당신들은 나의 손님들입니다"라고 말하듯 공손히 소파를 가리키며 머리를 숙이고 손가락 끝으로 키스를 하는 아랍식 인사를 했다. 그러고는 위엄 있게 그의 외투를 입고, 토후답고 일가의 주인다운 정중한 태도로 나갔다.

소년이 나가자 늙은이는 화로에 불을 피우고 매우 작은 주전자 두 개를 그 위에 올려놓았다. 커피 준비를 하는 동안 우리는 그 주인의 여행과 이상하게도 방심 상태에 놓여 있는 부족에 대해서 조금 이야기를 들었다. 카빌르는 늙은 노파와 같은 몸짓을 하면서 후음

(喉音)이 많은 아름다운 소리로 빠르게 이야기했다. 때로는 빨리 이야기하다가 때로는 한참 말을 끊고 침묵을 지켜, 그럴 때면 뜰 안 모자이크 위로 떨어지는 빗소리, 주전자의 물 끓는 소리, 그리고 평원에 흩어진 몇천 마리의 이리 떼 울음소리가 들렸다.

불행한 시 스리만의 신변에 일어난 일은 대략 이러했다.

4개월 전인 8월 15일, 시 스리만은 오랫동안 고대하던 그 유명한 레지옹 도뇌르 훈장을 받았다. 지방의 토후로서 아직 그 훈장을 받지 못한 것은 그뿐이었다. 다른 토후들은 슈발리에나 오피씨에였고 또 2, 3명은 콤망되르의 폭넓은 리본을 상의(上衣)에 감고는 내가 종종 대 토후인 부아엠에게서 본 것처럼 거기다 무심히 코를 풀기도 했다. 그때까지 시 스리만의 수훈은 부이요트 승부 결과 아랍 사무소에 있는 그의 상관과 다투었기 때문에 방해받아왔다. 알제리에서는 군인들의 단결심이 너무나 강력해서 10년 전부터 그가 수훈 후보자 명단에 끼어 있으면서도 그 결실을 보지 못했던 것이다. 따라서 8월 15일 아침 오를레앙빌에서 온 기병이 황금빛 작은 상자와 훈기(勳記)를 전했을 때, 그리고 네 명의 처첩(妻妾) 중에서 가장 사랑하는 바이아가 그의 낙타털 상의에 그 프랑스 훈장을 달아주었을 때, 선량한 시 스리만의 기쁨을 상상하긴 어렵지 않다. 그의 부족에게는 끝없는 향연과 기예(騎藝)의 기회였다. 북과 피리 소리가 밤새도록 끊이지 않았다. 춤이 시작되었고, 축하의 불길이 오르고 얼마나 많은 양이 도살되었는지 모른다. 게다가 이 축제에서 젠델르의 유명한 즉흥 시인이 훌륭한 찬가를 지어, 빠진 것은 아무것도 없었다. 그 찬가의 첫 구절은 이러했다.

바람아, 기쁜 소식을 전하게 말의 안장을 올려라…….

다음날 새벽, 시 스리만은 부족을 비상 소집하여 총독에게 사의를 표하기 위해 기병들을 대동하고 알제리로 향했다. 시의 성문 앞에서 부대는 관습에 따라 정지했다. 토후는 단신으로 총독부에 들어가 말라코프 공작을 면회하고 동양적인 아름다운 말로서 프랑스에 대한 충성을 맹세했다. 2,000년 전부터 모든 젊은이를 종려나무에, 여자들을 꽃사슴에 비교하는 비유적인 문장이었다. 이 의식이 끝나자 사람들 눈에 뜨이게 그 도시의 높은 곳으로 올라가고, 도중 회교 사원에 참배도 하고 빈민들에게 돈도 주며, 이발소에도 들르고 자수 집으로 들어가 처첩들에게 줄 향수와 꽃과 잎이 수놓인 비단, 그리고 아들에게 줄 금장식 흉갑(胸甲)과 붉은 장화를 샀다. 값을 깎으려 하지 않았고, 자기의 기쁨을 반짝이는 은화로 뿌렸다. 시장에서는 스미르느스 양탄자 위에 앉아 그를 축복해주는 모루 상인의 가게 입구에서 커피를 마시는 그의 모습도 보였다. 그의 주변에는 구경군들이 모여들어 "저이가 시 스리만이다. 총독이 그에게 훈장을 하사했다"라고들 말했다. 목욕을 하고 돌아오는 모루의 아가씨들은 과자를 씹으면서 하얗게 분칠한 얼굴을 돌려, 의기양양하게 그의 가슴에 달린, 새롭고 훌륭한 은 훈장을 감탄하는 눈으로 바라보았다.

아아! 살아가다 보면 때때로 행복한 순간도 있다.

저녁이 되자 시 스리만은 그의 부대가 기다리는 곳으로 돌아갈 채비를 차렸다. 그리하여 벌써 한 발을 등자 위에 올렸을 때 총독부의 사자(使者)가 숨을 헐떡이며 달려왔다.

"여기 있었군요, 시 스리만. 여기저기 찾아다녔는데. 속히 갑시다. 총독께서 하실 말씀이 있답니다!"

시 스리만은 별로 불안한 생각도 없이 따라갔다. 그러나 궁전의 모루풍 대광장을 지날 때 아랍인 상관을 만났다. 그는 불쾌한 웃음을 지었다. 이 적수의 웃음은 그를 두렵게 했다. 그는 몸을 떨면서 총독의 객실로 들어갔다. 총독은 의자에 말 타듯이 걸터앉은 채 그를 맞았다.

"시 스리만."

그는 평소에 쓰는 난폭한 어투에 주위 사람들을 떨게 하는 예의 콧소리로 말했다.

"시 스리만, 안됐는데……, 착오였네……. 훈장을 수여받을 자는 자네가 아닐세. 주구주구 대관(代官)일세……. 훈장을 다시 돌려줘야겠네……."

토후의 그은 얼굴은 대장간 불 곁에 닿은 것처럼 붉어졌다. 그의 큰 몸이 경련으로 떨렸다. 눈에선 불이 났다. 그러나 일순간의 전광과 같았다. 그는 곧 눈을 내리깔고 총독 앞에 몸을 굽힌 채 말했다.

"당신은 주인이십니다, 각하."

그러고는 가슴에서 훈장을 떼어 테이블 위에 놓았다. 그의 손은 떨렸고, 눈썹 끝에는 눈물이 맺혔다. 이것을 보고 늙은 총독은 감동하여 그에게 점잖은 어린애같이 손을 내밀었다.

"아마 내년엔 틀림없을 걸세."

토후는 그 손을 못 본 채 묵묵히 인사를 하고는 그 방에서 나왔다.

그는 원수의 약속이 어떠한 것인가를 알았으며, 관료적인 음모가 자신의 명예를 영원히 손상시켰다는 것도 알았다.

그 소문은 벌써 시중에 퍼졌다. 바브 아준 가(街)의 유대인들은 그가 지나가는 것을 보고 냉소했다. 모루의 상인들은 그와 반대로 동정하는 표정으로 그를 돌아보았다. 그러나 그 동정이 그에게는 조소 이상으로 괴로웠다. 그는 별을 따라 되도록 어두운 길을 골라 걸었다. 훈장을 잡아뗀 자리가 입을 벌린 상처처럼 욱신거렸다. 그러고는 줄곧 생각했다.

"나의 부하 기병들은 무엇이라 말할 것인가? 처첩들은 뭐라고 할 것인가?"

그러자 불 같은 울화가 치밀어올랐다. 그는 저 멀리 언제나 불꽃과 전란으로 붉게 물들어 있는 모로코의 국경 지대에서 성전(聖戰)을 설명하는 자신을 상상해보았다. 아니면 자기 부하 병사들을 이끌고 알제리의 거리거리를 달리며 유대인의 집을 약탈하고 기독교도들을 학살하고, 자기도 그 혼란 속에 들어가 자신의 치욕을 감추어볼까 하는 생각도 들었다. 어느 것이든 자기 부족에게로 돌아가는 것보다는 쉬워 보였다. 이러한 복수 계획에 전념하고 있을 때 갑자기 황제에 대한 생각이 번개같이 머리를 스치고 지나갔다.

황제! 모든 다른 아랍인들에게 그렇듯 시 스리만에게도 그 단어 속에는 정의와 힘의 관념이 함축되어 있었다. 그는 시들어가는 이슬람교도의 참된 수령이었다. 또 하나 이스탄불의 수령은 멀리 떨어져 있는 관념적인 존재, 이제는 영적인 힘밖엔 없는 듯 보이는 일종의 법왕과도 같이 여겨졌다. 그래서 오늘날 그 세력 정도는 뻗했다.

그러나 대포와 군대와 철갑선을 가진 황제는……! 황제를 생각하면 시 스리만은 구원을 받은 듯한 기분이었다. 황제는 반드시 그에게 훈장을 돌려줄 것이다. 일주일의 여행이면 족했다. 그는 너무나도 확신을 가진 나머지 병사들을 알제리 성문 앞에서 기다리게 했다. 다음날 객선은 마치 메카에 순례를 떠나는 듯한 마음으로 안심한 그를 파리로 실어갔다.

불쌍한 시 스리만! 그가 떠난 지 벌써 넉 달이나 되었지만 처첩들에게 보내온 그의 편지에는 아직도 귀향에 대한 말이 단 한마디도 없었다. 넉 달 동안 가련한 토후는 안개 속에서 파리의 길을 헤매며, 매일같이 관청을 찾아다녔다. 가는 곳마다 웃음거리가 되었고, 프랑스 행정부의 몸서리나는 조직에 휘말려 관청에서 관청으로 보내져, 드디어는 실현되지 않는 고관과의 면회를 기다리면서 대합실에서 외투를 더럽히다가, 저녁이 되면 위엄을 지으며 더욱 우스워 보이고 서글퍼 보이는 긴 얼굴로 여관을 찾아가, 카운터에서 방 열쇠를 찾으려고 기다리는 모습이 보였다. 하루 종일 쏘다녀 지친 몸을 이끌고 자기 방으로 올라가면서, 여전히 긍지를 잃지 않고 노름에 진 사람이 자기 명예를 되찾으려고 필사적이듯이 희망에 집착했다.

그동안 그의 부하 기병들은 바브 아준 문전에서 쭈그리고 앉아, 동양적인 운명관으로 기다렸다. 말들은 둑에 매인 채 바다를 향해 울었다. 부족에겐 모든 것이 중지 상태였다. 일손이 없어 수확물은 그 자리에서 썩어가고, 아녀자들과 어린애들은 파리를 향한 채 날

짜를 세었다. 그러니 그 붉은 리본 끝에는 얼마나 많은 희망과 불안과 파멸이 이어졌을까? 생각만 해도 애처로운 일이었다. 이 모든 것은 언제나 끝장을 보려나?

"하느님만이 아시는 일이죠."

늙은이는 한숨지으며 말했다.

그러고는 반쯤 열린 문, 쓸쓸한 보랏빛 평원 위로 그의 맨팔이 비에 젖은 밤하늘에 솟아오른 초생달을 우리에게 가리켰다.

패흐르 라셰즈의 전투

묘지기는 웃기 시작했다.

여기서 전투가 있었다구요? 전투라는 건 한 번도 없었습니다. 그건 신문이 꾸며낸 이야기죠. 그 경위도 단지 이러합니다. 22일 저녁, 그러니까 일요일이었습니다만, 우리는 70밀리 포와 신식 기관총을 장비한 포병 30여 명이 도착하는 것을 보았습니다. 그들은 묘지 제일 위쪽에 진을 쳤습니다. 마침 그곳이 내 담당 지역이어서 내가 그들을 맞이했습니다. 기관총은 나의 초소 근처, 이 길 옆에, 그리고 대포도 좀 더 아래편 평지에 포진했습니다. 그들은 이곳에 도착하자 몇몇 교회당의 문을 열게 했습니다. 나는 저들이 그 안에 있는 모든 것을 파괴하고, 악탈하려니 생각했습니다. 그러나 지휘관이 질서를 잡고 그들 한가운데 가 서더니 짤막하게 연설을 했습니다.

"무엇에든 손을 대는 녀석은 주둥이를 찢어놓을 테다…….

해산!"

그는 백발 노인으로 크리미아 전쟁과 이탈리아 전쟁의 훈장을 단, 퍽 까다로워 보이는 군인이었습니다. 부하들은 명령을 따라, 정직하게 묘지에서 아무것도 훔쳐내지 않았으며, 그 하나만으로도 2,000프랑이 나가는 모르니 공작의 십자가도 훔쳐가지 않았다는 것을 말씀드려야겠습니다.

하지만 이 코뮌 포병들은 잡동사니들이었습니다. 3프랑 50의 수당을 마셔버리는 것 외에는 다른 궁리를 하지 않는 오합지졸 포병들이었습니다. 이 묘지에서 그들의 생활상이란 참 가관이었습니다. 그들은 모르니나 화브론의 묘소에서 한 덩어리가 되어 잤습니다. 황제의 유모가 매장되어 있는 훌륭한 화브론 묘소에서 말입니다. 그들은 샹포 묘소의 샘에 포도주를 담가 차게 만들고 여자들을 불러들였습니다. 그러고는 밤새도록 먹고 마셨습니다. 아아! 고인들도 그 발광하는 괴성을 들었을 것입니다.

이 악당들은 그런데도 파리에 많은 괴로움을 주었습니다. 좋은 거점을 점령했기 때문입니다. 때때로 그들에겐 명령이 내려왔습니다.

"루블을 향해 발사······. 팔레루아얄을 향해 발사!"

그러면 노병은 대포를 조준했고, 소이탄이 도시 위를 전속력으로 날아갔습니다. 아래쪽에서는 무슨 일이 있었는지 우리는 아무도 모릅니다. 총성이 차츰차츰 다가왔습니다. 그러나 코뮌 병사들은 거기에 별로 신경을 쓰지 않았습니다. 쇼몽이나 몽마르트르나 패흐라셰즈에서의 교전을 생각해보면, 베르사유 군이 전진해 오리라곤 생각할 수 없었기 때문이었습니다. 그 환상을 깨뜨린 것은 해군이 몽마르트르 언덕에 다다르면서 우리에게 보내온 최초의 포탄이었습니다.

너무도 뜻밖의 일이었습니다.

나도 그들 속에 섞여 모르니 묘에 기대어 선 채 담배를 피우고 있었습니다. 포탄이 날아오는 소리에 겨우 땅바닥에 엎드릴 틈이 있을 정도였습니다. 처음에 포병들은 자기들 편에서 포를 잘못 발사했거나 아니면 술취한 전우의 짓이라고 생각했습니다……. 그러나 천만의 말씀이었습니다. 5분이 지나자 몽마르트르가 또 한 번 번쩍하더니 또 다른 포탄이 먼젓번과 마찬가지로 수직으로 날아왔습니다. 당장에 놈들은 대포와 기관총을 그 자리에 내버려둔 채 꽁무니를 뺐습니다. 그들에게 묘지는 그다지 넓은 장소가 아니었습니다. 그들은 소리쳤습니다.

"배신이다……! 배신이다!"

늙은이 혼자 포탄 밑에 남아 포대 사이를 마치 악마처럼 뛰어다니며 부하들이 자기만 버리고 도망친 것이 분해서 울었습니다.

그러나 저녁 무렵 수당을 받을 시간이 되니 몇 명이 돌아왔습니다. 아아! 선생님, 나의 초소를 좀 보십시오. 그날 저녁 돈을 받으러 온 녀석들의 이름이 아직도 남아 있습니다. 늙은이가 호명을 하고 차례로 적어놓은 것입니다.

"시덴, 슈다라, 비요, 볼롱……."

보시는 바와 같이 네댓 명 정도였습니다. 아아! 수당받던 저녁의 일을 저는 결코 잊지 못할 것입니다. 아래쪽을 내려다보니 파리는 화염에 싸여 있었습니다. 시청, 병기고, 식량 창고도 마찬가지였습니다. 패흐르 라셰즈에서는 그 모든 것이 낮과 같이 환히 보였습니다. 코뮤나르들은 또다시 포대를 지키려 했으나 손이 모자랐고, 또 몽마르트르가 무서웠던 모양입니다. 그래서 놈들은 한 묘소로 들어가 여자들과 같이 마시고 노래를 부르기 시작했습니다. 늙은이는 화브론 묘소 문 앞에 있는 커다란 석상(石像) 사이에 앉아 무서운 표정으로 불타는 파리를 바라보았습니다. 자기에게 그것이 최후의 밤이 되지 않을까 하고 생각하면서 바라보는 듯했습니다.

그 후에 어떻게 되었는지는 확실히 모르겠습니다. 나는 저 아래 나뭇가지들 사이에 파묻힌 나의 초소로 돌아갔습니다. 몹시 피곤했습니다. 그래서 그대로 옷을 입은 채 폭풍치는 날 밤처럼 등불을 켜 놓고 잠자리로 들어갔습니다. 갑자기 누가 문을 세게 두드렸습니다. 우리 집사람이 무서워 떨면서 문을 열러 갔습니다. 코뮤나르들인가 생각하고 보니 그들은 해군이었습니다. 함장과 위관급 장교 몇 명, 그리고 군의관이 한 명 있었습니다. 그들은 우리에게, "일어나 커피를 끓여주시오" 하고 말했습니다.

나는 일어나 커피를 끓였습니다. 묘지에서는 고인들이 최후의 심판을 위해 전부 깨어난 듯 희미한 소리가 들려왔습니다. 장교들은 선 채로 커피를 급히 마시고 나더니 나를 데리고 밖으로 나갔습니다.

병사들, 해군들이 가득했습니다. 그러자 나를 어느 분대에 앞세우더니 묘소묘소를 따라 묘지 전체를 수색하기 시작했습니다. 때때로 나뭇잎 흔들리는 것을 보고 병사들은 통로를 향해서, 아니면 석상이나 철책에다 대고 총을 쏘았습니다. 여기저기 예배당 구석에 숨었던 가련한 놈들이 발견되었습니다. 그들의 목숨은 이제 긴 것이 아니었습니다……. 포병들도 마찬가지였습니다. 남자고 여자고 할 것 없이 훈장을 단 늙은이까지 나의 초소 앞에 한 덩어리가 되었습니다. 쌀쌀한 새벽에 보기에도 섬뜩한 광경이었습니다……. 오싹 소름이 끼쳤습니다…….

그러나 내 가슴을 더욱 강하게 친 것은 이때 라 로케트 형무소에서 하룻밤을 지내고 끌려오는 행렬이었습니다. 그들은 말소리나 탄식 소리도 없이 천천히 장례의 행렬처럼 한길을 올라왔습니다. 가엾게도 그들은 피로에 지쳐 기진맥진했습니다. 걸으며 자는 사람도 있었습니다. 이제 죽을 것이라는 생각도 그들을 깨우지는 못했습니다. 그들은 묘지 안으로 끌려들어갔고, 총살이 시작되었습니다. 모두 174명이었습니다. 얼마나 오래 걸렸는지는 상상을 하시겠죠……? 그것이 바로 패흐르 라셰즈 전투라고 사람들이 말하는 것입니다.

여기서 그는 상사가 온 것을 보고 급히 내 곁을 떠났다. 나는 홀로 남아 파리가 불탈 때 그 빛에 적은, 마지막 수당을 받으러 왔던 자들의 이름을 초소 벽에서 바라보았다.

나는 포탄이 지나가고 피와 불꽃으로 물든 어느 5월의 밤, 축제로 흥겨운 도시처럼 빛나던 넓고 쓸쓸한 이 묘지, 네거리 한가운데 방치된 대포들, 문이 열린 주변의 묘소들, 그 안에서 벌어지던 주연, 그리고 그 근처 둥근 지붕 원주, 석상들이 혼잡하게 늘어서 타오르는 불길에 생동하는 모습을 바라보는 이마가 넓고 눈이 큰 발자크의 상(像)을 마음에 그렸다.

마지막 책

"그가 죽었어……!"

누군가가 계단을 올라가면서 나에게 말했다.

벌써 며칠 전부터 나는 이 슬픈 통지가 올 줄을 예감했다. 가까운 장래에 이 문 앞에서 부고를 받으리라고 생각했다. 하지만 그것은 뜻밖의 일인 양 나를 놀라게 했다. 나는 슬픈 가슴을 안고 입술을 떨면서 문인(文人)의 허술한 집에 발을 들여놓았다. 집 안에서는 서재가 제일 좋은 자리를 차지하고 폭군 같은 학문이 집안의 평안과 광명을 모두 빼앗아버렸다.

그는 그곳의 아주 낮은 쇠침대 위에 엎드려 있었다. 그리고 종잇조각들이 놓인 책상, 책상 가운데 쓰다가 만 큰 글씨, 잉크 병 속에 아직도 꽂힌 채인 펜은 죽음이 얼마나 갑자기 그를 덮쳐왔는가를 말해주었다. 침대 뒤에는 원고와 종이 부스러기가 비어져나온 느티

나무 장롱이 그의 머리 위에서 반쯤 열려 있었다. 주위는 전부 책뿐이다. 선반 위에도, 의자 위에도, 책상 위에도.

그가 여기 책상 앞에 앉아서 쓰고 있을 때는 이 혼잡, 먼지 없는 난잡함이 그의 눈을 즐겁게 했을지도 모른다. 그곳에서는 생명과 일의 즐거움이 느껴졌다. 그러나 이 죽음의 방에서 그것은 애처로웠다. 한 무더기씩 흐트러진 애처로운 책들은 다시 경매에 붙여져 강가*나 노점에 흩어져서, 바람이나 산책하는 사람들에게 들춰지는 길가의 문고(文庫) 속에 섞일 듯하다.

나는 막 침대에서 그에게 키스를 했다. 그리고 돌덩이같이 차고 무거운 이마의 감촉에 오싹하여 그를 보았다. 갑자기 문이 열렸다. 짐을 가지고 헐레벌떡 서점의 점원이 기운차게 들어와서 갓 인쇄된 책 보따리를 책상 위에 밀어 던졌다.

"바슈랭에서 가져왔습니다."

그는 소리쳤다.

그러나 침대를 보고 그는 뒷걸음질치더니 모자를 집어들고 조심조심 돌아갔다.

병자가 그렇게도 기다렸으나 한 달이나 늦어, 죽어서야 받게 된 이 바슈랭 서점의 짐 속에는 무언가 무서우리만큼 아이러니한 것이 들어 있었다. 가련한 친구! 이것은 그의 마지막 책, 그가 가장 기대를 건 책이었다. 벌써 열이 심해서 떨리는 손으로 얼마나 세밀한 주의를 기울여 교정을 했던가! 최초의 책 한 권을 손에 들기 위해 얼마

---

*   센 강변의 헌책방

나 초조했던가! 마지막 며칠 동안, 더는 말을 못 하게 되었을 때에도 눈은 잠시도 문에서 떠나지 않았다. 만약 인쇄공이나 조판공이나 제본공 등 단 한 사람이라도 출판 일에 관계한 사람이 그 불안과 기대 어린 눈을 보았더라면, 죽기 전에, 즉 한시라도 빨리, 죽어가는 환자에게 새로운 책의 향기와 신선한 활자 속에서 이미 자신의 머리에서 떠나 어렴풋해지기 시작한 사상을 생생하게 재발견하는 기쁨을 주기 위해 일손을 바삐 놀려 조판과 인쇄와 제본을 서둘렀을 것을.

원기가 흘러넘치는 때라 해도 실상 작가에게는 싫증이 나지 않는 행복이 거기 있는 법이다. 자기 작품의 첫 한 권을 펼친다. 격렬하게 두뇌가 움직이는 속에서가 아니고 마치 부각하듯 결정이 된 하나의 형태로서 작품을 본다. 이 얼마나 즐거운 느낌인가. 아주 젊었을 때에는 눈이 아찔해지는 느낌이다. 머릿속 가득히 태양을 집어넣은 듯 글자는 파랗고 노랗고 길게 늘어나 빛난다. 늙으면 이 창작가의 기쁨에 다소의 슬픔이 섞이게 된다. 하고 싶은 말을 다하지 못하는 유감이다. 자기 속에 간직한 작품은 씌어진 것보다 언제나 아름답게 느껴지는 법이다. 많은 생각과 일들이 머리에서 손으로 여행하는 도중 사라져버린다. 꿈의 밑바닥을 바라보면, 책 속의 사상은 떠 있는 색조(色調)처럼 바닷속을 떠다니는 지중해의 아름다운 해파리와 비슷하다. 모래 위에 놓으면 약간의 색 없는 물 몇 방울에 지나지 않는다. 바람은 곧 그것을 말려버린다.

아아! 이 사내는 가엾게도 자기 최후의 작품에서 이런 기쁨도 환멸도, 무엇 하나도 얻지 못했다. 움직이지도 않고 축 늘어져 베개 위에서 자는 이 얼굴과 그 옆에 새로 나온 책을 보는 것은 괴로웠다. 이 책은 곧 서점의 진열창에 나타나 항간의 잡답(雜沓)과 하루의 생활 속으로 섞여갈 것이다. 그리하여 지나가는 사람들은 기계적으로 제목을 읽고, 저자의 이름과 함께 눈 속 깊숙이 기억 속에다 새겨두고 떠날 것이다. 밝은색 표지 위에서 벙글벙글 웃는 그 이름은 또한 구청(區廳)의 쓸쓸한 페이지에도 기입되어 있다. 땅에 묻혀 잊혀질 굳은 몸과 생생하게 눈에 보이고 아마도 불멸의 혼같이 그에게서 빠져나왔을 이 책 사이에는 영혼과 육체의 문제가 오롯이 그대로 존재하는 듯한 느낌이었다.

"한 권 주겠다고 약속했습니다만……."

내 곁에서 울먹이는 목소리가 낮게 들렸다. 돌아다보았다. 금테 안경 아래에서 내가 잘 아는, 그리고 글을 쓰는 친구 여러분이 모두 잘 아는, 생기 넘치고 호기심에 빛나는 눈을 발견했다. 여러분의 책 광고가 나면 그답게 조심조심 끈기 있게 문전에서 두 번 벨을 울리고 찾아오는 책 수집가다. 웃음을 띤 채 허리를 구부리고 들어와서는 여러분의 앞뒤로 돌아다니며 여러분을 "선생님"이라 부르고, 돌아갈 때는 반드시 신간 서적을 얻어 간다. 신간만이다. 다른 것도 죄다 가지고 있다. 신간만이 없는 것이다. 자, 어떻게 안 줄 수 있겠는가. 참으로 좋은 때를 노리고 오는 것이다. 이제 말한 바와 같이 책이 나와 기뻐하며 누구누구에게 증정하랴, 인사장을 쓰랴 하고 기분이 설렐 때 여러분을 사로잡는 요령을 그는 안다. 아아! 두드려봐야 대답이 없는 문도, 얼음 같은 냉대도, 바람도, 비도, 먼 거리도, 그 무엇으로도 배척할 수 없는 무서운 사내. 아침에 퐁프 거리에서 파시 장로네 작은 문을 두드리는 그를 보았는가 하면, 저녁에는 사르두의 신작 희곡을 끼고 마를리에서 돌아온다. 이와같이 살살 다니면서 졸라대기만 할 뿐 하는 일 없이 일생을 보내고, 지갑에 상처를 주지 않고 장서(藏書)를 채워간다.

참으로 죽음의 침대에까지 그를 끌고 오는 정도니 이 사내의 책에 대한 열정은 정말 대단한 것이다.

"자, 당신 분을 받으시오."

나는 성급하게 그에게 말했다. 그는 책을 받는다기보다 마셔버렸다. 책을 주머니 속에 집어넣더니 근엄한 태도로 고개를 숙이고 안경을 닦으면서 말없이 가만히 서 있었다. 무엇을 기다리는지? 무엇이 그를 붙들고 있는지? 단지 그 일 때문에 와서 약간 부끄럽게 느낀다는 건지, 바로 나간다는 건 체면에 안됐다고 생각하는 건지?

아니! 그게 아니다!

책상 위에 반쯤 찢어진 포장지 속에서 여백을 많이 남긴, 꽃 모양 컷을 삽입한 특제본(特製本)을 몇 권 발견한 것이다. 가만히 생각에 잠긴 듯한 태도인데, 눈도 마음도 전부 그리로 쏠렸다……. 곁눈질을 한 것이다. 괘씸한 녀석!

하나 이것이 관찰광(觀察狂)이다. 나 자신도 비통한 감동에 섞여 버렸다. 그리고 시체의 베갯머리에서 연출되는 애통한 소희극(小喜劇)을 눈시울을 적시며 응시했다. 서적광은 슬쩍 눈치채지 않을 정도로 약간 몸을 움직이면서 책상으로 다가갔다. 그의 손이 우연이라는 듯이 책 위에 놓였다. 그는 그것을 뒤집어 펼치더니 종이를 쓰다듬었다. 점점 눈이 빛나고 혈기가 얼굴에 돌았다.

책의 마력이 그의 몸 안에서 작용하는 것이다. 드디어 참지 못하고 그중 하나를 들어올렸다.

"생트 뵈브 씨에게 갖다드려야 할 책이군요."

그는 나지막한 소리로 나에게 말했다.

그리고 열망과 곤혹과 그 책을 도로 내어놓으라고 할까 하는 걱정에서인지, 또는 생트 뵈브 씨에게 가지고 간다는 걸 믿게 하려는지, 그는 표현할 수 없는 회한의 어조로 무겁게 덧붙였다.

"프랑스 한림원의……."

그리고 그는 자취를 감췄다.

거울

북국 니에멘 강가에 식민지 태생의 백인 아가씨가 도착했습니다. 얼굴이 아몬드 꽃처럼 하얗고 발그스레한 열다섯 살의 아가씨였습니다. 아가씨는 벌새의 나라에서 왔습니다. 아가씨를 데리고 온 건 사랑의 바람이었죠. 섬나라 사람들은 그녀에게 말했습니다.

"가지 말아라. 대륙은 추운 곳이야. 겨울이 되면 죽어버린다."

그러나 크레올의 아가씨는 겨울이 있다는 걸 믿지 않았습니다. 얼음과자를 먹을 때 느껴서 춥다는 것만은 알았습니다. 그러나 사랑을 하고 있었기 때문에 죽음은 겁이 나지 않았습니다. 그래서 이제 부채니 해먹이니 모기장이니, 고향의 새들로 가득 찬 금빛 새장 따위를 가지고 니에멘의 안개 속에서 배를 내렸습니다.

남국의 주인이 햇빛 속에 싸서 가지고 온 남쪽 섬의 꽃을 보았을 때, 북국의 노인은 가여워 가슴이 아팠습니다. 그리고 추위가 한 입에 아가씨와 벌새들을 먹어치울 것이라고 생각한 까닭에 급히 큼직한 황색 태양을 켜고 일행을 맞아들이기 위하여 여름으로 단장을 합니다……. 이 바람에 크레올의 아가씨는 착각을 하고 말았습니다. 횡포하고 무거운 북극의 더위를 언제나 계속되는 더위라고 생각하고, 짙은 영원의 녹색을 봄의 녹색으로 생각하고, 안뜰의 전나무 사이에 해먹을 걸어놓고 하루 종일 부채질을 하다가 몸을 흔들다가 했습니다.

"그런데 북극도 매우 덥군요."

아가씨는 웃으면서 말했습니다.

그러나 뭔가 걱정이 되는 게 있습니다. 어째서 이 이상한 나라에선 집에 베란다가 없을까? 어째서 벽은 이렇게 두꺼울까? 양탄자는? 묵직한 커튼은? 커다란 도자기 난로, 그리고 뜰에 쌓아둔 산 같은 장작, 또 푸른 여우털, 안을 댄 외투, 농 속에서 잠자는 모피, 그것은 도대체 무엇에 쓰는 것일까? 가엾게도 아가씨는 얼마 가지 않아 그 까닭을 알게 됩니다.

어느 날 아침, 눈을 뜨자 크레올의 아가씨는 심한 추위를 느꼈습니다. 태양은 자취를 감추고, 밤 사이 땅으로 가까이 온 듯한 캄캄하고 낮은 하늘에서 마치 솜나무 아래에 있는 것처럼 하얀 벨벳이 소리도 없이 조각조각 내립니다……. 겨울입니다! 겨울이 된 것입니다. 바람이 윙윙 불고, 난로가 활활 탑니다. 커다란 금빛 새장 속에서 벌새들은 이제 울지도 않습니다. 푸른색, 장미색, 루비색의 어여쁜 날개는 움직이지 않습니다. 가느다란 주둥이에 바늘 끝만 한 눈을 하고 추위에 얼어서 몸을 움츠리고 서로들 비비대는 걸 보니 참으로 가여웠습니다. 저기 뜰 한가운데 걸린 해먹은 고드름이 잔뜩 달려 덜덜 떨었습니다. 전나무 가지는 유리로 된 실과 같습니다……. 크레올의 아가씨는 추웠습니다. 이제는 밖에 나갈 기분이 나지 않습니다.

아가씨는 데리고 온 새 한 마리와 같이 불 옆에서 몸을 도사리고 불꽃을 바라보며 날을 보냈습니다. 그리고 자기 추억으로 햇님을 만들어봅니다. 번쩍번쩍 빛나서 타는 듯이 뜨거워진 난로 속에 고향이 보였습니다. 녹아서 흘러내리는 흑사탕과 누런 먼지 속에서 튀는 옥수수 알들, 그리고 한낮의 낮잠, 환히 비치는 커튼, 돗자리, 또 별이 반짝이는 밤, 개똥벌레, 그리고 꽃 사이나 모기장 속에서 날개를 치는 숱한 벌레들. 이런 것들과 함께 햇빛이 가득한 널따란 바닷가가 보입니다.

이렇게 불꽃 앞에서 아가씨가 꿈을 꾸는 동안, 겨울의 낮은 나날이 짧아져서 점점 어두워졌습니다. 아침마다 벌새는 새장 속에서 죽어갔습니다. 얼마 지나지 않아 벌새는 두 마리밖에 남지 않았습니다. 녹색 날개 두 덩어리가 구석에서 깃털을 치켜올리고서 서로 의지했습니다.

그날 아침 크레올의 아가씨는 도저히 일어날 수가 없었습니다. 마혼*의 범선이 북극의 얼음 속에서 갇힌 것과도 같이 아가씨는 추위에 목졸려 자유를 잃고 말았습니다. 날씨는 어두웠고 방 안에는 슬픔이 흘렀습니다. 성에가 창문에 끼어 광택 없는 비단의 무거운

---

* 지중해 서쪽에 있는 스페인령 섬의 항구

커튼을 치고 말았습니다. 거리는 죽은 듯했고, 고요한 거리에서 증기 기계가 눈을 치우면서 쓸쓸한 피리 소리를 냅니다. 침대 속에서 자기 마음을 위로해보려고 크레올의 아가씨는 부채에 붙어 있는 금박을 비춰보다가 인도의 새 날개로 장식한 고향의 커다란 거울에 자기를 비추기도 하면서 세월을 보냈습니다.

겨울의 낮은 더욱 짧고 더욱 어둡게 계속되었습니다. 침상 둘레에 내린 레이스의 커튼 속에서 크레올의 아가씨는 야위어갔고 비탄에 잠겼습니다. 특히 슬픈 것은 침상에서 불을 볼 수 없는 것이었습니다. 또 한 번 자기 고향을 잃어버린 듯한 느낌이었습니다. 때때로 물어봅니다.

"방 안에 불이 있나요?"

"아아, 있고말고. 난로는 새빨개. 여봐, 들리지. 장작 타는 소리가. 붉은 것이 튀는 것이?"

"오! 어디, 어디."

그러나 그녀가 아무리 몸을 굽혀도 소용이 없었습니다. 불은 너무 멀리 있었습니다. 아가씨에게는 보이지 않아 실망만 안겨주었습니다. 그러던 어느 날 밤이었습니다. 아가씨는 머리를 베개 끝에 묻은 채 창백한 얼굴로 생각에 잠겼습니다. 눈은 언제까지나 보이지 않는 불꽃을 향했습니다. 그러자 아가씨가 사랑하는 사람이 그 곁으로 오더니 침대 위에 있는 거울을 하나 들고 말했습니다.

"불빛이 보고 싶지, 아가씨야? 자, 잠깐 기다려……."

그러더니 난로 앞에 무릎을 꿇고 앉아, 그 거울로 이상한 불꽃을 비춰 아가씨 쪽으로 보내려 했습니다.

"보이지?"

"아니, 아무것도 안 보여요."

"자, 이제는?"

"안 보여요! 아직도……."

그러다가 갑자기 자기 몸을 감싸는 빛을 얼굴 정면으로 받으면서, 크레올의 아가씨는 기쁨에 차서 부르짖었습니다.

"아! 보여요!"

그리고 눈 속에 조그만 두 개의 불꽃을 담은 채 웃으면서 죽어갔습니다.

파는 집

이따금 정원의 모래와 길섶의 먼지가 뒤섞여 쌓이는 엉성하게 만든 문짝, 그 문짝 위에 오래전부터 팻말이 나붙어서, 꼼짝 않고 여름 햇볕에 몸을 태우고, 가을 바람에 흔들렸다. "파는 집"이라 쓰인 팻말이었지만, 차라리 폐가란 말이 옳을 듯싶은 집이었다. 그처럼 주위는 적적했다.

그러나 거기에는 누군가 살았다. 한 줄기 파르스름하고 가는 연기가 벽에서 조금 튀어나온 굴뚝에서 피어올라, 가난한 사람들이 때는 불의 연기같이 숨어서 조용히 살아가는 쓸쓸한 생활을 알려주었다. 그리고 흔들거리는 문짝 틈에서는 돌보지 않는다거나 공허하다거나 집을 팔고 이사를 갈 기미를 알아채게 하는 그런 분위기는 느낄 수 없고 곧바로 난 출입구, 둥그런 가게, 샘가의 조롱통과 조그만 집에 기대어 세워둔 원예 도구들이 보였다. 그 집은 보통 농가로, 경사진 땅 위에 조그만 계단으로 균형을 잡아 지었는데, 북쪽은 2층, 남쪽은 1층으로 되어 있었다. 남쪽은 온실과 같았다. 계단 위에 둥근 유리 뚜껑이 겹쳐 있고, 뒤집힌 빈 화분도 있고, 하얗게 탄 모래 위에 줄지어 선 제라늄과 버베나 화분도 있었다. 그리고 큰 플라타너스 두세 그루를 제쳐놓고는 뜰은 온통 햇빛에 차 있었다. 과일나무는 철사로 만든 부채형 틀이나 과일 시렁에 받쳐두어 햇살을 받으며 뻗어나가고, 과실을 위해서 잎을 약간 따두었다. 딸기 모종과 줄기가 긴 완두콩도 있었다. 그리고 이 모든 것, 질서와 정적 속에서 밀짚모자를 쓴 한 노인이 하루 종일 좁은 길을 돌아다니며 화초에 물을 주기도 하고, 나뭇가지를 끊기도 하고, 둘레를 치기도 했다.

노인은 이 지방에 아는 사람이 하나도 없었다. 촌에서 다만 외길로 통하는 거리의 집집마다 들르는 빵집 손수레를 빼놓고는 아무도 찾는 사람이라곤 없었다. 좋은 과수원이 될 기름진 산비탈의 땅을 찾아다니는 사람들이 때때로 문에 붙은 팻말을 보고는 발을 멈추고 초인종을 누를 때가 있었다. 처음엔 아무런 대답도 없다. 재차 누르면 나막신 소리가 뜰 안쪽에서 천천히 다가와서는 이윽고 그 노인이 문을 비스스 열고 화난 모습으로 나타났다.

"무슨 일이오?"

"이 집을 파신다고!"

"네."

노인은 겨우 대답한다.

"……팔긴 하지만 집값이 무척 비싸다는 걸 알아두십시오."

당장이라도 문을 닫으려고 도사리는 그의 팔이 빗장을 쥔다. 그의 눈은 방문자를 쫓는다. 그렇게 생각할 만큼 그의 눈은 노기에 차 있었다. 그리고 용(龍)처럼 채소밭이나 모래뜰을 지키면서 그 자리를 떠나지 않았다. 그러면 방문객은 이 사람이 돌았는가, 그렇게 놓치기 싫어하면서 판다고 내놓다니 하고 생각하면서 지나쳐버린다.

나는 이 신비를 풀었다. 어느 날 이 작은 집 앞을 지나가려니 격렬하게 다투는 소리가 들렸다.

"팔아야 합니다. 아버지, 팔아야 해요. 그렇게 약속해놓으시고선."

그러면 노인은 떨리는 목소리로 대꾸했다.

"하지만 얘야, 팔리면 오죽이나 좋겠니……. 봐라! 그래서 나도 팻말을 붙이지 않았니."

그래서 나는 파리에서 작은 점포를 연 노인의 아들과 며느리 들이 노인이 애착을 느끼는 이 토지를 내어놓게 했다는 것을 알았다. 그 까닭은? 나는 모른다. 확실한 것은 이 사람들이 너무 일이 오래 걸린다고 생각하기 시작하자, 그날부터 일요일마다 찾아와서 불쌍한 노인을 괴롭히며 약속을 이행하라고 졸라댄다는 것이었다. 일주일 동안 줄곧 갈고 씨를 뿌린 토지조차 쉬는 일요일의 커다란 침묵 속에서 이와 같은 이야기는 길에서도 똑똑히 들렸다. 가게를 가지고 있는 자식들은 공던지기를 하면서 서로 이야기를 하기도 하고 말다툼을 하기도 했다. 돈이라는 말이 엄한 음성 속에 던지는 공과 같이 차갑게 울렸다. 저녁때가 되자 그들은 돌아갔다. 노인은 큰길까지 바래다주고는 총총히 집에 돌아와 이제부터 일주일은 쉴 수 있다고 좋아하면서 문을 닫는다. 일주일 동안은 집이 조용하다. 태양이 타는 작은 뜰에는 모래를 밟아 다지는 발소리와 땅을 할퀴는 갈퀴 소리만이 들릴 뿐이었다.

그러나 시간이 갈수록 노인은 점점 더 재촉을 받고 점점 더 괴로움을 당했다. 아들과 며느리는 모든 수단을 다 썼다. 노인의 마음을 움직이려고 손자들을 데리고 왔다.

"보세요, 할아버지. 집이 팔리면 우리와 함께 살러 오시는 거죠. 다같이 살면 얼마나 좋을까……!"

그러고는 이 구석 저 구석에서 나는 귓속말, 오솔길을 지나 끝없이 산책하는 소리, 돈 계산하는 큰 소리, 언젠가는 딸들 중 하나가 외치는 소리가 나에게도 들려왔다.

"이런 오두막은 한 푼어치도 되지 않아. 부숴버리는 것이 좋아."

노인은 아무 말 없이 듣기만 했다. 모두들 노인이 죽어버린 것처럼 노인에 대해서 이야기를 했고, 집을 벌써 부숴버린 것처럼 집에 대해서 이야기를 했다. 노인은 아주 등을 굽히고, 눈에 눈물을 글썽거리며, 습관에 젖어 베어낼 나뭇가지와 손질할 과실을 찾았다. 노인의 생명이 이 작은 토지에 깊숙이 뿌리박고 있어서 억지로 떼어버릴 수는 없을 듯한 느낌이었다. 누가 뭐래도 노인은 언제나 손 떼는 시기를 늦추었던 것이다. 여름에 앵두나 딸기나 캐슈 등이 덜 익어서 그 해의 기온이 낮은 것을 느끼게 하다가 익으면, 노인은 혼자 중얼거린다.

"수확을 기다리자. 끝나면 바로 팔기로 하고."

그러나 수확이 끝나, 앵두 계절이 지나면, 또 복숭아의 계절이 온다. 그러고는 포도. 포도 다음에는 눈 속에서 따는 듯한 아름다운 다색의 모과. 그리고 겨울이 다가온다. 들판은 검어지고, 뜰은 텅 빈다. 통행인도 없고 집 살 사람도 없다. 일요일에 자식들마저도 오지 않는다. 만 3개월의 휴식 기간 동안 씨앗 준비를 하고, 과일나무의 가지를 자른다. 그동안 쓸모 없는 팻말 조각은 덜렁덜렁 흔들리며 비바람에 빙빙 돌았다.

날이 감에 따라, 노인이 집을 살 사람을 물리치기 위해 수를 쓰고 있다고 생각하고 참을 수 없게 된 자식들은 결심을 굳게 했다. 며느리 하나가 노인과 함께 살게 된 것이다. 아침부터 화장을 하며, 장사에 이골이 난 사람들에게 볼 수 있는 애교, 겉으로의 친절, 속셈 있는 행동을 보이는 여자였다.

한길마저도 이 인간의 소유인 것 같아 보였다. 문을 활짝 열어젖히고 큰 소리로 떠들어대면서 "들어오세요. 봐주세요. 팔 집입니다"라고나 하는 듯이 지나가는 사람에게 웃음을 던졌다.

이제 가엾은 노인에게는 휴식이 없어졌다. 때때로 며느리가 곁에 있다는 걸 잊으려고 밭을 매고, 새로 씨앗을 뿌렸다. 그것은 마치 죽음을 앞두고, 공포를 메우려고 여러 가지 계획을 세우는 사람과 같았다. 며느리는 줄곧 노인의 뒤를 따라와서는 괴롭혔다.

"부질없이! 무엇 때문에 그러세요? 남을 위해서 그런 고생을 하세요?"

노인은 대답하지 않았다. 이상하리만치 고집을 부리며 일에 집착했다. 뜰을 그대로 버려두는 것은 벌써 뜰의 일부를 잃고, 뜰과 인연을 끊기 시작하는 것이었다. 또한 길에는 잡초 하나 없었고, 장미에는 한 가지도 허술함이 없었다.

그러는 동안에도 살 사람이 나서지 않았다. 마침 전쟁통이어서, 여자가 문을 열어제쳐놓아도, 길거리에 부드러운 웃음을 던져보아도 되지 않았다. 먼지만 들어올 뿐이었다. 날로 여자는 험상궂은 표정이 되었다. 그러던 차에 파리에 용무가 있어 돌아가지 않으면 안 되었다. 나는 여자가 시아버지에게 비난을 퍼붓고, 싸우려 덤비며 문을 두드리는 소리를 들었다. 노인은 묵묵히 등을 구부리고 완두콩 줄기가 뻗어나가는 것을 보고 스스로 위안을 삼았다. "파는 집"이라는 팻말은 언제까지나 같은 곳에 붙어 있었다.

올해 나는 시골에 왔다가 그 집을 다시 보았다. 그러나 아아! 팻말은 이미 없었다. 찢어지고 곰팡이 핀 벽지 몇 장이 달려 있었다! 벌써 끝났다. 집이 팔린 것이다! 회색 대문 대신 둥근 박공이 달리고 갓 페인트 칠을 한 녹색 문이 열려 작은 창살 사이로 뜰이 보였다. 지금은 옛날의 과수원은 없고, 화단과 잔디와 연못만이 사뭇 얼크러져 있었다. 모두 현관 입구에서 흔들리는 커다란 금속 구슬 속에 비쳤다. 이 구슬 속에서 오솔길은 꽃띠를 만들고, 덩치 큰 사람 둘의 얼굴이 터무니없이 퍼져 있었다. 얼굴이 붉고 비대한 사내는 땀에 흠뻑 젖어 뜰 의자에 앉았고, 뚱뚱한 여편네는 헐떡거리며 조롱통을 흔들면서 고함을 친다.

"봉숭아에 열네 통을 주었어요."

집은 한층 더 높여졌고, 철책도 새로 되어 있었다. 그리고 또 페인트 냄새나는 새로 꾸민 집에서는 피아노가 누구나 아는 댄스곡이나 대중의 무도곡(舞蹈曲)인 폴카를 요란하게 연주했다. 길거리에서 떨어져 7월의 지독한 먼지와 범벅이 되어 듣는 사람을 덥게 하는 댄

스곡, 복스러운 꽃과 뚱뚱한 여자들의 소란, 넘쳐흐를 듯 야비한 흥겨움, 이러한 것들이 나의 마음을 졸라맸다. 나는 행복스럽게, 그리고 참으로 침착하게 이곳을 거닐던 노인을 생각했다. 그리고 가엾은 노인이 밀짚모자를 쓰고 늙은 정원사 같은 뒷모습으로 따분하게 눈물을 지으면서 어딘가 뒷골목 깊숙한 곳에서 어슬렁거리는 동안, 조촐한 집을 판 돈이 짤랑짤랑 소리를 내는 새로운 카운터에서 며느리가 의기양양하게 버티고 있는 모습을 상상했다.

교황의 죽음

나는 소년 시절을 지방의 큰 도시에서 보냈다. 이 거리 중앙에는 쉴새 없이 배가 왕래하는 강이 흘러, 나는 일찍부터 여행에 취미를 느끼고 물 위의 생활에 동경을 품었다. 특히 생 뱅상이라는 조그만 다리 근처 부둣가는 생각만 해도 가슴이 뛴다. 배 돛대 끝에 못으로 박은 '빌려주는 배 코르네'라는 간판과 물에 젖어 번들번들 미끄러운 검고 작은 계단, 새롭게 칠한 보트 떼가 눈에 떠오른다. 보트는 계단 밑에서 나란히 현과 현을 부딪치면서 조용히 움직였는데, 고물에는 '벌새', '제비' 따위의 아름다운 이름이 흰 글자로 씌어 한층 경쾌해 보였다.

그리고 언덕에 세워 말리는, 연백(鉛白)으로 빛나는 노 사이로 페인트 통과 큰 솔을 가지고 다니는 코르네 영감, 햇볕에 타고, 깊은 주름살이 지고, 시원한 바람이 불어가는 저녁놀 비낀 수면(水面)처럼 헤아릴 수 없을 만큼 잔주름이 새겨진 얼굴⋯⋯. 오, 그 코르네 영감. 그는 내 소년 시절의 악마고, 내 번민의 열정이고, 죄악이고, 회한이었다. 그 사내는 자기 보트로 나에게 얼마나 죄를 짓게 했는가! 나는 학교를 쉬었다. 책을 팔았다. 오후를 보트에서 지내려면 무엇이든지 팔아버렸을 것이다.

학교의 노트는 전부 선창에다 집어던지고, 웃옷을 벗고, 모자를 비스듬히 쓰고 수면을 스치며 불어오는 솔바람을 기분 좋게 머리카락에 받으면서, 마치 노련한 뱃사공처럼 보이기 위해 눈썹을 찌푸리고 힘차게 노를 저었다. 시내에 있는 한, 나는 양쪽 언덕에서 같은 거리를 둔 강의 중앙을 코스로 잡았다. 그러면 숙달된 뱃사공이라는 것을 알리게 되는 까닭이다. 작은 배와 뗏목과 증기 기선이 나란히 나아가며 한 줄기 거품 사이를 서로 피하는 그 큰 움직임 속에 한몫 낀다는 것이 얼마나 자랑스런 일이랴! 물결을 타기 위해 방향을 바꾸는 육중한 배가 있다. 그러면 많은 배들이 그 때문에 위치를 바꾼다.

갑자기 증기선의 타륜(舵輪)이 나의 곁에서 물을 친다. 때로는 무거운 그림자가 나를 누른다. 능금을 쌓아올린 배의 이물이다.

"정신 차려라, 꼬마야!"

컬컬한 목소리가 고함을 친다. 노가 잠긴 물 위로 크고 작은 여러 다리들은 합승 마차의 그림자를 던지고 그런 거리의 생활이 끊임없이 엇갈리며 오가는 강 세계에 휘말린 나는 땀을 흘렸다. 용을 썼다. 다리 아치 끝의 위험한 흐름, 또 역류와 소용돌이, 저 유명한 '사마(死魔)의 심연!' 열두 살짜리 소년의 팔로써 이곳을 통과하는 것은 쉬운 일이 아니다. 그러나 아무도 키를 잡으려 들지 않는다.

때때로 운좋게 끄는 배를 만났다. 나는 끌려가는 배들의 맨 끝에다 서둘러 보트를 매고는 하늘을 나는 날개와 같이 노를 양쪽으로 뻗은 채 젓지 않고 긴 거품의 리본을 만들면서 강물을 끊고, 양쪽 언덕의 집들을 달리는 무언의 속력에 몸을 맡겼다. 앞쪽 멀리, 훨씬 멀리 추진기의 단조로운 음향이 들리고, 낮은 굴뚝에 한 줄기 가느다란 연기를 토하는 끄는 배에 끌려가는 배 한 척에서 개 짖는 소리가 들린다. 이 같은 것이 나의 긴 여로(旅路), 진실한 선상 생활의 꿈을 보여주었다.

불행히도 이 같은 끄는 배를 만나는 것은 귀한 일이었다. 대개는 노를 젓지 않으면 안 되었다. 그것도 햇볕이 쨍쨍 내리쬐는 때 젓지 않으면 안 되었다. 아아, 수면에 곧장 내리쬐는 한낮의 햇볕, 나는 지금도 몸을 태우는 듯하다. 모든 것이 타오르고, 모든 것이 번쩍번쩍한다.

파도 위에 출렁거리고, 모든 파도의 움직임에 진동하는, 눈부실 듯하게 울려오는 대기 속에서 한순간 물에 잠겼다가 나오는 나의 노와 물방울을 떨어뜨리며 물 위로 끌려올라오는 어부들의 어망이 은과 같은 강한 빛을 발한다. 나는 눈을 감고 노를 저었다. 때때로 내 노력의 격렬함과 보트 밑을 흐르는 물살에 나는 대단한 속력으로 쫓아가는 느낌이 들었다. 그러나 얼굴을 들면 언제나 같은 나무, 같은 벽이 눈앞의 언덕에 보였다.

잠시 후 온 힘을 다 기울인 나머지 땀에 푹 젖고 더위에 몸이 빨갛게 타서 시내를 벗어나게 된다. 해수욕장이나 세탁선이나 승선소

(乘船所) 선교(船橋)의 떠들썩함이 멀어졌다. 강 언덕은 넓어지고 다리와 다리 사이의 간격도 멀어졌다.

교외의 정원이나 공장 굴뚝의 그림자가 여기저기 떨어진다. 물과 하늘이 합치는 데서 녹색의 작은 섬이 떨었다. 이 이상 저을 수 없게 된 나는 강 언덕 갈대 속에 배를 댄다. 거기서 태양과 파도와 수면에서 피어 오르는 무거운 더위 때문에 이 피로한 뱃사공은 몇 시간이나 코피를 흘린다. 언제나 내 배의 여행은 똑같은 결말을 고한다. 그러나 할 수 없다. 나에게는 말할 수 없이 기분 좋은 일이었다.

그러나 무서운 건 돌아가는 것이었다. 힘껏 저어 돌아가도 소용이 없다. 언제나 늦어서 학교가 파할 시간은 벌써 지나 있다. 해질 무렵의 인상, 안개 속에 켜지기 시작한 가스등불, 귀영(歸營)의 나팔 소리, 모든 것이 불안과 후회를 더욱 깊게 한다.

침착한 모습으로 돌아가는 사람들의 모습이 부러웠다. 나는 태양과 물로 꽉 찬 무거운 머리를 움켜쥐고 귓속에서 조개의 신음 같은 것을 들으면서 달렸다. 그리고 이제부터 할 거짓말 때문에 얼굴이 붉어졌다.

문 저쪽에서 나를 기다리는 "어디서 돌아오느냐?"는 그 무서운 질문을 받아넘기기 위해서는 언제나 거짓말이 필요했기 때문이다. 무엇보다도 무서웠던 것은 집에 도착했을 때의 힐문(詰問)이었다. 즉시 대답하지 않으면 안 된다. 무엇이나 말할 것, 그것도 듣는 쪽에서 깜짝 놀라 무슨 질문이라도 그 자리에서 사라져버리게 할 만한 기상천외한 대답을 준비하지 않으면 안 된다. 그래야 집에 들어가 숨을 돌릴 여유가 생긴다. 목적을 달성하기 위해서는 무엇이나 상관없다. 나는 참사(慘事), 혁명, 여러 가지 무서운 것, 시내의 한쪽이 전부 타고 있다든가, 기차 철교가 물속에 떨어졌다든가 하는 것을 생각해낸다. 그러나 지금 생각해도 지나쳤다고 느끼는 것은 이런 이야기다.

그날 밤은 매우 늦었다. 한 시간 이상이나 나를 기다린 어머니는 계단 위에 서서 지키고 있었다.

"어디서 돌아왔느냐?"

어린애의 머리에 얼마만 한 계략이 숨어 있는 것일까? 나는 아무런 준비도 서 있지 않았다. 너무나 서둘러서 왔기 때문이다. 그런데 갑자기 엉터리없는 생각이 떠올랐다. 나는 어머니가 신앙심이 두텁고 로마의 부인같이 열렬한 가톨릭교도임을 알던 터라, 깊은 감동으로 숨을 몰아쉬면서 대답했다.

"어머니, 큰일 났어요……."

"어찌 된 거냐……? 또 무슨 일이 있었니?"

"교황님이 돌아가셨어요."

"교황님이 돌아가셨다구……?"

가엾게도 어머니는 이와같이 말하더니, 새파랗게 질려 벽에 기대어 섰다. 나는 일이 잘된 것과 지나친 거짓말에 겁이 나서 급히 내 방으로 들어갔다. 하지만 나에게는 끝까지 거짓말을 우겨댈 용기가 있었다.

음산한, 그리고 침착한 그날 밤의 일은 지금까지 잊을 수가 없다. 침통한 얼굴을 한 아버지, 낙담한 듯한 어머니……. 모두 테이블에 둘러앉아 나지막하게 이야기를 주고받았다. 나는 눈을 내리깔았다.

내가 공부를 게을리한다는 사실은 모두의 비판 가운데서 사라지고 아무도 생각지 않았다.

모두들 그 아까운 피오 9세의 덕행을 다투어 말했다. 잠시 후 이야기는 점점 역대 법왕으로 옮겨가서 로즈 백모는 피오 7세에 대해 이야기를 했다. 피오 7세가 역마차 깊숙이 자리를 잡고 헌병의 호위를 받으며 남프랑스를 통과하는 모습을 본 기억이 확실하다고 했다.

'코메디안테*……! 트라지디안테**……?'***라고 한 황제와의 유명한 장면도 화제에 올랐다. 이 무서운 장면이 언제나 같은 음성, 같은 몸짓으로 되풀이된 것을 몇 번이나 들었는지 알 수 없다. 그것은 수도원의 역사와 같이 전진하는 데다 지방적이어서 대대로 계승되어 그대로 남아 있다. 일가의 전통을 말하는 정해진 문구였다.

그런 것은 어찌 됐든 좋다. 이 이야기가 이때만큼 흥미롭던 적은 없었다. 나는 헛탄식을 했다가, 여러 가지 질문을 했다가 겉으로는 흥미를 느낀 듯이 들었다.

'내일 아침이 되어 교황님이 돌아가시지 않은 걸 알게 되어도 모두 웃어버리고 나를 꾸짖을 용기는 아무도 없을 거야.'

이같이 생각을 하는 동안 나는 나도 모르게 눈을 감아버렸다. 그리고 더위에 지친 듯한 소온 강변이나, 이리저리 쫓아다니며 유리

---

* 희극 배우
** 비극 배우
*** 피오 7세가 나폴레옹 황제를 가리켜 이른 말

월요일 이야기

칼처럼 흐린 물줄을 끊는 물거미의 긴 다리를 환영에서 보았고 또한 푸르게 칠한 수많은 보트를 꿈에 그렸다.

작품 해설

알퐁스 도데는 1840년 5월 13일 남프랑스 프로방스주의 옛 도시 님므에서 태어났다. 그는 주로 리옹에서 학교를 다니며 공부했으나 실크 도매상을 하던 아버지가 파산하자 중퇴하고 1855년부터 1857년까지 알레스 공립 중학교에서 복습 교사 생활을 했다. 그러다가 훗날 그의 뒤를 계속해서 보살펴주는 그의 형이자 역사가 에르네스트 도데의 도움으로 파리로 왔다.

1859년에 첫 작품인 시집《연인들》을 출판하여 지식인들의 주목을 받았고, 1860년에 모르니 공작의 비서가 되었다. 생활이 어느 정도 안정되자 그는 환상적인 소설들을 쓰기 시작했다. 처음에는 연극에 관심을 쏟아 1862년에 〈마지막 우상〉을 발표하지만, 그가 문인으로 성공한 것은 1868년에 발표한《꼬마》로 젊은 시절의 쓰디쓴 추억을 모은 소설이다.

그는 여러 종류의 다양한 작품을 발표했는데 그중 출세작으로 널리 알려진 작품은《풍찻간 편지》다. 단편 모음집인 이 책에는 우리나라에도 널리 알려진〈별〉,〈아를의 여인〉등이 실려 있다. 표제의 풍차는 프로방스주의 아를 시내 부근 언덕 위에 있었다. 그리고 그 옆에 아름다운 별장이 있는데, 도데는 때때로 파리에서 돌아와 그곳에 머물면서 다채로운 자연과 접하곤 했다. 그는 한때 이 작은 풍차 집을 사서 가지려고 생각한 적도 있었다. 폰 베유의 공증인 집에 가면 매매 증서의 원안(原案)이 발견될지도 모른다고 그는 기록했다.《풍찻간 편지》의 서문은 그 증서의 원안을 묘하게 윤색한 것이다. 아무튼 풍차 집은 결코 도데의 것이 아니었지만 겨울의 해가 서산으로 질 때쯤까지 그는 거기 남아서 몽상과 회상의 긴 일과를 보내는 게 보통이었다. 낮에는 프로방스의 대시인 미스트랄이 사는 가까운 마얀을 방문하기도 했고, 멀리 카말그 지방까지 사냥을 나가기도 했다. 밤에는 늘 집 안에서 사람들과 즐거운 담소의 시간을 보냈다.

《풍찻간 편지》는 처음에는〈레베느망〉에 연재되었고, 1869년에 인쇄되었다. 거기에 실린 소설 대부분은 고향에 대한 애정의 소산인데, 도데의 고향에 대한 애정은 1872년에 발표한《타라스콩의 타르타랭》에도 나타난다. 그 소설의 주인공인 타르타랭은 1885년《알프스의 타르타랭》, 1890년《타라스콩 항구》에서 다시 등장해 활약한다.

1870년에 프랑스-프로이센 전쟁이 일어나자 국민병을 지원하여 비참한 전쟁을 체험했고, 계속해서 파리의 총성과 내란 때문에 몹시 어려움을 겪었다. 1872년에는 열정적인 성격을 가진 한 청년의 실연을 그린〈아를의 여인〉이 비제의 음악으로 상연되었다. 1873년에는 전쟁터에서 보고 느낀 것들을 패전국의 비애와 애국의 정열로 가득 찬 에피소드로 엮은《월요일 이야기》를 발간했다. 유명한〈마지막 수업〉,〈소년 간첩〉,〈기수〉등은 다 여기에 실린 단편들이다.

《월요일 이야기》는 도데가 1873년에 공개한 단편집으로, 이 작품은 1871년부터 1873년까지 파리의 신문〈레베느망〉과〈르 소르〉에 발표되었다. 이 작품의 1부는 무대를 당시의 파리와 알자스 지방으로 삼았고, 고요하고 아름다운 글로 때때로 날카롭게 풍자하며 짙은 인정미를 그리고 있다. 2부는 작가가 시인으로서 다시 한번 시야를 넓혀서 많은 환상과 추억을 이야기하는데, 이 서정적인 글은 몇 번을 읽어도 마음속 깊이 스며드는 정취를 느끼게 한다.

어느 정도 생활이나 문학에 자신을 얻자 그는 당시에 유행하던 사실주의에 휩쓸려 현대 사회의 풍속 묘사에 전념했다. 1874년에는 파리의 산업 구조를 그린《동생 프로몽과 형 리슬레르》, 1876년에는《자크》, 1877년에는 재계(財界)와 정계(政界)를 묘사한《나바브》, 1879년에는 국제 사회에 관한《유적지의 왕들》, 1883년에는 종교적인 열광을 그린《전도사》, 1881년에는《뉘마 루메스탕》을 1884년에는 방랑하는 예술가에 관한 이야기《사포》를 발표했다. 그리고 1888년에는 학계(學界)를 다룬《불후의 사람》을 발표했다.

그의 단편 40여 편은 각각 독백의 미를 불러일으키고 도데의 다변적인 문장 재능을 충분히 보여준다. 만년에 그는 오랜 질병과 싸우며 몇 권의 회고담을 집필했고, 그의 별장을 드나드는 젊은 문인들을 고취시키다가 1897년 12월 16일 파리에서 56세의 나이로 생애를 마쳤다.

처음에 도데는 환상적이며 시적인 문학에 완전히 경도되었다. 그의 《꼬마》와 《풍찻간 편지》에 실린 재치 있고, 감동적이며, 뛰어난 감수성의 소산인 작품들은 그의 초기의 문학적 성향이 어떤 것이었는가를 웅변적으로 말해주었다. 그 뒤를 이어 《타라스콩의 타르타랭》은 풍자적 사실주의를, 《월요일 이야기》는 재치 있는 사실주의를 선보였다. 그러나 그가 정말로 사실주의 작가가 된 것은 《동생 프로몽과 형 리슬레르》에서부터다.

그의 소설들은 조금씩조금씩 세밀하게 관찰한 것들을 한데 모아 이룩한 사실주의 소설들이다. 그의 소설 주인공들까지도 실제 생활에서 살고 있는 인물들이 대부분이다. "프로몽의 대부분 등장인물은 죽은 사람이거나 지금까지 살고 있는 사람들이다"라고 그가 직접 말했을 뿐 아니라, 어떤 곳에서는 "나는 진짜 나바브를 알게 되었다"라고 쓰고 있다.

그가 문단에 나올 즈음은 사실주의가 점점 쇠퇴해가고 냉혹한 과학적 태도가 자리했다. 도데도 예민한 관찰력을 지녔으나, 그의 시인적 풍격은 현실성을 매우 많이 지녀서 그대로 바라다보는 일을 늦추고 낭만적인 취향을 불러일으켰다. 에밀 졸라는 그의 출세작인 《목로 주점》이 발간된 그 해에 도데의 《나바브》를 자연주의 소설이라고 명명했다. 그러나 그는 오히려 졸라처럼 과학적 묘사를 즐기는 게 아니라 주위 환경이 그에게 준 모든 종류의 인상과 감각을 모을 뿐이었다.

그의 표현을 빌면, 그는 '느끼는 기계'다. 객관적으로 현실을 제시하는 '척'하기보다는 재치 있는 아이러니로, 공감이나 감동으로 현실을 관찰했다. 아주 비참한 광경을 그릴 때라도 그의 붓은 비참하지 않고 정감이 넘쳐흘렀고, 그는 그런 자기를 '행복의 상인'이라고 불렀다. 그는 생텍쥐페리와 함께 각 방면에서, 각 연배의 사랑을 받는 드문 작가다.

이 책에는 《풍찻간 편지》와 《월요일 이야기》에서 고른 단편들을 실었음을 밝혀둔다.

옮긴이

알퐁스 도데 연보

1840년 5월 13일 남프랑스 프로방스의 옛 도시 님므에서 태어났다. 아버지는 방직 공장을 운영하던 직조공이자 실크 도매상이었고 어머니도 부유한 실크 상인의 딸이었다.
1849년 아버지가 공장문을 닫은 후 가족 모두 리옹으로 이사했고 도데는 리옹의 앙페르 고등학교 6학년으로 들어갔다.
1855년 아버지가 완전히 파산하자 학업을 중단했다. 대학 입학의 꿈을 포기하고 프랑스 남부의 알레스 공립 중학교 교사가 되었다. 난폭한 학생들 때문에 교사 생활은 참을 수 없을 정도로 힘들었고 알레스를 떠난 후에도 몇 달 동안 악몽에 시달렸다.
1857년 알레스 공립 중학교를 그만두고 파리로 건너갔다.
1859년 시집 《연인들》을 출간하여 좋은 평가를 받았다.

1860년	나폴레옹 3세의 이복형이자 입법부 의장 모르니 공작의 비서가 되었다. 이 비서직으로 생활도 안정되고 시간 여유도 생기자, 작품 활동에 많은 시간을 할애했다. 이 무렵 평생 우정을 나누게 되는 시인 미스트랄을 만났다.
1862년	희곡 〈마지막 우상〉을 발표했다.
1865년	모르니 공작이 갑자기 사망하자 글쓰기에 전적으로 매달리며 작가로서 경력을 쌓아가기 시작했다.
1867년	젊은 시인 줄리아 알라르와 결혼했다. 두 사람은 1865년에 처음 만났고 결혼 후 레옹, 뤼시앵, 에드메 세 자녀를 두었다. 두 아들 레옹과 뤼시앵 모두 훗날 작가로 활동했다.
1868년	첫 소설 《꼬마》를 출간하여 작가로서 성공적으로 자리를 잡았다. 이 작품은 알레스 공립 중학교의 경험에서 많은 영감을 받았고, 실제 사건과 허구적 요소 등이 혼합되어 있다.
1869년	단편집 《풍찻간 편지》를 출간했다. 이 단편집에 도데의 대표적인 단편소설인 〈별〉, 〈아를의 여인〉 등이 실려 있다.
1870년	프랑스-프로이센 전쟁이 일어나자 군대에 지원하여 비참한 전쟁을 몸소 겪었다.
1872년	《타라스콩의 타르타랭》을 출간했다. 〈아를의 여인〉이 비제의 음악으로 상연되었다.
1873년	단편집 《월요일 이야기》를 출간했다. 이 단편집에는 패

전국의 비애와 애국의 정열이 가득하며 〈마지막 수업〉, 〈소년 간첩〉, 〈기수〉 등이 실려 있다.

1874년 　파리의 산업 구조를 그린《동생 프로몽과 형 리슬레르》를 출간했다.

1876년 　사생아로 태어나 어머니의 이기심에 희생되는 인물을 그린《자크》를 출간했다.

1877년 　재계와 정계를 묘사한《나바브》를 출간했다.

1878년 　젊은 시절 걸린 매독 합병증으로 척추 질환이 발병했다.

1879년 　국제 사회에 대해 다룬《유적지의 왕들》을 출간했다.

1881년 　《뉘마 루메스탕》을 출간했다. 이 작품은 1887년 파리 오데온 극장에서 연극으로 상연되었다.

1883년 　종교적인 열광을 그린《전도사》를 출간했다.

1884년 　방랑하는 예술가를 그린《사포》를 출간했다.

1885년 　《알프스의 타르타랭》을 출간했다.

1888년 　학계를 다룬 소설《불후의 사람》, 수상집《파리의 30년》을 출간했다.

1890년 　《타라스콩 항구》를 출간했다.

1897년 　오랫동안 질병에 시달리다 12월 16일, 파리에서 56세의 나이로 생을 마쳤다.

옮긴이 **김사행**

서울대학교 불어불문학과를 졸업하고 시인으로 활동했다. 저서로는 시집《화려한 꿈》등이 있고, 번역서로는《모파상 단편선》,《춘희》등이 있다.

알퐁스 도데 단편선

1판 1쇄 발행 1972년 10월 30일
4판 1쇄 발행 2025년 8월 18일

지은이   알퐁스 도데 │ 옮긴이   김사행
펴낸곳   (주)문예출판사 │ 펴낸이   전준배
출판등록   2004. 02. 11. 제 2013-000357호 (1966. 12. 2. 제 1-134호)
주소   04001 서울시 마포구 월드컵북로 21
전화   02-393-5681 │ 팩스   02-393-5685
홈페이지   www.moonye.com │ 블로그   blog.naver.com/imoonye
페이스북   www.facebook.com/moonyepublishing │ 이메일   info@moonye.com

ISBN 978-89-310-2558-3   04800
ISBN 978-89-310-2365-7   (세트)

• 잘못 만든 책은 구입하신 서점에서 바꿔드립니다.

⚜문예출판사® 상표등록 제 40-0833187호, 제 41-0200044호

문예세계문학선

★ 서울대, 연세대, 고려대 필독 권장 도서　▲ 미국대학위원회 추천 도서
● 《타임》 선정 현대 100대 영문 소설　▽ 《뉴스위크》 선정 세계 100대 명저

1 젊은 베르테르의 슬픔 괴테 / 송영택 옮김
▲▽ 2 멋진 신세계 올더스 헉슬리 / 이덕형 옮김
▲●▽ 3 호밀밭의 파수꾼 J. D. 샐린저 / 이덕형 옮김
4 데미안 헤르만 헤세 / 구기성 옮김
5 생의 한가운데 루이제 린저 / 전혜린 옮김
6 대지 펄 S. 벅 / 안정효 옮김
●▽ 7 1984 조지 오웰 / 김승욱 옮김
▲●▽ 8 위대한 개츠비 F. 스콧 피츠제럴드 / 송무 옮김
▲●▽ 9 파리대왕 윌리엄 골딩 / 이덕형 옮김
10 삼십세 잉게보르크 바흐만 / 차경아 옮김
★▲ 11 오이디푸스왕 · 아가멤논 · 코에포로이
　　 소포클레스 · 아이스킬로스 / 천병희 옮김
★▲ 12 주홍글씨 너새니얼 호손 / 조승국 옮김
▲●▽ 13 동물농장 조지 오웰 / 김승욱 옮김
★ 14 마음 나쓰메 소세키 / 오유리 옮김
★ 15 아Q정전 · 광인일기 루쉰 / 정석원 옮김
16 개선문 레마르크 / 송영택 옮김
★ 17 구토 장 폴 사르트르 / 방곤 옮김
18 노인과 바다 어니스트 헤밍웨이 / 이경식 옮김
19 좁은 문 앙드레 지드 / 오현우 옮김
★▲ 20 변신 · 시골 의사 프란츠 카프카 / 이덕형 옮김
★▲ 21 이방인 알베르 카뮈 / 이휘영 옮김
22 지하생활자의 수기 도스토옙스키 / 이동현 옮김
★ 23 설국 가와바타 야스나리 / 장경룡 옮김
★▲ 24 이반 데니소비치의 하루
　　 알렉산드르 솔제니친 / 이동현 옮김
25 더블린 사람들 제임스 조이스 / 김병철 옮김
★ 26 여자의 일생 기 드 모파상 / 신인영 옮김
27 달과 6펜스 서머싯 몸 / 안흥규 옮김
28 지옥 앙리 바르뷔스 / 오현우 옮김
★▲ 29 젊은 예술가의 초상 제임스 조이스 / 여석기 옮김
▲ 30 검은 고양이 애드거 앨런 포 / 김기철 옮김
★ 31 도련님 나쓰메 소세키 / 오유리 옮김
32 우리 시대의 아이 외된 폰 호르바트 / 조경수 옮김
33 잃어버린 지평선 제임스 힐턴 / 이경식 옮김

34 지상의 양식 앙드레 지드 / 김붕구 옮김
35 체호프 단편선 안톤 체호프 / 김학수 옮김
36 인간 실격 다자이 오사무 / 오유리 옮김
37 위기의 여자 시몬 드 보부아르 / 손장순 옮김
●▽ 38 댈러웨이 부인 버지니아 울프 / 나영균 옮김
39 인간 희극 윌리엄 사로얀 / 안정효 옮김
40 오 헨리 단편선 오 헨리 / 이성호 옮김
★ 41 말테의 수기 R. M. 릴케 / 박환덕 옮김
42 파비안 에리히 케스트너 / 전혜린 옮김
★▲▽ 43 햄릿 윌리엄 셰익스피어 / 여석기 옮김
44 바라바 페르 라게르크비스트 / 한영환 옮김
45 토니오 크뢰거 토마스 만 / 강두식 옮김
46 첫사랑 이반 투르게네프 / 김학수 옮김
47 제3의 사나이 그레이엄 그린 / 안흥규 옮김
★▲▽ 48 어둠의 심장 조지프 콘래드 / 이덕형 옮김
49 싯다르타 헤르만 헤세 / 차경아 옮김
50 모파상 단편선 기 드 모파상 · 김동현 · 김사행 옮김
51 찰스 램 수필선 찰스 램 / 김기철 옮김
★▲▽ 52 보바리 부인 귀스타브 플로베르 / 민희식 옮김
53 페터 카멘친트 헤르만 헤세 / 박종서 옮김
★ 54 몽테뉴 수상록 몽테뉴 / 손우성 옮김
55 알퐁스 도데 단편선 알퐁스 도데 / 김사행 옮김
56 베이컨 수필집 프랜시스 베이컨 / 김길중 옮김
★▲ 57 인형의 집 헨리크 입센 / 안동민 옮김
★ 58 소송 프란츠 카프카 / 김현성 옮김
★▲ 59 테스 토마스 하디 / 이종구 옮김
★▽ 60 리어왕 윌리엄 셰익스피어 / 이종구 옮김
61 라쇼몽 아쿠타가와 류노스케 / 김영식 옮김
▲▽ 62 프랑켄슈타인 메리 셸리 / 임종기 옮김
▲●▽ 63 등대로 버지니아 울프 / 이숙자 옮김
64 명상록 마르쿠스 아우렐리우스 / 이덕형 옮김
65 가든 파티 캐서린 맨스필드 / 이덕형 옮김
66 투명인간 H. G. 웰스 / 임종기 옮김
67 게르트루트 헤르만 헤세 / 송영택 옮김
68 피가로의 결혼 보마르셰 / 민희식 옮김

(뒷면 계속)

★ 69 **팡세** 블레즈 파스칼 / 하동훈 옮김
70 **한국단편소설선** 김동인 외 / 오양호 엮음
71 **지킬 박사와 하이드** 로버트 L. 스티븐슨 / 김세미 옮김
▲ 72 **밤으로의 긴 여로** 유진 오닐 / 박윤정 옮김
★▲▽ 73 **허클베리 핀의 모험** 마크 트웨인 / 이덕형 옮김
74 **이선 프롬** 이디스 워튼 / 손영미 옮김
75 **크리스마스 캐럴** 찰스 디킨슨 / 김세미 옮김
★▲ 76 **파우스트** 요한 볼프강 폰 괴테 / 정경석 옮김
▲ 77 **야성의 부름** 잭 런던 / 임종기 옮김
★▲ 78 **고도를 기다리며** 사뮈엘 베케트 / 홍복유 옮김
★▲▽ 79 **걸리버 여행기** 조너선 스위프트 / 박용수 옮김
80 **톰 소여의 모험** 마크 트웨인 / 이덕형 옮김
★▲▽ 81 **오만과 편견** 제인 오스틴 / 박용수 옮김
★▽ 82 **오셀로 · 템페스트** 윌리엄 셰익스피어 / 오화섭 옮김
★ 83 **맥베스** 윌리엄 셰익스피어 / 이종구 옮김
▽ 84 **순수의 시대** 이디스 워튼 / 이미선 옮김
★ 85 **차라투스트라는 이렇게 말했다** 니체 / 황문수 옮김
★ 86 **그리스 로마 신화** 이디스 해밀턴 / 장왕록 옮김
87 **모로 박사의 섬** H. G. 웰스 / 한동훈 옮김
88 **유토피아** 토머스 모어 / 김남우 옮김
★▲ 89 **로빈슨 크루소** 대니얼 디포 / 이덕형 옮김
90 **자기만의 방** 버지니아 울프 / 정윤조 옮김
▲ 91 **월든** 헨리 D. 소로 / 이덕형 옮김
92 **나는 고양이로소이다** 나쓰메 소세키 / 김영식 옮김
★ 93 **폭풍의 언덕** 에밀리 브론테 / 이덕형 옮김
★▲ 94 **스완네 쪽으로** 마르셀 프루스트 / 김인환 옮김
★ 95 **이솝 우화** 이솝 / 이덕형 옮김
★ 96 **페스트** 알베르 카뮈 / 이휘영 옮김
▲ 97 **도리언 그레이의 초상** 오스카 와일드 / 임종기 옮김
98 **기러기** 모리 오가이 / 김영식 옮김
★▲ 99 **제인 에어 1** 샬럿 브론테 / 이덕형 옮김
★▲100 **제인 에어 2** 샬럿 브론테 / 이덕형 옮김
101 **방황** 루쉰 / 정석원 옮김
102 **타임머신** H. G. 웰스 / 임종기 옮김
●103 **보이지 않는 인간 1** 랠프 엘리슨 / 송무 옮김
●104 **보이지 않는 인간 2** 랠프 엘리슨 / 송무 옮김
▲105 **훌륭한 군인** 포드 매덕스 포드 / 손영미 옮김
106 **수레바퀴 아래서** 헤르만 헤세 / 송영택 옮김
▲107 **죄와 벌 1** 표도르 도스토옙스키 / 김학수 옮김
▲108 **죄와 벌 2** 표도르 도스토옙스키 / 김학수 옮김
109 **밤의 노예** 미셸 오스트 / 이재형 옮김
110 **바다여 바다여 1** 아이리스 머독 / 안정효 옮김
111 **바다여 바다여 2** 아이리스 머독 / 안정효 옮김
112 **부활 1** 레프 톨스토이 / 김학수 옮김
113 **부활 2** 레프 톨스토이 / 김학수 옮김
▲●114 **그들의 눈은 신을 보고 있었다** 조라 닐 허스턴 / 이미선 옮김
115 **약속** 프리드리히 뒤렌마트 / 차경아 옮김
116 **제니의 초상** 로버트 네이선 / 이덕희 옮김
117 **트로일러스와 크리세이드** 제프리 초서 / 김영남 옮김
118 **사람은 무엇으로 사는가** 레프 톨스토이 / 이순영 옮김
119 **전락** 알베르 카뮈 / 이휘영 옮김
120 **독일인의 사랑** 막스 뮐러 / 차경아 옮김
121 **릴케 단편선** R. M. 릴케 / 송영택 옮김
122 **이반 일리치의 죽음** 레프 톨스토이 / 이순영 옮김
123 **판사와 형리** F. 뒤렌마트 / 차경아 옮김
124 **보트 위의 세 남자** 제롬 K. 제롬 / 김이선 옮김
125 **자전거를 탄 세 남자** 제롬 K. 제롬 / 김이선 옮김
126 **사랑하는 하느님 이야기** R. M. 릴케 / 송영택 옮김
127 **그리스인 조르바** 니코스 카잔차키스 / 이재형 옮김
128 **여자 없는 남자들** 어니스트 헤밍웨이 / 이종인 옮김
129 **사양** 다자이 오사무 / 오유리 옮김
130 **슌킨 이야기** 다니자키 준이치로 / 김영식 옮김
131 **실종자** 프란츠 카프카 / 송경은 옮김
132 **시지프 신화** 알베르 카뮈 / 이가림 옮김
133 **장미의 기적** 장 주네 / 박형섭 옮김
134 **진주** 존 스타인벡 / 김승욱 옮김
135 **황야의 이리** 헤르만 헤세 / 장혜경 옮김
136 **피난처** 이디스 워튼 / 김욱동